LOCUS

LOCUS

LOCUS

LOCUS

to

fiction

to 65

帶走月亮的女孩

A Map of Home

作者：朗達・婕拉爾（Randa Jarrar）

譯者：江淑琳

責任編輯：莊琬華 美術設計：何萍萍

法律顧問：全理法律事務所董安丹律師

出版者：大塊文化出版股份有限公司

台北市105南京東路四段25號11樓

www.locuspublishing.com

讀者服務專線：**0800-006689**

TEL：(02) 87123898 FAX：(02) 87123897

郵撥帳號：18955675 戶名：大塊文化出版股份有限公司

總經銷：大和書報圖書股份有限公司

地址：台北縣五股工業區五工五路2號

TEL：(02) 89902588 FAX：(02) 22901628

排版：天翼電腦排版印刷有限公司 製版：源耕印刷事業有限公司

初版一刷：2009年 7月

定價：新台幣280元

Printed in Taiwan

國家圖書館出版品預行編目資料

帶走月亮的女孩 / 朗達・婕拉爾(Randa Jarrar)著；江淑琳譯. — 初版. — 臺北市 ： 大塊文化, 2009.07

面 ； 公分. — (to ; 65)

譯自 ：A map of home

ISBN 978-986-213-126-8 (平裝)

874.57 98010173

A Map of Home

帶走月亮的女孩

朗達·婕拉爾Randa Jarrar 著
江淑琳 譯

獻給我的雙親

有時候我想像世界的地圖正在開展，且你已斜越過它。

——取自卡夫卡寫給父親、但只交付給母親的信。

目次

第一部

1 我們的命名 011
2 慰藉 043
3 屋子裡將有音樂 074
4 家的地圖 084
5 夏天的布料 096
6 裸足大橋 126
7 生活是種考驗 136
8 宛如綠色大象的坦克 157

第二部

9 旅客 183

10 轉變 197
11 這是戰爭 224
12 宗教的榮耀 243

第三部

13 找到中心 261
14 妳是一個剛搬到德州的十四歲阿拉伯小姑娘 284
15 自己動手做 291
16 沒人想要告訴我們那件些狗屁倒灶的事 296
17 正點饒舌 309
18 口述 317
19 蒂蜜特的女兒終於有了鞋子 327
20 出發就是抵達 347

第一部

在所謂的「無知的年代」，我們的祖先習慣於從棗椰樹的果實去塑造出他們的眾神，然後在需要之時食用這些果實。那麼，請問閣下，您覺得誰比較無知呢？是我，還是吃了他們眾神的那些人呢？

你也許會說：「讓人們吃掉他們的眾神，好過讓眾神去吃掉這些人。」

但我的回答是：「是的，但是他們的眾神是從棗椰樹的果實塑造出來的。」

——艾米爾・哈比畢，《不幸的薩依德之生活密史》

1 我們的命名

我記不得我怎麼會知道這個故事，我也不懂我怎麼可能還會記得它。八月二日，我出生那一天，我父親站在波士頓聖伊麗莎白醫療中心的護理站前，指間握著一枝筆在塡寫我的出生證明。由於我差點夭折，後來一度被救活，中間差點又沒救，現在我確定可以存活，所以父親一聽到醫生確定我沒事，立刻衝下樓去。父親在塡寫出生證明時發現他並不確定我的性別，不過這不重要，他一直認爲我會是個男孩。我還安然漂浮於媽媽那充滿羊水的子宮裡時，他便把我當成男孩一樣跟我說話。當他要塡寫「小孩名字」的欄位時，他手微顫，以他最美的英文書寫體寫下「尼達爾」（Nidal）這個名字（意思是爭吵、掙扎）。這不是我祖父的名字，而我父親的名字是瓦希德，但他童年時一直被喚做薩依德。我父親是家中唯一的兒子，所以這樁要依我祖父的名字來爲兒子命名的重責大任，就直接落在我父親肩上了。但這個命名大事被我父親從他當時還硬朗的肩膀輕率地甩掉，就像甩掉一根線頭或是頭皮屑——這些比喻在第二天被我祖父怒氣沖沖寫進信裡，從巴勒斯坦西岸區的傑寧寄到波士頓來。

那麼，爲甚麼我親愛的父親一等我出生就迫不及待填寫我的出生證明呢？因爲，在他之前他有三個哥哥，但那三人還沒等到有人幫他們填寫出生證明——更別說是死亡證明了——就像三顆微弱的流星隕落了。因此，我一出生，他的迷信便取代了抱我的渴望；況且，他跟自己說，我們以後有的是時間擁抱。

父親塡完整張表格之後，便像個帝王似的將表格遞交給一位黑人護士；他記得這個護士名叫「朗達」。朗達盯著那張出生證明上的名字，嘆了口氣：「眞該死！」穿著夾腳拖鞋的父親轉身衝上白色瓷磚長廊，繞過電梯，跑了三層樓上到產婦病房，闖進生產室裡。母親正在餵我母奶，我急切地吸吮著初乳，不時還把媽媽的乳頭吸丟。

「我的女王怎麼樣啦？」父親撫摸著母親的臉頰，問著。

「她好可愛啊！」母親認爲父親問的是我，便這樣回答，「整整八磅，跟水牛一樣重！難怪我的背這麼的……」

父親眉頭深鎖，等不及聽完母親抱怨，便出了房門，急著去修改他犯下的錯誤。父親跑在白色瓷磚長廊上，途中經過幾位新手媽媽跟她們臉頰紅潤的寶寶，經過幾件款式奇怪、難看的長袍，繞過電梯，坐上樓梯扶手下滑到底，胯下的蛋蛋還撞上了扶手尾端。但他繼續往前衝。醫院的病人跟護士嚇壞了，他們看到這麼個跛著腳的大鬍子一衝過來就大聲叫嚷著要朗達，朗達在哪呀？幫我啊！朗達。他的叫喊聲足以讓醫護人員當面大笑以及私下竊笑整整三個禮拜。

爲甚麼父親認定，不，希望我是男孩呢？因爲，在他之前，祖母已經生了六個女兒，但是沒有慶祝任何一個女兒的誕生。父親眼睜睜看著姊姊們長大、出嫁，她們的遭遇一個比一個慘，所以他不想再看著這種悲劇發生，不想看著自己的女兒長大、離開自己。

朗達早就預料到爸爸會回來修改我出生證明上的名字，所以她出現時手上已經拿了那張出生證明。平常不太讓人覺得會偷懶的父親，隨便就抓了一枝筆，在我名字後面加上一個很沉重的、反身的、女性化的、佔有的、草寫的、詛咒的「I」。

不久之後，母親一得知我暫時的名字，不顧下體還有著撕裂般的疼痛，硬是從床上下來，把我扔進玻璃嬰兒床，推我走到電梯，全然忽視我父親的存在，任憑我父親大聲叫喊著：「妮達莉（Nidali）是個美麗的名字，多麼特別的名字啊！拜託，魯絲，不要這麼不小心，妳不應該走動，妳的，妳的……那裡（父親小小聲以阿拉伯語的『陰道』一字來說那個地方）需要休息啦！」

「我那裡？你這爛人！你不用擔心我那裡啦，聽見沒有？你再也別想碰我那裡了，你……你這白痴！」

「夠了，魯絲，妳瘋了嗎？在大庭廣眾之下罵成那樣？」

「你覺得這些人聽得懂我們說的任何一個字嗎，你？」母親用阿拉伯語對著父親咆哮，並用阿拉伯語對一個正在長廊餵奶的白人女性說：「妳的小孩看起來像猴子的屁股。」結果那個女人微笑地以英文回應她。媽媽於是又看著爸爸說：「啊，在波士頓果然有數以百計的阿拉伯人！」

「的確，親愛的，這裡是十九世紀阿拉伯人首先到達的地方，他們稱自己為敍利亞人。」

母親用懷疑的眼神瞪著父親。她那隻褐色的打過點滴的手擱在豐滿的屁股上，初乳滲到睡衣上，那一雙還畫著眼線的大眼睛，定在父親身上，彷彿已經準備好要射出死亡光線一樣。

「不可思議啊！你在給我上歷史課啊，你這阿達，你把我們的女兒取名為妮達莉？」

爸爸試著轉移媽媽的注意力以讓她冷靜下來。「沒錯，而且還有另一件奇怪的事：移民局官員會更改阿拉伯人的名字。米爾翰斯會被改成威廉士，達悟士會被改成戴悟士，婕拉爾士會被改成蓋拉爾士，以此類推。」

「很好，親愛的，既然你提到改名字的事，我現在馬上要換掉我們女兒的名字！你先是幫她取一個很普通的男孩的名字，就像她將在難民營被撫養長大一樣，又好像她就要成為一個鬥爭者或頭巾戰士一般。接著，你又在這個名字後面加上一個字母，還認為這個名字是他媽的特別咧。」一直追著媽媽跑的那位護士現在已經放棄了。媽媽還繼續著：「不，老兄，我死也不會答應，而且你也別想再碰我了。我不會叫她『我的掙扎』！更不會以此去預測我女兒的未來，她會是我的寶貝，我的生命，我的旋律，所以不要告訴我，我的那裡現在需要休息！」

電梯到了，它輕輕發出叮的一聲，彷彿在拜託我父母該就此打住了。

「妳的旋律？」爸爸問。他跟著媽媽一起搭上電梯，「別跟我說，別跟我說：妳要叫她馬祖卡、奏鳴曲、敍事曲，或是，或是華爾滋喔？」爸爸咯咯笑著，以這種將媽媽氣到難以形容的極點爲樂，這是他最近開始擅長的技倆。

「叫奏鳴曲有甚麼不對？」電梯又發出叮的一聲，媽媽邊說邊走出電梯。

爸爸還愣在電梯裡，思索著「奏鳴曲・阿墨爾」這個名字，最後發出一聲又大又遠播、足以振動整條白磚走廊的笑聲。

爸爸笑完沒多久，媽媽就沒有再跟他吵了。不過，天曉得她是不是跑到護士站去找朗達；也可能朗達跟她說出生證明已經送出去了，這樣媽媽就必須到波士頓市市政廳找負責生命統計資料的承辦員，因爲那裡專門保留出生與死亡證明；也或許迷信程度是全世界之首的媽媽——她的迷信程度更勝於爸爸，稍後她自己就會證明這一點——只要想到在大熱天抱著一個新生兒穿梭於波士頓車流，到一個她從沒想像過、大家去塡死亡證明的地方就不寒而慄。而且，她一定想過，走這樣一段路到這樣一個地方，我一定會夭折。所以，到現在我還是叫這個名字。

媽媽喜歡說我們永遠也無法得知人會變成怎樣。對於像她這樣一個我先前提到的超級迷信者而言，如果事情沒有照著應該發生的方式發生，三分之一的事件參與者就一定會死。「如果我們是第一次待在美國，」媽媽說，「我也許就會相信女性解放這種東西，並離開妳爸爸，那我們可能就得依賴我在當地星期五餐廳擔任音樂會鋼琴師的微薄薪水維生。喔，不，不，女兒啊，這眞是一場夢魘。不，事情最終總會變好，如阿拉所願。」

當媽媽跟我說這些時，我正幻想著跟一群很酷的人在波士頓南區長大，脖子上戴著一條三呎長的大鑰匙。才四歲，我就可以從托兒所回家幫自己倒一碗穀片。這就像比爾·威德斯①的歌〈只……有……我倆〉一樣：只有窮人與阿拉伯人。人們可能會認爲頂著一頭怪怪黑髮、有著棕色皮膚、湛綠眼睛、戴一堆金飾的媽媽有拉美血統；而我，一個看起來像餅乾的女孩，是她跟老外的結晶。人們會相信就是這樣。

---

①出生於一九三八年的一位美國歌手，同時也是作詞作曲家，唱紅的歌曲除了Just The Two of Us（只有我倆）之外，還有Ain't No Sunshine、Use Me、Lovely Day、Lean On Me、Grandma's Hand。

不過，其實我媽是埃及人，她的媽媽是希臘人，我爸是巴勒斯坦人，我爸媽後來都沒有留在美國，因爲我 YiaYia（我的希臘外婆。也是因爲她，所以我看起來有點像餅乾）五十六歲時死於腦癌。他們沒有待在波士頓，他們搭埃及航空回去，爸爸把我抱在大腿上，媽媽整個人蜷縮起來，外婆的鬼魂塞擠在他們中間。他們穿著七〇年代的聚脂纖維褲子、頂著一頭直髮，意興闌珊地回去，將外婆埋在亞歷山卓的希臘聯合公墓。

在埃及時，我把玩一套已經過世的外婆給媽媽的俄羅斯洋娃娃。我佯裝自己是那個最小的、肚子空空的俄羅斯娃娃，小洋娃娃被裝到她媽媽的肚子裡，洋娃娃媽媽又被裝到另一個更大的媽媽的肚子裡，以此類推。我知道最大的那個洋娃娃、在最外面的大媽媽是希臘人，但我不是希臘人。我發現除了我之外，所有的洋娃娃都一分而二，雖然我也被分成了兩半：一半埃及，一半巴勒斯坦。我同時是希臘人也是美國人，我那本小小的藍色護照，看起來既不像媽媽那本中尺寸的綠色護照，也不像爸爸那本更大號的棕色護照，我的護照上頭寫著我是美國人。雖然這時在機場通關的時候，我還不需要跟爸媽排在不同的窗口，不過很快我就要了。媽媽會跟我排在不同的窗口，爸爸又排在另外一個。這讓我覺得很孤單，覺得自己與眾不同。因此我相信這個世界想要拆散我跟家人，所以我得把他們拉緊一點。

處理完外婆後事，我們離開埃及，轉往科威特，爸爸的新工作在等著他。在七〇年代，對阿拉伯知識份子、以及那些想住進看起來不像避難所的公寓的人來說，科威特是天堂。

爸媽在結婚的第一年，就已經搬過兩次家。爸爸說，遷徙是巴勒斯坦人天性的一部分。「我們的人民把家鄉帶在靈魂裡一起遷徙」，晚上爸爸哄我睡覺就跟我說這些，這是我三、四歲時的床邊故事。「妳可以去任何想去的地方，但是一定要把家鄉放在心裡。」我在心裡想著：「這會不會太重了一點啊！」後來我有一次探訪這塊故土，我發現這塊土地上有許多草原、有幾座岩石、高山，還有數以千計的橄欖樹跟驢子。但在我還小的時候就知道這些，有益無害，它讓我同情在瘦弱身軀內拖著極沉重靈魂的爸爸。

每當想像爸爸在我一出生後馬上跑出去，像電影明星一樣溜過長廊時，我就知道他一定潤飾過這個故事。爸爸最喜歡這樣了，最喜歡說一些不可能但同時又很眞的故事，尤其是在這些故事他看起來像個搖滾巨星。這是因爲他曾經是作家，而現在是建築師。這我們的小公寓滿是各種建築藍圖以及塑膠房屋模型，而非筆記本、詩集或是菸灰缸。這個事實讓爸爸滿懷悲傷。所以，在爸爸遭遇許多困難而倖存下來之後，便在他的故事裡訴說這些悲傷。

每當爸爸說這些故事的時候，媽媽就喜歡吐槽他。媽媽是爸爸的狗仔，檢驗爸爸故事的眞實性，因爲媽媽才是眞正的搖滾巨星：一個不再玩音樂的音樂家。爸爸說，媽媽吐槽他是因爲他買不起鋼琴，雖然媽媽總是指責爸爸，說他討厭古典音樂，希望她生活悲慘。我們家到處放滿了爸爸的建築設計圖、塑膠房屋模型，以及我的學校作業、玩具、洋娃娃跟一堆只剩下一隻的襪子，卻沒有鋼琴。這個事實讓媽媽滿懷悲傷，所以她把這些悲傷發洩在我們身上。這便是造成我們家人衝突的主要原因。

我一開始就知道家代表著衝突、爭吵以及某種修飾、美化，因此我喜歡學校，因爲我爸媽不會在學校出現。學校裡有老師，老師根據事實指導我們，我們不期望老師愛我們，而他們確實也不愛我們。學校的老師是英國人，很冷漠，跟我們一點都不像。我喜歡這樣，我喜歡看到他們時，不會像在鏡子裡看到自己。就如同有些小孩想到學校就想到玩耍，而我覺得學校是我的避風港。

我七歲時就讀位於科威特加比亞的新英語學校，這是一棟由灰藍磚塊跟混凝土蓋成的大怪物，有三大棟建築。第一棟是中學部，第二棟是中學部的科學與藝術側廳，第三棟是小學部，由我們使用。我們有屬於自己的遊樂場，在四周圍起來的院子裡，有幾座放在玻璃箱裡的動物標本。我們才七歲，看到這些標本覺得很害怕，不懂爲甚麼要強迫我們在吃咋塔醬②三明治午餐的時候，還得盯著狐狸那對恐怖的綠色眞眼睛瞧。更讓人覺得煩的是放在中間的孔雀，雖然那隻孔雀的羽毛又長又漂亮，但是牠看起來一臉驚恐。我很確定這些標本是活的。我試著問我的好朋友琳達是不是也這樣覺得，但她不想看這些動物標本，因爲她爸媽很酷，她是班上唯一家裡有養狗的人。當我們回到教室坐進小椅子之後，我的朋友塔瑪爾舉起手來。

「甚麼事？」卡魯瑟爾老師問得很不耐煩。

「卡魯瑟爾老師，那些放在外面的動物是活的嗎？」

「好，我看看。不，牠們已經死了。還有其他問題嗎？」

「但是，爲甚麼牠們看起來跟活的一樣？」

「那是因爲牠們身體裡都被塞得滿滿的不是嗎？牠們被殺了之後，讓一些被稱做標本師的壞心王八蛋用東西塞滿身體。問完了沒？」

「計程車司機③不是王八蛋啦，有些司機會給我口香糖吃耶。」

---

②咋塔醬（Za'tar）：一種以麝香草混合芝麻與香料而成的沾醬，可以用麵包沾橄欖油再沾此醬，或是塗抹在烤餅上食用。在約旦餐桌上會固定出現的沾醬。

③標本師「taxidermist」跟計程車司機「taxi drivers」的前四個字母相同。小學生把 taxidermist 聽成 taxi drivers。

我嘲笑塔瑪爾對計程車司機的辯護，不過其他人都沒有笑他。

「好，很好。現在大家翻到課本第十一頁。妮達莉，既然妳今天話那麼多，那我就聽妳念。」

我念的是關於一個喜歡在冰冷白雪上滑雪的女孩的故事，每念幾句，我就得擦一次額頭上的汗水。我流汗，是因爲我害怕，因爲現在外頭溫度高達攝氏四十度，但是我卻一直在念一個小女孩喜歡滑雪的故事。我的發音很爛，而卡魯瑟爾老師明顯不爽地想要喝水。

「很明顯的，我們班上有些同學一定要自己在家裡好好練習。有些人的發音聽起來像是有燉肉卡在牙縫。有些人呢……」

「甚麼是燉肉啊？」塔瑪爾的疑問又脫口而出了。他有一頭柔軟的直棕髮，剪了個蓬鬆的髮型，左臉頰上有一個很大的褐色傷疤，一對黑眼睛閃閃發亮。我有次親了他的傷疤，他的臉頰有圓麵包的味道。

「好，不是燉肉，是血紅的烤肉串，這樣有沒有好一點？你的發音絕對是最糟的，塔瑪爾先生，請你來念第十三頁的故事吧。」

就在此時，國家緊急系統發出警報，那個聲音讓我們耳朵痛了好幾個小時。每個月第一天的早上十一點，警報聲從中央市警報局發出，我們學校在加比亞，但是警報聲就像才從幾哩外傳過來似的，學校裡每個人都聽得到，而且全國每個學校每個單位也都聽得到。很枯燥的旋律，先是低沉聽起來像是「朵伊」的警笛聲，之後緊隨著高亢的警笛聲，然後再一聲高一點的，達到最高音之後稍做暫停，然後又是最高音，漸低、漸低，最後到最低音，每一輪間隔五秒，就這樣連續三分鐘。在這三分鐘裡，卡魯瑟爾老師一句話也沒說，逕自走到她的書桌抽屜取出「水」瓶來。全班開始躁動，大家都好高興可以利用這三分鐘用母語聊天。當最後一聲警笛結束後，我們又鴉雀無聲，就像電視上轉播的激烈足球賽突然被關掉一樣，我們繼續回到課本上。

這種安靜就好像之前警報未曾大作，也像在我們國家上方的伊拉克，跟隔著波斯灣在晴朗無塵的日子就可以看到山丘的伊朗，兩國之間這場十年戰爭並沒有在我們小朋友頭上發生過一樣。

放學了，我們在門口邊等公車，邊討論卡魯瑟爾老師嘴巴的氣味。

「聞起來像我爸的古龍水。」我說。

「好臭的味道……跟塔瑪爾一樣。」琳達說。

「閉嘴，琳達，妳會下地獄，因為妳是基督徒啦！」塔瑪爾說。

「我覺得很像古龍水，我喝過一次古龍水，而且喝醉了。」我說。二十七路黃色公車停了下來。司機叫法速波，或大概類似的名字，他開車技術真爛。

「我會上天堂啦，因為耶穌會救我，你才會下地獄咧，因為你打赤腳禱告。」琳達邊說邊倒坐到發熱的皮椅上。

「我長到十歲就可以在齋戒月期間進行齋戒了。等我上天堂，如果妳也在天堂的話，我就要對妳發射口水彈。」塔瑪爾說。

「耶穌是誰？」我問。

「耶穌是上帝之子。他的手腳被釘在十字架上處死。」琳達笑得很開心。

「上帝沒有兒子吧！他是自己一個人。我爸教我這樣記。」我對琳達說。

「妮達莉，別在意，她是基督徒，她不會信妳的，就讓她下地獄吧！」塔瑪爾邊說邊翻著一本叫做《*Meeky*》的埃及漫畫。可是我不要琳達下地獄。我懂「基督徒」那個字。爸爸和媽媽跟我說外婆是基督徒，這表示她也是書裡所指的人之一，只要他們表現良好，死後就可以上天堂。

我們的公車糾察員叫阿密德，他坐在公車前面，因為聽到好笑的笑話而露出閃閃發亮的潔白牙齒。我問身邊的同學，發現他已經十六歲，而我才七歲。不過我很快就會到十六歲，他也是十六歲，那我就可以講笑話逗他笑了。可是我的頭髮是棕色的，而且我也沒甚麼笑話好講。每次我們去拜訪姑姑的時候，爸爸就會說好多笑話，所以從現在開始我要把爸爸的笑話背起來，就像我背可蘭經法迪哈章一樣。

這是一輛黃色的公車，裡面很悶熱。我的大腿黏到皮椅上，每當我站起來或動一下，就會聽到像撕透明膠帶一樣的聲音。車上的女孩們在聊音樂，問我有沒有看過新《一千零一夜》的特別版，我們討論了裡頭的女演員妮莉，覺得她好漂亮，金髮碧眼，又有埃及人的味道。我們又在車上唱了《一千零一夜》的主題曲〈阿爾夫利拉瓦利〉：一夜一故事／一千零一夜／一夜一故事。

接近我家那條街的前一站，阿密德下了車。他的朋友跟他說了一個我聽不懂的笑話，他笑了。我得問問我媽，這個笑話的笑點在哪裡。我也想要逗他笑，我也想要看到他黝黑臉龐上那排亮白牙齒。

公車停在我家大門口，我從窗戶看到媽媽跑向公車，她那一對藏在白灰色衣服下的奶子上下跳動，讓我覺得好尷尬。我走下公車之後，她緊緊抱住我，說：「我要給妳一個驚喜喔！」但還不能告訴我是甚麼。她牽著我的手經過集合式公寓的中庭。

我們所住的集合式公寓以七〇年代風格的灰紅磚蓋成，兩側相對，中間四個向內彎曲的區域，讓這棟集合式公寓看起來既像是個曲線窈窕的女人，也像個沙漏。中間所謂女人腰部的區域長著長草，還有社區中下階級父母們共同決議添置讓小朋友玩的鞦韆。庭院中央矗立著一條三呎高的T型水管，不過我自己倒是從沒有見過那條水管流出水來。這水管在我們玩警察抓小偷的時候很好用，我們把小偷綁在上面，這個遊戲的玩法是，轉身看身後的人，然後邊跑邊敲打別人的頭，這水管也可以讓人坐上去擺好姿勢等老年人來合照。我就有一張這樣的照片：我那鰥夫外公，我的 Geddo，從亞歷山卓來看我們，他站在我後面扶著我，而我就坐在那根水管上，瞇著眼睛閃避午後炙熱的陽光。從照片上那兩個落在我們右手邊剛修整過的草地上、拉長得像鬼魅一樣的影子，可以看出大概是下午五點鐘左右。

我們一回到家，媽媽便轉向我說：「我有個好消息。我懷孕了，媽媽有寶寶了。」她一定認爲這是一件有趣的事，因爲她笑得很開心，所以儘管我討厭這個新寶寶，我還是跟著開心地笑。但是，新寶寶要睡哪呢？誰來照顧它呢？如果媽媽照顧它，那誰來照顧我呢？

爸爸下班回家之後，換上一件白色的長迪士達沙④，把一雙長腳伸到咖啡桌上並點燃香菸。我坐在爸爸大腿上，看著他的鬍碴，想像他的臉上有一場足球賽正要開踢：他臉上的黑色小點點是球員與粉絲，他的鬍子則是球門。我親親他的臉頰，問他有關新寶寶的事。「妳知道這個寶寶有多大嗎？」他問。我搖搖頭表示不知道，他說：「妳馬麻現

④ Dishdasha，長及腳踝的寬鬆服裝，以白色棉布製成。

在肚肚裡有一個像橄欖大小的寶寶喔！」我現在實在很擔心，因爲爸爸讓媽媽把橄欖跟家鄉都放到身體裡了。不知道我們的生活會變成怎樣。

爸爸決定重新整修房子，爲新寶寶的到來做準備。我的房間被改成育嬰房，我那不合適的咖啡色大床則被收到角落。「客廳也要更動，」他說，「我要把這面牆漆一漆，讓它變得不一樣，也讓整間房子看起來大一點。」禮拜四，也是週末的第一天⑤，他叫我換件過小的舊衣服，幫忙他漆餐桌旁的那面牆。他幫我把我的黑色濃密長髮盤到頭上打成髻，我們拿了一把大刷子將那面牆漆成粉藍色。我們花了大半個早上才完成，然後媽媽煮了豆泥跟烤鷹嘴豆圓餅給我們吃。當爸爸跟我在吃這些東西的時候，我懂了阿密德在公車上的那個笑話了。我邊吃邊笑，跟爸爸說那個笑話，他也笑了。「你從哪兒聽來這個笑話？」爸爸問。我告訴他是我男朋友在公車上說了這個笑話。我補充說，我知道阿密德不是我的男朋友，但我希望他是。「妮達莉，我們不能交男朋友喔！」他說，神情有點改變。「我們？這是甚麼意思？」我問。「我的意思是說，」他說，「男朋友就是未婚夫，妳要嫁的人。妳才七歲，現在怎麼可以嫁人呢？所以囉，我的小月亮，妳還不可以交男

⑤伊斯蘭教的週末為週四和週五。

朋友喔！」

我覺得很沮喪，這個規定聽起來眞白癡。我當然不會現在就嫁人，但是爲甚麼我不能交男朋友呢？我很快就發現每個女生都知道這個規定，爲甚麼我卻不知道呢？我瞪著前方那面白牆，避開爸爸的視線。我覺得我好像不是爸爸的親生女兒；如果我這麼難以認同爸爸的規定，我一定是從其他地方蹦出來的。

我們吃完東西之後，爸爸站了起來，說：「妳想不想聽聽爸爸打算怎麼處理這面牆？妳可以幫忙塡滿每個空白處。」他拿起油漆刷，在那面牆的藍色天空下漆上一整片的大樹。那是一片棕色、修長的樹，看得到樹根以及很細的樹枝。爸爸讓我在枝椏間漆上小小的鳥巢，然後在牆壁最下方靠近木頭地板那裡畫上草地。在塗上綠色漆的下方，我們擦了紅綠混色的漆，這樣一來，我們家牆上森林裡的草地跟地面就變成紫羅蘭色了。

有些小孩到池邊玩，有些小孩到公園玩，還有些男孩到清眞寺去。我們則是到波斯灣邊的點心店去：媽媽懷孕期間最喜歡流連的地方。她總是點大巧克力球，然後給我一些巧克力金幣；我喜歡撕開薄薄的金色糖果紙，品嘗一個個圓型的巧克力。那天天朗氣清，我們坐在沙灘上吃巧克力，塵土飄離地面不遠，所以我們可以看到波斯灣海域另一邊那片巨大灰色的山峰，我們可以看到伊朗。比較近一點的地方有水塔，一共三座。第一座看起來像是中間有一顆球的魚叉，第二座就只是像根魚叉而已，第三座則是上方有兩個球體的魚叉。看起來就像是有人把冰淇淋放錯地方，放到冰淇淋蛋捲筒尖的那一端了。

那兩個球體像波斯灣海域一樣閃閃透藍，媽媽跟我說其中一個轉呀轉的球體裡有餐廳。我取笑她，說她的胃跟那藍色球體一樣，裡頭有餐廳。她隨即轉頭看我，給我一個會心的微笑，我看到她補的牙齒。她告訴我，這些水塔就是爸爸要搬到科威特的原因。

「它們贏得了阿嘎可汗⑥獎。」她說。「阿嘎甚麼？」我問。她的手指在我髮間游移，她說我是最可愛的女孩，長得很像她媽媽。

「妳想念妳媽媽嗎？」我問道。

「嗯。下次去埃及的時候，我們去探望她的墳墓。」她說，並往下看，拍掉她閃閃發亮的長裙上的灰塵。

「她怎麼死的？」我問，邊把金黃色的巧克力包裝紙埋進沙裡。

---

⑥阿嘎可汗建築獎（Aga Khan）：Aga Khan 親王於一九七七年設立此獎，是伊斯蘭建築的最高榮譽，每三年舉辦一次，參賽資格只限於在伊斯蘭文化地區的作品。

「她精神錯亂了，東西都放錯地方，她老是把東西放錯地方。她在頭腦裡放了一顆石榴，她的大腦就這樣毀了。」她說這件事的樣子，跟她在博物館裡當志工時說話的方式一樣：這裡是伊斯蘭藝術中心，這裡是科學側廳，這是我母親的離奇死因。她從沒用過那個科學用語：癌。

「就快要有兒子了，妳興奮嗎？」我問她。

「是啊，不過有個女兒也是一樣興奮。」

「琳達說上帝有個兒子，是不是很扯？」

媽媽轉頭過去看著波斯灣。深呼吸後說，「有些人信這些。妳外婆就信。她是基督徒。」

「可是那是真的嗎？」

「小親親，事實是不同的人有不同的信仰。」

我無法理解我怎麼有辦法跟別人有不同的信仰，這讓我覺得好像無法真正了解事實是甚麼。不過媽媽跟我說這只是因爲事實是一種巨大的東西，大到無法讓所有人都同意。

「例如，有些人……」她指著大海對岸的伊朗山丘說，「認爲上帝存在災難裡，有些人相信上帝有兒子，還有些人相信在我們死後會被重塑成其他生物。」

「爲甚麼？妳覺得人可以被重塑嗎？」

「有可能啊！」她邊說邊拍肚子，「就以我們腳下那些波浪爲例，它們都是不同的，但它們也不是全然不同。或許人們就像這些波浪，來自同樣一座靈魂之海。」

我跟她一起拍拍她的圓肚子，想像著她也曾經這樣待在她媽媽肚子裡。

她咬了一大口巧克力球，舌頭在牙齒上舔來舔去，結果巧克力都黏到牙齒上了，然後她笑了，就像拉開舞台簾幕，好讓我可以看到她嘴裡那座舞台正在上演的喜劇。她現在看起來就像有人把她的牙齒都弄掉一樣，我望著她不停地笑。她明明知道我爲甚麼笑，但還是裝作不知道，故意氣鼓鼓地說：「喂，甚麼事那麼好笑，甚麼啦？」

沒有其他的媽媽像她一樣。我大部分朋友的媽媽都會禱告，但是我媽不禱告。他們的媽媽煮三餐，但是不彈鋼琴。他們的媽媽不說髒話，也不會對老公大聲嚷嚷。他們的媽媽不像媽媽。看著媽媽前排的黑牙跟她的大孕肚時，我邊思索這些問題，她身邊的沙子變成了黃金碎片，波斯灣的海浪在她身後猛烈拍打著，我猜想著我將出生的小弟背負的會是誰的靈魂呢？

在那間藍白色的產房裡，我可以聽見媽媽的慘叫聲。我盯著掛在那片乾淨牆上的時鐘，注意到秒針並沒有滴答響，只是很流暢地滑過去而已。我納悶這是不是會讓時間變得有所不同，這是不是一個眞的時鐘，我媽媽還會一直是我媽媽嗎？護士小姐一直給我書看，給我棒棒糖吃。書用阿拉伯文寫成，我喜歡從右往左讀，我的眼睛不會像在學校由左往右讀的時候一樣感到疼痛。除了上阿拉伯文或是宗教課之外——一天也只有兩次而已——在黑板上寫字時都是由左至右。年初時，琳達跟我們一起上宗教課，但是當老師問她有關穆罕默德的問題時，她說她是基督徒。這個老師身材矮小、頭髮稀疏，還梳個條碼式髮型⑦，他從椅子上跳了起來，身上的肥肉抖動著，大叫：「爲甚麼妳都沒說呢？基督徒跟其他不是穆斯林的人都不應該上宗教課。妳現在可以滾了！」我替琳達難過，她不能再跟我們一起背誦那些優美詞彙，也不能跟我們談論載有動物的大船了。然後她跟我說，她信仰的宗教也提到一艘載有很多動物的船。「但是妳們的動物是成雙成對的嗎？」我問她。「是啊！」她說，「你們偷了我們的故事。」「誰是你們，誰又是我們啊？」我說。她說基督徒有跟我們回教徒一樣的故事。我問她亞當跟夏娃的故事，她點點頭。我問她有沒有天使，她也點頭。我問她地獄呢？就是那個人稱「苦難」的地方，她又很感興趣地點了點頭。我跟琳達雖然不一樣，但我們相信很多類似的故事，這樣很好。

---

⑦是一種頭髮稀疏的男人試圖梳髮以掩飾禿頭的髮型。通常是將兩邊留長，從一邊橫跨頭頂梳到另一邊，這是 comb-over 稱呼的由來。因為梳成的髮型很像商品上的條碼，所以也被稱為條碼頭（bar-code hairstyle）。這些稱呼其實都在嘲笑那些禿頭者欲蓋彌彰。

明年有一場大型的可蘭經比賽，我想跟爸爸說我要參加。就算小寶寶可以快點離開媽媽的肚子，我也知道必須等到帶小寶寶回家之後才能說。

寶寶離開媽媽的肚子了。他好小一隻，紅紅藍藍的。我親親他的小手，摸摸他胖胖的臉頰，「現在，」爸爸說，「妳有一個小弟囉！」我很高興媽媽有兒子了，因爲我想爸爸現在會讓我開心地玩，把我當成一個女孩。我才剛這樣想而已，爸爸就轉身對我說，媽媽從現在開始要花很多時間照顧小寶寶，所以我得把頭髮剪短。

我有一頭長髮，媽媽習慣每天下午花上半個小時，把我纏在一起的頭髮梳開、上油，再綁個馬尾。(爲了學校的演出，老師曾經叫媽媽幫我綁辮子，可是媽媽給了我一些盤子，因爲她不知道甚麼是辮子，我也不知道。⑧) 因此爸爸帶我到他的理髮師雪瑞夫那裡。

雪瑞夫口齒不清又頂著一頭呆髮型，手上戴了一堆戒指，上衣鈕扣只扣了一半。他跟我說他以前從來沒有幫女孩剪過頭髮，我跟他說：「頭髮就是頭髮，都一樣啦！」爸爸聽到就笑了。我也笑了，假裝我並不討厭我的頭髮像棕色的雨一樣一縷縷落在髒髒的地磚上，假裝我並不討厭自己頂個像男生一樣的頭，假裝我並不在意現在我的頭髮已經

---

⑧辮子（Plait），發音跟 plate 盤子一樣，所以媽媽誤解了老師的意思。

不算是頭髮了。

「那，你好嗎？」爸爸問雪瑞夫。

「糟透了！」雪瑞夫說，然後揮動他的剪刀狂抱怨，「他們以爲我是百萬富翁，又漲我房租，你看掛在外面那個鬼東西！」他用他那粉紅色的長指甲指向外面。

「我的天啊！你有一個旋轉的理髮店標誌耶！」

「我不是『平白無故拿到』喔，叔叔，我他媽的付了一張支票出去！那個娘娘腔收了我五十第納爾⑨！」他喀擦一聲剪掉抓在他手指間的一撮頭髮。

「他搶你啊！」爸爸邊說邊啜了一小口土耳其咖啡，看他的表情，咖啡應該有點苦，我確定他一定很想念媽媽泡的咖啡。媽媽現在一個人待在醫院裡。

「搶我？他強姦我咧！我能怎樣？像這樣走出我的店？」他停下幫我剪頭髮的手，一手放在他褲子前面，另一手放在後面的屁股上。「因爲我得賣掉我那他媽的內衣啊！叔叔。爲了那個藍紅色的旋轉鬼東西啊……但是我需要做這個生意。」

---

⑨第納爾（Dinar）：伊拉克、科威特等中東國家的貨幣單位，一第納爾大約等於一百二十元台幣，五十第納爾相當於新台幣六千元。

「生意，錢錢錢……錢——啊！」每次有人抱怨沒錢，爸爸就唱這首他在美國學到的爛歌，他還滿常唱的。

雪瑞夫幫我梳頭髮，然後拿了一面小鏡子讓我看看我後面頭髮剪得怎樣。我可以看到我的脖子，空蕩蕩的。我可以感覺到風從電扇吹了過來。我覺得一絲不掛，而且很虛弱。

「我看起來跟男孩子一樣！」我大叫。爸爸安慰我說，「妳看起來像個公主呢！現在妳有更多時間去玩囉！」我幻想自己在外面練習溜冰，讓技巧更臻完美。然後我又想像自己頂著一頭男生短髮在增進溜冰技巧。「我會是最棒的男孩。」我說的又氣又急，爸爸不爽地皺著眉頭看我。爸爸皺眉的時候，前額就像打了個結，我眞想把油倒上去抹平它。

在雪瑞夫用吹風機幫我把脖子上那些稀稀疏疏的頭髮吹掉之後，爸爸提議我們應該去珠寶店幫新寶寶買東西。一到外面，爸爸停在店門口跟雪瑞夫說：「我覺得這是我所看過最大的理髮店標誌！如果這樣可以讓你覺得有點安慰。」雪瑞夫聽了之後大喊：「當我連一件內衣都沒有的時候，這麼大一個招牌對我一點好處也沒有啦！叔叔！」還邊用力地揮手，爸爸都笑了。我看向他所指的方向，眞像變魔術，一紅一藍旋轉著往下垂了下來，不過沒有垂到地上，它們留在原來的玻璃圓柱裡，玻璃圓柱動也不動。我覺得好神奇，我也想要會變魔術。

我們走過噴水池，走下購物中心台階，購物中心裡的冷氣讓我的頸背感到像冰一樣沁涼。爸爸在珠寶店裡幫弟弟買了一個鑲有黎巴嫩綠松石的別針：一顆綠松石圓珠，上面刻有可蘭經文「破曉」那一章。爸爸付完錢，我們正要離開的時候，他抓住我的手臂說：「等等，女兒啊，買一些耳環給妳。」從我還是嬰兒起，就一直戴著同一副破舊的心型金耳環，媽媽叫它做「波士頓之心」。她在波士頓從一個不斷問她來自哪裡的怪男人那兒買到這對金耳環。那個人對媽媽說：「哪，」——美國人喜歡用「哪」做發語詞——「妳是古巴人嗎？還是波多黎各人？或是印度人、印地安人？是來自印度的印度人，還是來自美國印地安的印地安人？」媽媽說她不斷重覆地問：「哪，這些耳環多少錢啊？這些心型耳環，這些心型耳環多少啊？」

爸爸從裡面選出綴著綠松石珠的圓型耳環，然後把我的心型耳環換掉，我的耳朵變得空蕩蕩的，就跟我脖子後面一樣，接著他幫我將耳環的針穿過我耳垂，珠寶店老闆給我一面小鏡子，一頭小男生頭跟這些小女生的耳環讓我看起來很不一樣，我等不及想要秀給我朋友、鄰居、尤其是我媽看。我親了爸爸那滿是鬍碴的臉頰並向他道謝。「如果妳眞要謝我，那就當個乖女兒，把功課好好做完，這樣我就會以妳爲傲。」家庭作業是我的延伸，就像我的另一隻手或腳一樣，一個分肢。如果我所有功課都做到無可挑剔，我也就是個完美的人；如果我的功課做得很爛，那我就是個爛人。在爸爸心裡，似乎一個人努力的成就跟他的本質不容分割，所以我的家庭作業跟我是融爲一體的。

爸爸說：「妳那些姑姑沒有一個念完六年級，現在都在家裡帶小孩、打掃家裡、照顧她們那些沒出息的老公，妳想要跟她們一樣嗎？」

「我不知道。」我說。因爲我不知道她們的生活到底是甚麼樣子。她們都住在巴勒斯坦，好遠的地方。

「不，」他回我，「妳不會想要跟她們一樣。妳要自由。」

我點頭。對，我要自由。我想要脫掉鞋子、褲子去旁邊的噴水池玩。

「好，」他說，「爲了自由，妳必須受教育。所以妳一定要全都表現得很優異。這樣的話，就有機會每年都順利升級，包括拿到博士學位。」

醫生？我想到了醫院的藍色病房便覺得不寒而慄，後頸又開始覺得空空的，好冷。

「我不要當醫生啦，」我說，「我討厭醫院。」⑩

「妳會成爲一個文字醫生啦，笨蛋。妳不喜歡語言文字嗎？」

我想了一下，最後聳聳肩說：「要看是甚麼語言文字啊！」爸爸於是笑著說：「那

---

⑩英文裡，博士跟醫生是同一個字「doctor」，因而造成誤解。

就表示妳喜歡嘛！」

把頭髮剪短代表媽媽不用再每天下午花半小時幫我梳頭髮，也不再需要用她那一把看起來像太空船的銀色鬃毛刷幫我把打結的頭髮梳開。把頭髮剪短也表示我不會再因爲梳頭而頭痛，媽媽也不會每次梳我的頭就生氣，但這也意味著我跟媽媽不會再有這種相處的時間了。弟弟雖然很乖，但是他讓媽媽一直睡。媽媽只要一有體力跟時間就沖澡，她裹著粉紅色浴巾，臉上還掛著些小水珠。媽媽臉上的汗毛看起來好美，她一直沒有時間做蜜蠟除毛或把它們一根根拔掉。她的手臂柔軟豐滿，潔亮的大腿上出現凹凸不平的橘皮組織。她坐在鏡子前面，讓浴巾落到椅子上，用那把太空船一樣的梳子梳她的黑髮，她的乳頭因爲被小弟不停地吸咬而變成紅棕色，在她一邊梳開那一頭糾結的卷髮時，她那脹奶的乳頭垂了下來。她很快地插上吹風機的插頭，我在我的房間讀書，可以聞到燒焦的味道，像房子起火燃燒一樣。我得提醒我自己，這只是媽媽吹頭髮的味道，我跑到她的房間去確認，我看到她舉起手臂，梳子纏著頭髮，吹風機在上方，白色的煙在她沒有穿衣服的身上。她看起就像一座棕色火山。我回到我的房間，寫了一封短箋給她：

媽媽，

希望我的長髮還在。希望我可以總是把功課做得很好，讓爸爸不會再生我的氣。

然後，我停筆。我想跟她說，希望她少睡一點，希望她不要把頭髮燒掉了，希望她不要再讓爸爸吼她或吼我。我想跟她說我好想她。不過我沒有繼續寫，因爲我不要讓她難過。

我又打了第二封草稿要給媽媽：

親愛的媽咪，

我愛妳。我愛爸爸，還有剛出生的小弟。

我說謊，也或許不算說謊，但是我並沒有跟她說所有我想說的話，因爲我不要讓她傷心。寫謊話、講小故事，都讓我覺得很棒。媽媽把這些稱爲善意的謊言。有一次吃完晚餐，爸爸問她是不是在幫他泡茶，媽媽說是，可是我往爐子望去，上面根本沒有茶壺。我問媽媽爲甚麼要說謊，她說這是善意的謊言，所以不算說謊。所以當我把這封寫有善意謊言的信摺好，蘸口水封上封口，放到她梳妝台上時，這個回憶讓我覺得舒服了點。媽媽邊吹頭髮邊從鏡子前面轉頭過來跟我說了幾句我聽不清楚的話，我假裝聽到然後點頭微笑。

現在是週五傍晚，週末的最後一天，媽媽在燙我們大家的衣服。我想要讓爸爸開心。爸爸提著一個比弟弟（全家人裡面他最想見到的人）還重的公事包回家。我弟加墨爾在爸爸到家前剛睡著。媽媽不是故意讓弟弟這麼早睡，不過爸爸覺得她是故意的。

那個週末，媽媽把衣服都燙好，但先不燙那件爸爸到英格蘭去找他青梅竹馬的好朋友時所買的襯衫。

爸爸上週跟一群男人玩紙牌遊戲時說：「我們在倫敦哈洛德百貨逛街時，我跟他說，你這蠢兄弟，不要買那件襯衫啦！不過我朋友說，親愛的，你大老遠跑來，還有兩張嘴等著你養，所以你給我閉嘴坐下。我跟他說，親愛的，我的自尊不容許你這樣做。然後他看看我說，兄弟啊，把你的自尊高明地用在別的地方吧！所以我就讓那個傢伙付錢了。這是我所擁有最漂亮的襯衫。」

所以，媽媽把這件襯衫留到最後才燙。她因爲接了一通電話，所以把手邊燙衣服的工作先暫時擱下。我在玩我用媽媽的指甲油漆成紅色的五塊石頭時，突然聞到東西燒焦的味道。我往襯衫那邊看去，看到有煙，便走到燙衣板那裡把熨斗拿起來。可是我拿的方式不對，我甚麼都做不好，手掌被熨斗的邊緣燙到了。那種燒燙的高溫弄痛了我，熱氣貫穿全身，我因此大聲尖叫。媽媽聽到我的叫聲跑來我房間，檢查躺在嬰兒床裡的加墨爾有沒有怎樣，當她看到加墨爾沒事之後，便轉向我這裡，發現襯衫都已經燙破了（但是沒有發現我可憐的手掌也燙到了）。爸爸回來之後環視了整個景象，看看襯衫，又看看我的手掌。我看到那幾乎是以慢動作進行：先是舉起大腿，然後膝蓋，然後小腿，然後腳，接著腳掃過空氣，他那一隻鞋子裂開的地方快速地落在媽媽的屁股上。媽媽並不驚訝爸爸會這樣做，但她還是哭了出來。加墨爾因爲被媽媽的哭聲吵醒，也跟著哭了；我因爲媽媽、我的手跟正在哭的加墨爾而大叫，爸爸也嘶吼著：「這是甚麼家庭，這是甚麼生活啊！」然後便走進他的房間，把門甩上。我聽到他把門鎖了起來。

媽媽回到電話旁邊，跟剛剛打電話來報告她在亞歷山卓過著無憂無慮單身生活的姐妹說我爸爸是一個「難搞的瘋子」，然後對著話筒給了一串吻之後，很快地把電話掛掉。

屋裡很快就暗了下來，加墨爾又回去睡覺，我也該上床了，可是我覺得難過又震驚。我跟媽媽要水喝，她給了我一杯。我跟她要起司三明治吃，但我只得到一句話：

「妳根本不餓。」

「我餓！」

「不，妳才不餓，妳只是要我做事。」

「不，我沒有，我眞的很餓。」

「吃毒藥去吧。」

「媽，我只是要一個三明治。」

「妳敢發誓？」

「我以萬能的神、卡巴⑪與先知穆罕默德起誓，願祂們安寧，我眞的只是要一個三明治。」

她抓了抓頭，不爽地跺進廚房，出來時拿了一個三明治，但沒有裝在盤子上，我四、五口就吞掉它，再跟媽媽要多點水喝。

「喝妳自己的口水。」她說，然後解開衣服，很快地穿過頭上脫掉，換上一件剛燙好的長袍，溜到我的床上。我知道是因爲爸爸把門鎖上了，不過我假裝她今天晚上只是想要跟我依偎在一起睡。

就在我快要睡著的時候，她簡短地問了我一個問題：「妳最重要的財產是甚麼？」

我很快地回答她：「我的自尊。」因爲爸爸總是這樣說。

她擰了一下我的腰，叫我長大以後絕對不要像爸爸那麼嚴肅，然後說：「要有幽默

---

⑪卡巴（Ka'ba）：一座立方體建築物，位於伊斯蘭教聖城麥加的禁寺內，是伊斯蘭教最神聖的聖地，所有信徒在世界上任何地方都必須面向它的方向禱告。

感。」

第二天早上，我一點也不想從我那舒適的床上下來，因爲那張床上有媽媽、有媽媽溫暖的身體，還有她的味道，即便我睡的這一頭還殘留著昨晚的三明治碎屑。媽媽跟我說我會趕不上公車，所以我換上剛燙好的制服。穿上硬挺的襯衫讓我覺得自己很筆挺，就跟穿著紙卡的紙娃娃一樣。我不敢要求媽媽幫我準備午餐，看到公車邊上印著偏藍的那隻老鷹出現時，我就跑出去到公車站牌搭車。上車之後才想到我昨天晚上根本沒有做作業。昨天的回家作業是要畫兩張圖，看這個週末做了甚麼。琳達上了公車坐到我旁邊，她問我：「妳知道三乘以二是多少嗎？」「五。」我說，然後拿出幾張紙跟一枝筆。「錯！是六。我數學很強，所以我知道答案。」

我望向窗外，納悶著有甚麼是我擅長的，再低頭看了我燙傷的手掌，想到媽媽昨天晚上在套上睡袍之前，屁股上有沒有留下甚麼痕跡。然後，我記得媽媽說要有幽默感的那件事，並畫了兩張圖，一張是我那隻有熨斗燙印的手掌，一張是媽媽那有鞋印在上頭的屁股。當公車在五號環形公路上急轉彎的時候，我草草地在圖畫紙上方寫上「我的週末」跟我的名字。幽默感——我已經決定，這就是我要擅長的東西。

2 慰藉

在他們一人分給我一半、在我夾在他們中間之前，媽媽跟爸爸當了五年的神仙眷侶。我出生時，他們兩個都二十五歲，新婚不到一年。某個清晨，當他們穿越埃及亞歷山卓市電車軌道時，邂逅了彼此，八年之後他們結婚。媽媽當時穿著高中制服，爸爸穿著逃兵的制服，媽媽正在往學校的途中，而爸爸則是玩了一整夜的紙牌遊戲，喝醉了往回家的路上。媽媽後來宣稱，她當時裝作若無其事地在爸爸面前拉了一下她的內褲，故意賣弄風騷挑逗爸爸，但是爸爸反駁媽媽的說法（他當然反駁，因爲他們從來沒有對任何一件事達成共識），說媽媽才沒有往他的方向瞧，說他是一個典型的男人，當場就瘋狂愛上她。

「我是眞的沒有看你啦，因爲我是法定的視障者，但是我眞的拉了一下我的內褲。你醉得太死了，所以才沒有注意到。」

「我才沒有喝醉。妳甚麼都嘛沒做。如果妳對著我拉妳的內褲，我現在就不會娶妳了，所以謝謝妳那萬能的天神，當時沒讓我看到妳拉內褲。」

「不，我希望你看到了，這樣你就會發現我很討人厭，就不會當場被我煞到，我現在也就不會嫁給你了。」

「好吧，我猜這表示我沒有看到妳在我面前拉內褲，如眞主所願。」

「拜託，你以爲我們萬能的眞主一直在天上坐在那裡看我拉我的內褲，然後心裡想著：『聖善如我，絕不能讓那個英俊、但超級規矩的男孩看到那個漂亮女孩拉她的粉紅色內褲，所以我要讓他看不到這件事。』好像眞主是你秘書一樣！」

「妳內褲是粉紅色的？妳還記得妳當時穿甚麼顏色的內褲？妳說妳沒有當場愛上我？」

「拜託，這只是要讓故事有趣，我要說成眞主知道我穿甚麼顏色的內衣，是因爲『眞主無所不知，任何事物都在祂管轄之下。』就連年輕女人的內褲也歸祂管。」媽媽引用了可蘭經魯格曼第三十一節第三十四段，彷彿不斷引用眞主的話，就可以讓眞主與她爲伍。

「那麼眞主一定知道我無論如何已經愛上妳了。妳輸了。」

因爲媽媽是法定視障者，所以她跟爸爸理論上不可能一見鍾情。由於他們各自都覺得難爲情，加上他們所處的環境，在相遇之後的前兩年間，他們只是在電車軌道上、在電車裡、在咖啡廳外、在電影散場後的街角、在夏天的瑪穆拉海灘上擦身而過。偶爾爸爸想要讓媽媽對他印象深刻時，如果他知道媽媽會在他附近多停留幾秒鐘，他便用最大的嗓門對著他身邊那群男性朋友講小故事。媽媽故意不小心聽到這些故事，並從那種不顧一切的精神裡發覺到這些故事的可愛。透過這些小故事，爸爸盡可能把他自己所有的事情都告訴了媽媽。

亞歷山卓市，電車軌道，一九六八年：

「……因此我對他們說，如果我要成爲醫生，我得解剖青蛙，而不是背誦穆太奈比經文，或任何一首我們偉大的詩作。」（爸爸企圖告訴媽媽他是個詩人。）

同時，爲了跟爸爸分庭抗禮，媽媽認爲她可以透過彈鋼琴來傳遞一些關於她自己的事，但當她發現爸爸可能永遠都不會看到她演奏的時候（除非她有辦法在穿越電車軌道的同時，彈奏附有輪子的鋼琴），她開始把琴譜從小背包裡拿出來夾在臂彎裡，確定琴譜的標題一直朝向外頭。這樣一來，等陽光閃耀在那棟舊式、粉白色、巴黎風格的、有綠色百葉窗的大樓，爸爸會站在塞格魯爾街角，媽媽就帶著從她胸脯下方露出來的琴譜經過爸爸面前，上頭寫著「蕭邦　降A大調敍事曲作品47」。當他看到她的時候，眼神發亮，她因爲讓他對自己印象深刻而高興。媽媽一點也不知道爸爸對音樂超級無知（就他而言，蕭邦是一個在伊布拉希米亞市場賣雞肉的美國人），除非你在他面前彈些具有民族風的曲子，或是讓他跟他朋友可以跳迪布開舞⑫——手臂像椒鹽煎餅形狀一樣緊緊交錯相連，雙腳用力踏地後再甩開來——的旋律。

亞歷山卓，電車，一九六九年尾：

「……我出生的時候，我媽已經因爲要養我那六個姐姐以及失去她三個兒子而筋疲力盡了。」（爸爸跟媽媽說他是家裡唯一一個需要很多關注的男娃娃。）

她把她的音樂理論書籍跟法國文學放在大腿上，當電車到達該路線的終點晃了一下時，媽媽跟爸爸在同一站亞歷山卓大學前下車，以此暗示她不再是高中生了，等電車晃動了一下開走之後，學生們便往校園各個方向散去。在電車上，爸爸終於注意到她透過書封面給他的暗示。不過不幸的是，英文是他唯一看得懂的外文，雖然他英文也沒多行。他回家去找巴勒斯坦室友，在他們一起玩紙牌或抽廉價香菸時，他跟這些室友們爭論他

⑫ Dabka，阿拉伯文，源自於中東的傳統舞蹈，盛行於約旦、敘利亞、黎巴嫩、巴勒斯坦等地，是一種婚禮及喜宴場合的舞蹈。

們以前上課的狀況，他說他對英文課的記憶只有那個拍他腰部對他大喊「記—住……Yata-thakk-ar ⑬！」的老師。

「操她媽的英文，」他的朋友說，「你學英文要做啥？」

「我沒有要學英文，我要學法文跟希臘文。」

「喝啦喝啦，兄弟。」他們會邊說邊遞給他香菸。

亞歷山卓，黛麗絲咖啡廳外，一九七〇年：

「……我想不到有比建築跟詩歌之間更好的連結了：兩者我都同樣喜歡，我無法想像把這兩者拆散掉。」（爸爸讓媽媽知道他仍舊是個詩人，但也非常注重現實生活，因此選擇建築做為白天的工作。）

雖然媽媽非常害羞，不過她已經不再把書抱在懷裡，而是開始跟爸爸一樣把想講的事情大聲叫出來，只是不像爸爸用那麼溫柔儒雅的方式，而且她的朋友也不像爸爸的朋友那麼習慣這種方式。

---

⑬阿拉伯文 Yata-thakk-ar 是英文中的 remember。

娜芙蒂蒂海灘，曼塔莎，一九七一年：

「我的希臘媽媽幫我設計了一套讓我在獨奏會上穿的裙子，獨奏會在音樂大樓的大會堂舉行，時間是週四下午五點，我那埃及穆斯林爸爸已經等不及要看我表演了。」

「魯絲，不要繼續在我耳邊嘶吼了啦！」她的朋友瑪歌說。

「對啊，妳幹嘛幫我們上妳家的系譜啊？」她的朋友莎曼問。

媽媽的手指穿過糾結得亂七八糟的頭髮，她一週花五埃鎊到美容院去拉直，隔週不去美容院的時候，也是花五個小時用她媽媽的熨斗在眞正的燙衣板上燙直她的頭髮。

爸爸出席了獨奏會，坐在後排的位置，對於媽媽的手指可以在整整五分鐘之內那樣快速地移動，感到相當敬畏。他問了坐在他左邊的先生，媽媽彈的是甚麼曲子，但是那位先生只是聳了聳肩，坐在爸爸右邊的男人小聲地說，是德布西的〈爲鋼琴而作〉。爸爸嘴角下垂，他有著渦旋的額頭上出現了有點害怕的疑惑表情。接下來是巴哈的組曲。爸爸動了一下，很不感興趣的樣子。他在心裡列出他沒有辦法進入古典音樂的理由：古典音樂不是他的菜，古典音樂不是爲他這種來自山間、背負著苦痛歷史的男人所創；他也是這樣看待披頭四，以及任何他那一輩感興趣的相關流行文化，他覺得這些喜歡流行文化的人缺乏像他所背負的罪惡感跟精神包袱。古典音樂跟流行音樂是西方的文化，詭異、崇高又傲慢。他抓了抓下巴且噘著嘴。後來，媽媽的琴音抓住了他：媽媽彈了蕭邦的第三號敘事曲。爸爸被開場的旋律迷惑住，這讓他確認了他不知道自己也有感覺的東西。然後，這個旋律消失了，取而代之的是像鋸齒一樣的不和諧音，他希望可以再聽到開場的旋律。他渴望聽到那開場旋律……開場的旋律只出現了一下便消失，又回到不和諧音。接著開場旋律又再度出現。他很驚訝那段開場旋律如此感動他，他也驚訝他如此渴望再聽到。很簡單，因爲這個旋律讓他想到他的家。

爸爸把他的感覺寫在他的創作筆記本上，作爲他未來詩作的材料，但還是無法鼓起勇氣，向媽媽介紹自己。所以當天深夜，媽媽吃了六個泡芙、四個小圓油炸麵糰、一個法式焦糖布丁以及一盤中東節慶必吃的甜糕。接下來兩天，她就穿著髒睡袍、抱著一台電晶體收音機在屋裡閒晃，任憑頭髮雜亂糾結，收音機永遠定在兩個電台之間，就像她自己同時處於埃及與希臘兩個自我裡一樣。

瑪穆拉海灘，亞歷山卓，一九七一年夏：

爸爸說：「我們的讀詩會將會受人注目，我等不及想看到聚集的人潮對我們詩作的反應了。」

他對他的朋友以及詩人同儕嘎茲這麼說，沒有注意到媽媽站在他的正後方，等著要一份他們兩人手裡拿的傳單：

> 一九七一年八月二日
> 下午七點，伊布拉希瑪廳，亞歷山卓大學
> 年輕詩人的詩歌之夜
> 嘎茲・塔希爾、瓦希德・阿墨爾，塔菲克、納布斯

媽媽謝過那份傳單，沒有再拉她的內褲，幾個晚上之後跑去詩歌之夜，當她聽到爸爸讀道：「當親吻比偷竊更甜美／當一次的觸摸讓人感到銷魂／這些記憶能否再被喚起／然一顆心是否能回到更純潔的狀態？」她當下已經愛上爸爸了。這次，少了媽媽的鋼琴演奏跟爸爸的緊張心情，他終於向她自我介紹了。他自己也很驚訝，他竟然跟她說他的名字叫薩依德。她覺得回他「很高興見到你」好像很蠢，因爲她會把他的名字女性化⑭，他覺得自己很蠢，竟然用一個從男孩時期就不再用的名字介紹自己。他花了一整晚的時間試著讓自己習慣他現在叫瓦希德，左思右想著如何能夠把這件事淡化掉，且不

會看起來像個有反社會人格的騙子，他搞不懂爲甚麼在自我介紹時要用一個孩童時期的名字做開場。

他們放棄了過去幾年那些用來吸引對方的蹩腳方法，取而代之的是到海濱公路旁的咖啡廳約會。最後他們改成每個月在開羅約會一次，媽媽在開羅的音樂藝術學校註冊爲選修學生。他們搭同一班火車，面對面坐著交談，珍惜這三小時的獨處。他們眞的在交談，沒有爭執，沒有言語上的分歧，也沒有互扔東西（或許衣服例外，不過他們宣稱也只有在婚後才會互丟東西。）

一九七三年埃及與以色列之戰結束後，爸爸作了一首詩，這首詩在亞歷山卓的文藝圈頗負盛名。在蕭邦事件之後，爸爸把詩取名爲「革命」，來自於蕭邦的《革命進行曲》，雖然大部分人認爲詩裡不斷提及的摯愛是指阿拉伯世界，但其實是指我媽。尤其在他們生命中最重要的那次約會上，爸爸帶了「革命」那首詩的附錄，附錄裡寫著希望可以在

---

⑭ Fur-sa saida，阿拉伯文的「很高興見到你」，其中 saida 跟女性的名字 Saida 同，又跟妮達莉父親名字 Said 音近，所以妮達莉母親覺得說「很高興見到你」，似乎將妮達莉父親的名字女性化了。

婚姻中牽著媽媽那雙黑色可愛的手。當天下午，媽媽跟爸爸在他們都喜歡的一個地方約會：濱海公路旁的一家廉價餐廳。媽媽剛從理髮師傅那裡回來，一頭黑色長髮超級誇張地往上盤成髮髻，她走近時嚇到了爸爸。

「那個豬頭想要弄得有特色一點。」媽媽指著她的比薩斜塔頭大叫，拜託爸爸不要看。

爸爸隨即從口袋裡拿出一張紙開始背誦，正當他背誦到很棒的那個部分時（他自己覺得那個部分很棒），亞歷山卓強風呼嘯，吹垮了媽媽的頭髮，據爸爸說，那陣風把媽媽的一些頭髮都吹進地中海去了。

「並沒有！」媽媽後來對爸爸大吼。「才沒有這樣，你眞會瞎掰，我從來沒有戴過甚麼編織的東西。」

「那我也從來沒有留過鬍子！這位太太妳嘛幫幫忙，他明明就有在妳頭髮裡放了一張編織的東西，讓妳的髮髻變大啊！妳就承認吧！」

「從來沒有！」媽媽離開了房間。

「妳承認吧！當妳頭上那塊編織的東西／掉到海裡的時候／妳真正的頭髮／都散落到肩膀上了／而且那塊東西還撞到海邊的大圓石咧！妳就承認吧！」

「去死啦！」

不管怎樣，求婚並沒有延期，而且媽媽讓爸爸在海邊生鏽的欄杆旁吻了她。

爸爸取得了建築學位，媽媽則取得了音樂理論與作曲學位。很快地，不知道自己是誰、歸屬於何方、在一九六七年戰後被拒絕再度入境巴勒斯坦的爸爸，向一直待在出生地、並在同一棟公寓裡成長的媽媽求婚了。在婚禮中，爸爸從外公的手中接過媽媽的手。外公是退休軍人、前自由軍官組織的成員⑮，對於把長女嫁給一個在這個國家舉目無親的男人不太高興，因爲這個男人會把他的女兒帶離開他身邊。爸爸先是帶媽媽到波士頓待一年，拜現在這家科威特建築公司雇用他所賜，他在那裡一家低階的建築師事務所找到爲期一年的實習工作，這家科威特公司也是他一回到科威特，並重新在科威特安頓下來，就開始工作的地方。然而，媽媽卻覺得她跟爸爸的婚姻是完美的結合，她那難搞、愛吵的媽媽也覺得女兒的生命中有詩人相伴是個不錯的點子，所以不斷鼓勵她。加上外婆本來就是一個強悍又頑固的女人，所以對於這件婚事，外公其實也無可置喙。

---

⑮自由軍官（Free Officer）組織成立於二次世界大戰後期，由埃及愛國的青年軍官組成的秘密組織，代表埃及民族資產階級的利益與訴求，於一九五二年發動埃及史上有名的七月革命，推翻當時英帝國與法魯克王朝的腐敗統治。

婚禮前的幾個月，爸爸每天都在科威特建築師事務所的當地辦公室工作到很晚；他的工時長到讓他有能力買得起他爸媽（他爸媽對於獨子可以娶到一個漂亮的老婆都相當興奮，他們會這樣認爲是因爲我媽媽是埃及人，說起話來像電影明星一樣）跟其中兩個姊姊的機票，讓他們從巴勒斯坦經約旦到科威特來參加他的婚禮。那兩個姊姊，一個叫卡蜜拉，爸爸愛她勝過我媽；一個是他的大姊，叫薩蜜拉，在她十六年前結婚之前，我爸都靠她撫養，爸爸愛這個姊姊像愛他自己的媽媽一樣。他們一大早從傑寧搭計程車，途經艾倫比橋⑯進入約旦，然後再搭計程車到位於安曼的機場，從安曼搭飛機往亞歷山卓。

幾年來，我外婆都一直交代媽媽不要在整鍋食物旁邊就吃了起來，而是要拿個盤子出來，像個人或像一般人一樣地吃東西。不過媽媽一直到這一天還是沒改掉這個習慣。媽媽不聽外婆的話，不但一樣在鍋子旁邊吃，也站在爐子旁邊吃東西；外婆叫她不要吃太多，因爲「吃得越多，妳就越慘」。而且如果他媽的她再繼續在那個被詛咒的鍋子旁邊

⑯艾倫比橋（Allenby Bridge）：連接約旦跟巴勒斯坦的橋，是進入阿拉伯巴勒斯坦區的門戶。以色列人稱為艾倫比橋，阿拉伯人稱胡笙國王橋（King Hussein Bridge）。

吃飯，婚禮當天就會下雨，她難道不知道嗎？媽媽總是再倒進一匙穆沙卡⑰跟飯到她的小嘴巴裡，然後跟她媽媽說，在整鍋食物旁邊吃東西跟婚禮當天會下雨，毫不相干。

一九七五年十月初，爸媽婚禮當天下了雨，大雨打在那輛飛雅特的擋風玻璃上，因爲爸媽都是無車階級，所以這輛車是借來的，桑雅阿姨用好大束的茉莉花跟黃色寬緞帶裝飾車子。穿越車流、大雨以及雨中的車流，車子沿著濱海公路開往位於舊皇家公園的巴勒斯坦飯店，在他們身後是一排的車子，一路上按著喇叭爲他們歡呼，肚皮舞孃已經在飯店候著，她的頭髮因爲天氣潮濕跟下雨都糾結在一起了。數年後，我坐在外公家裡，這些回憶流洩了幾小時之久。我從外公收在架上的那本白色婚禮相簿裡看到穿白紗的媽媽依偎在爸爸身邊。我在其中一張照片裡看到媽媽嘴巴微張，不整齊的牙齒依稀可見，爸爸說媽媽不整齊的牙齒讓他想到埃及都市大樓裡的醜陋建築，而爸爸那一臉早上才刮過晚上就又跑出來的鬍鬚，則讓媽媽想起她的音符。

⑰ mousakka，傳統希臘料理，一般以羊肉、馬鈴薯跟茄子做成，有點像千層派，但沒有千層派那麼多層。現在也有人以牛肉取代羊肉，也可全以蔬菜做成素食。

媽媽跟爸爸的故事都精心潤飾過，而且通常都把眞主視爲某個人的秘書。他們每次吵架都是因爲這些故事，他們的爭執跟這些故事就像神話一樣，一再地重述。媽媽跟爸爸因爲不斷地向我重覆這些神話，而變成我的神了。

我只是一個八歲小孩，還沒有辦法理解那些偉大的神啊、靈魂啊、無限空間啊或是宗教等等的概念。琳達的耶穌、我的穆罕默德、理髮師雪瑞夫的馬克思……這些人到底是誰啊？我們死後到底會怎樣啊？媽媽問我爲甚麼一定要思考死亡這件事。她不要想著死亡，她要忘掉她自己的媽媽。

媽媽說靈魂像波浪的看法，就像她那些曲子的音符一樣，一直在我腦海裡迴響。我把這件事告訴塔瑪爾跟琳達，但是他們都取笑我，塔瑪爾還在宗教課上把這件事說出來。

「波浪？誰跟你胡說這些啊？」達悟德老師問塔瑪爾，塔瑪爾指向我。

「眞的嗎？」達悟德老師問我。

「不，我不知道是不是眞的，因爲沒有人知道人死後會怎樣。」

「眞主知道！」達悟德老師大聲斥喝，「眞主說，我們的靈魂會回到眞主那兒，而不是到其他地方被再使用。」

「是的，老師。」請閉嘴。

「我們的靈魂等待來世，在來世我們都將被審判。」

我想像我們的靈魂在超市排隊的畫面。

達悟德老師重新恢復鎮定之後，坐了下來，雙手順了順他的條碼髮型頭說：「如果你們閱讀可蘭經，就會懂得所有這些事情。」他調整了一下腰帶，繼續說：「你們之中誰把可蘭經背得最熟，就可以參加可蘭經比賽。比賽將在科威特市立男子學校舉行，最後選出前三名，每一個人將獲得一張證書做爲禮物。但眞正的禮物不是這個，在比賽中獲勝的人，」達悟德老師看了一下坐在第一排的男生說，「就可以證明在同年齡的人裡面，他們最了解可蘭經。」（我聽到的是：「他們最了解眞主阿拉。」）

我想要贏得這場比賽。

我衝向公車，因爲一到家我就要盡快跟媽媽說這件事。媽媽正在餵加墨爾喝奶，邊看電視肥皂劇。劇情演到老公快要跟女主角離婚了，所以媽媽噓了我，叫我安靜。我轉了轉眼珠，把手放在屁股上，等他宣告了三遍他的決定：「你被我休了！你被我休了！」那戲劇性的音樂越放越大聲。「你……」「不，別這樣做！」「你……」「別這樣，我求求你！」「離……」「啊……！」接下來是慢動作：「……婚！」女主角昏了過去。媽媽轉向我。

「呼！甚麼事？」我跟她說教宗教的老師不相信她那套靈魂之海的理論，還有我會獲勝的可蘭經比賽。媽媽替我感到興奮，不過她極力要求我先不要跟爸爸說。「距離比賽還有兩個多禮拜，你現在跟爸爸說，整個週末他都會叫妳練習那些經文。所以跟我保證妳先不會告訴他。」

「我保證。」我說。

「很好，現在回妳的房間去吧，我買了東西給妳，在妳桌上。」

我可以感覺到媽媽最近對我很愧疚，所以每天我放學回家，她就會給我一些新玩意。那天，她給我的是一套女孩子心目中超級偶像的貼紙：神力之女。她穿了一條上面有很多星星的短褲，繫一條黃金套索，頭上戴著一頂像是帽子的皇冠。最後那一點最讓我覺得迷惑，一個人怎麼可以把皇冠戴得那麼若無其事呢？

「她真正的名字是神力女超人，」媽媽從客廳裡對我喊著，「不過那是他們的譯法。」

「妳怎麼知道？」我也喊了回去，然後很小心地把那些貼紙撕開來，這樣它們的邊邊就不會被撕壞，我把它們貼在房間裡。

「因為我住在美國的時候，」媽媽大喊著，「有一場關於她的秀，叫做神力女超人。」

媽媽雙臂展開跑過我的房間，好像在跟邪靈打架一樣。

「媽，妳好像她喔！」我說，再瞄一眼那些貼紙。

「真的嗎？妳真的這樣覺得嗎？我們再貼一些到妳的床頭板上。」媽媽長得真漂亮，不過她自己不這麼覺得。她塗著口紅，力行減肥。每當我告訴她，她本來的樣子就很漂亮，她的臉就高興地發熱。現在我想要做一頂像帽子的皇冠給她。

我們把其它貼紙貼到床頭板，我坐在床上盯著神力女超人看。我喜歡她那頭波浪黑長髮，黑到幾乎泛藍：像媽媽的頭髮一樣黑，像我的頭髮一樣卷。我盯著她上衣那隻老鷹看，金色的老鷹，跟埃及國旗上面那隻一樣。我喜歡她的黃金套索，因爲它讓我想起巴勒斯坦婦女把繩索綁上水桶打結後套在羊的脖子上。我搜尋了一下她手臂上有沒有汗毛，但是她的手臂好光滑。看著她短褲上的星星，我想起了我那本藍色護照，想起我如何在美國誕生。我想知道神力女超人是不是跟我一樣，是埃及人、巴勒斯坦人、也是美國人。我盯著這些貼紙看了好幾個小時，直到眼睛闔上了爲止，然後我開始看到整個屋子裡到處都是小小的神力女超人。

爸爸下班回到家，把我舉起來抱在臂彎裡，親了我的臉頰，叫我拿家庭作業給他看。這是他傍晚要消化的一連串資料裡的第一件。讀完我的家庭作業，挑出錯誤叫我修改之後，他接著看帳單。之後，他坐到沙發上休息看報紙，因爲他早上上班時沒有時間看報紙。

上床睡覺之前，我聽見他坐在沙發上讀報紙。有時候他會讀《薩克歐亞薩報》，有時候則是讀《金字塔報》。我會聽到他翻頁的聲音，每翻過一頁，聽起來就一紙波浪一樣，這個聲音使我安心。他會邊翻報紙邊罵人，順序如下：

1.「阿拉伯眞虛僞，骯髒的阿拉伯人。」
2.「美國人跟他們的資本主義。」
3.「錫安主義者跟他們的錫安主義。」
4.「社會主義漫畫家以及他們無聊的社會主義漫畫。」

我會在他罵到第一跟第二點之間便順利睡著。比較倒楣的夜晚，我會在他快要開罵到第三點前才睡著。

那天晚上，我滿身大汗、口乾舌燥地從一場惡夢中醒來。我在床上搖晃了一下，聽到爸爸翻報紙的聲音。我大聲喊著我要水，但沒有回應，所以我起床走到浴室幫自己倒了杯水，走出浴室的時候，我發現客廳裡沒有人，每間臥室裡都空空的，露臺上也空無一人。

我再仔細找了一下（廚房、再看一次浴室、餐桌底下、櫥櫃），很明顯的，媽媽跟爸爸跑出去了，把我跟加墨爾兩個人單獨留在家裡。

我覺得好害怕，跑回床邊，躲進被窩，把自己裹在被子裡。他們已經這樣做過幾次了？一個老念頭浮上我的心頭：我覺得我是一個很好騙的人。我不禁懷疑爸爸媽媽還瞞了我多少事。爸爸媽媽眞的愛我嗎？我活在這世上眞的安全嗎？誰來保護我？從這些衍生出來的問題更糟：這個世界是眞實的嗎？眞主阿拉是眞實的嗎？我是眞實的嗎？

我緊閉眼睛開始搖啊晃啊，猛烈地搖晃。我在搖晃的時候聽到了爸爸翻報紙的聲音。抬起頭來才知道那個報紙沙沙作響的聲音，是我自己的頭髮碰到了神力女超人貼紙。所以我繼續晃動，假裝那個聲音就是爸爸坐在那張綠色髒沙發上讀報紙的聲音，那張沙發在丟掉之前已經換了三次椅套了。

我騙我自己去想像是爸爸跟他不存在的報紙，還有神力女超人跟她那條輕輕裹在我頭髮上的索套把我搖入睡，儘管是我、都是我自己做了這些事。這樣做，讓我學習到如何在做了一些事之後而不居功。

我那信仰虔誠的表哥伊薩姆大老遠從巴勒斯坦西岸區搭飛機到科威特來。沒錯，是眞的從約旦飛過來的飛機，因爲西岸區的首都傑寧跟整個被占領區都沒有半座機場，所以他得搭公車、小貨車、計程車、穿越好幾座橋跟好幾條河、以及好幾個檢查哨才能使用位於約旦的安曼機場。

伊薩姆年紀不小，大約十八歲，爸爸跟媽媽打趣說他想要娶我，這個笑話像可怕的電子嗡嗡信號聲穿透我八歲的胃，讓我相當害怕。爸爸的鬍子又大又黑跟個繭似的，他很嚴肅地跟我說，「別擔心，直到妳想結婚，我們才會讓妳嫁人。而且，在妳還沒有完成博士學位之前，妳也不會想結婚。就是這樣！」我緊張地笑了笑，很高興我不會嫁給任何人。

爸爸跟我塡了比賽的報名表，他邊用拇指翻可蘭經邊對我說，我需要從這裡面背一些經文。我點點頭，不知道他會選甚麼經文讓我背，我希望他不要選太長的。拜託，眞主，我喜歡祢所寫的東西，但我不要背誦冗長的經文。

爸爸選了幾段簡短的經文，而不是冗長的段落讓我背。我沒有問他爲甚麼，但是他自己解釋給我聽，他說可蘭經最後幾段經文在未來對我而言有必要了解。「終其一生，妳會記得這些經文，我不要妳只是爲了比賽做準備，生活本身就是一場試驗，由衷地理解這些經文會讓妳通過比賽，也會帶給妳慰藉。」

我坐在他面前的地板上，我們各自拿著一本書。他先讀一遍，我再複誦一遍，他讀，我複誦。我想到先知第一次在洞穴裡寫下這些文字之後回到家時，祂的太太卡蒂嘉以毛毯裹住祂、安慰祂的那一幕。

伊薩姆第二天傍晚出現在我家，看起來既憔悴又筋疲力盡。他在沙烏地阿拉伯先停下來做了一次小型的朝聖，在他抵達之前快快做完。

「哇！這樣做很好，非常好。」爸爸邊說邊拍他肩膀。

「舅舅你也需要這樣做！」伊薩姆說。爸爸移開目光，叫媽媽準備開飯。

我幫媽媽把起司、橄欖油、咋塔醬、麵包、優格、水果、果醬、醃甜菜跟甜椒拿出來。我們坐上餐桌，伊薩姆吃得好急，麵包屑都掉到他那個看起來像棵小樹的大鬍子裡了。

「魯絲，親愛的，可以請妳打開電視新聞嗎？」我們靜靜地看著新聞，爸爸爾偶會問一下伊薩姆有關我姑姑跟他外甥女的事，我有時也會發出咯咯的笑聲，因爲新聞記者的阿拉伯語講得很生硬逗趣。新聞主播總是講一口標準的阿拉伯語，所以他們播報的每則新聞聽起來都既嚴肅又灰暗。之後，當電視上出現氣象預報，伊薩姆從那張綠色的髒沙發上跳了起來，跑到電視機前說：「真主原諒你！」然後把電視關掉。

「發生甚麼事啦？」爸爸問。

「氣象預報褻瀆了真主。」伊薩姆上氣不接下氣地說。「舅舅，你一定也注意到了。」

爸爸攪動他的茶，在沙發上不自在地移動了一下。「沒有，我沒有注意到，舅舅。」爸爸說。他叫伊薩姆舅舅，一種表達親愛的用法，就像他有時候也叫我爸爸。我喜歡大人總可以用晚輩對自己的稱謂去稱呼他們的晚輩，所以外公可以叫孫子外公，媽媽可以叫小孩媽媽，姑姑阿姨們可以叫外甥或姪子女姑姑或阿姨。這種表達親愛的方式對伊薩姆有鎮定作用，他退回到沙發上，恢復正常呼吸，不過電視還是關著。

「我想，」爸爸邊繼續說邊把小茶杯放到膝蓋上，「偉大的眞主賦予我們大腦，讓我們可以自己發現這些事情——天氣、化學、數學、哲學、物理學等等這些有用的事情……」。

「天氣預測，」伊薩姆大聲咆哮，「是預測未來，這是只有眞主才能做的事。天氣預報員，他們就像……他們是魔術師，你一定記得阿拉反對魔術的話。」

「坐下，閉嘴。」爸爸說。這是唯一一次他對別人而不是對我這樣說話。他走到茶几旁，出現時手上拿了一根菸——我不知道他哪裡來的菸——然後用要留來點爐火的火柴把菸點上；他叫我從廚房拿火柴給他，因爲他實在很少抽菸。他不知道從哪裡拿來一根菸，我覺得他好像魔術師，所以我也擔心他跟眞主的關係，擔心他是不是會激怒眞主，所以這次拿火柴給他點菸，我沒有像平常一樣抗議或發牢騷。

上床睡覺前，伊薩姆跑到廚房，從冰箱裡拿出一罐水來，我正在那裏寫功課。他面對著門，單腳跪下，把水舉高到頭頂上。水像溪流一樣從上而下流進他那張被漂亮鬍子框住的嘴巴裡。我眞不敢相信，這樣的舉動可以搞得這麼神聖——只是一個簡單的喝水動作。然後，他就像突然跑進廚房一樣地又離開了。我望向媽媽，她正拿著一根吃東西用的湯匙搗住嘴巴，以抑制住咯咯笑聲，然後轉過身去面向水槽。

「看到沒？看到我嫁的這個瘋狂家族沒？」媽媽對著她那些髒碗盤小聲說著。我不知道這是不是很瘋狂，不過我現在已經不介意嫁給那個穿白袍的帥哥伊薩姆了。

背誦經文的休息時間，鄰居宰納布跟我在地毯上玩記憶力遊戲。我贏了。

「阿拉是最偉大的，」我聽到伊薩姆的吟誦聲從走廊那頭傳過來，於是我靠過去看他禱告。他俯臥下來，把前額壓低到地板上，在那裡待了好長一段時間。爸爸曾經跟我說過，祈禱的時候把頭壓低到地板上所許的願望最可能實現。

「妳在玩還是在幹嘛啊？」宰納布說。我回到還沒有完成的金字塔上，五比七，我忘了我們玩到哪了。

「讓我看一下妳的錶。」我要求宰納布，不過我的眼睛沒有離開過伊薩姆。

「爲甚麼？」她問。她把手錶脫下手腕。

「我在計時，看他要趴那裡禱告多久。」我說，然後開始計時。現在是五點三十二分。我很好奇伊薩姆在祈禱甚麼：女孩？新家？祈求一條比較簡單的路線好讓他從巴勒斯坦西岸區來我家？求一雙新的拖鞋？求一張比較舒服的床？求比較光明的未來？還是求一頓好料？（因爲媽媽的廚藝普普而已。）他想不想再變回小孩？他想不想念家人？五點三十六分，他抬頭往上看，並說：「阿拉是最偉大的……請眞主爲穆罕默德及他的人民祈禱，就像您爲伊布拉印及他的人民祈禱一樣，也請您保祐穆罕默德與他的子民，就像您保祐伊布拉印與他的人民一樣……」

「誰是伊布拉印的人民？」我問宰納布。

「把我的手錶還我。」她說，我照做。「伊布拉印就是在開齋節嘉年華會上舉辦大型烤肉會的那個家族。他們有很多女兒，這些女兒人都很好。她們幫我化妝、綁辮子……」。

「甚麼？不要。爲甚麼每次我們禱告的時候就要提到他們？爲甚麼我們要像他們一樣？」

「我不知道。」她氣得要死。我們又下了四張卡。國王對國王，王子對王子，她贏了。

上課時，達悟德老師坐著，戴上他的眼鏡念了一張紙上的東西。「登記參加比賽的人，明天早上一起搭主要幹線公車。我們要搭十三路公車到科威特市立男子學校，並在午餐之前回來。女孩們，」他說，並往我這邊看，「一定要記得把頭髮遮起來。」我朋友莉漢也參加這次比賽，但是她的頭髮已經遮起來了。她來自葉門的爸爸叫她必須這樣做。我問她當她一開始把頭髮遮起來的時候，有沒有很氣她爸爸，她說她很高興這樣做。從那次起她就沒再跟我說過話。

爸爸永遠也不會讓我把頭髮遮起來，他說那是蠢蛋做的事。「甚麼？想都沒想過。」那個傍晚他這樣對我說。「把那些弱智的白癡忘掉吧！妳當然一定得要心無雜念地讀可蘭經，但是沒有人說妳得把頭髮遮起來。」

伊薩姆坐在客廳角落，他咳了幾聲。「對不起，舅舅，」他說，「這席談話是不正確的。眞主已經下令女人要把自己遮起來。」

「對不起，舅舅，」爸爸說，「閉嘴！」我眞想要去親他那滿臉鬍碴的臉頰。好奇怪，我通常不喜歡他說「閉嘴」，因爲他不是對我說就是對媽媽說，但是，就在剛剛，我喜歡他這麼說。

「現在，」爸爸邊說邊轉向我，「我們來練習吧！」

我很緊張，經文背得好爛。爸爸一開始還可以諒解，但是之後每次我一犯錯他就越來越失去耐性。我的舌頭打結了，但是我沒有力氣掰開它。在我錯誤百出地發完「慰藉」這一節經文的每個字之後，爸爸消失到房間裡，再出現時手上拿著衣架。

對。我不想讓爸爸更火大，但是他拿著衣架站在我面前，使我比先前更加緊張。我試著重念那些經文，但全都念錯了。「不是『我們沒有憑空想像你的胸膛，把你從牧師那裡偷了出來！』」他說著，並取笑我所犯的錯誤。「是『我們沒有托起你的心』。」他撞了一下我的胸膛來強調，「『並解決了壓在你背上的重擔！』。」衣架抽打在我的背上。我當場哭了，說不出話來。

我不知道甚麼原因加深我的傷心，是因爲爸爸傷害我，還是因爲他在伊薩姆面前傷害我。

「把這些字念對！」爸爸說。我做不到，我不想這樣做。我好餓，我需要休息。我希望他不要這麼氣我，我希望他不要變成像現在這樣的一隻怪獸。

爲甚麼他會變這樣？他怎麼讓它發生的？他生氣的時候像變了一個人。有時候他會這樣對媽媽，把媽媽拖到地上，然後媽媽會哭喊著叫他停止。但是我不能叫他停，我很怕我會說錯話。我現在因爲哭叫而上氣不接下氣，每隔幾秒就抽噎著。爸爸不再打我，叫我從頭來過。

我停止哭泣。我記住了「心」(sadrak)、「負擔」(wizrak)和「背」(thahrak)，因爲就是這三個地方讓我挨痛。所以這些字我都念對了，那些眞主曾經問過穆罕默德的問題。當我背誦著：「每次艱困之後必得舒適。每次艱困之後必得舒適。」我的發音跟朗誦都變得好有力。

公車站前排了十五個男生跟兩個女生。男生穿著平常穿的襯衫跟短褲。莉漢跟平常一樣戴條白色頭巾，穿長裙、襯衫，還戴著手套。我違背了爸爸，從媽媽的抽屜裡偷了一條克麗絲汀·迪奧的手帕戴在頭上把頭髮遮住，我那條長及腿肚的裙子緊緊裹著我的屁股，所以我可以把裙子往下拉到腳踝。達悟德老師搖搖頭看著我對著我笑。

好多輛公車停在市立男子學校的門口，這些公車已經從其他學校載了很多男學生，我們都在中庭裡排隊。學生一個接一個消失在門後，幾分鐘之後臉上又帶著鬆了一口氣的神情出現。我闔上眼睛，在心裡練習那些經文。

輪到我了。我走進房裡，在伊瑪目⑱面前的椅子上坐下。他臉上的膚色是黑色的，戴了一頂紅帽。房間裡沒有燈，影子拉得好長。我雙手交叉放在胸前開始背誦經文，把「慰藉」那一章放到最後才背。我沒有犯任何錯誤，事實上，我覺得我好像在唱歌：

> 我們沒有托起你的心，解決壓在你背上的重擔嗎？我們沒有給你崇高聲望嗎？
> 每次艱困之後必得舒適。每次艱困之後必得舒適。當你的祈禱終止，苦難繼續下去，

---

⑱對伊斯蘭宗教領袖或學者的尊稱。

然後再以滿腔的熱情尋求你的真主。

我一背完，伊瑪目說：「謝謝妳，姐妹。」然後向我鞠躬。我開心地離開房間，覺得滿心舒適，對那些還在排隊等著背誦的人深表同情。

黃色公車以每小時八十哩的速度像一道直角光線射進新英語學校的停車場，我重新調整了一下頭巾下的頭髮。我像那樣地遮住所有頭髮，自豪地走進操場。我那些父親都是共產黨員的女同學們——桑妮絲、徐伊斯、克麗絲汀、欣都絲跟梅——圍繞著我拋出一堆問題。

「我所知道的是——」我說，然後停了一下。我想要說我爲自己感到驕傲，我覺得我自己很棒，但是我都吞了回去，深怕萬一說出來之後會讓這種感覺跑掉，或者更糟一點，讓我的朋友離我而去，所以相反地，我說：「那個學校裡的男孩比新英語學校的男孩可愛多了！」

回到家，只有我自己一個人，我直接回我房間的床上盯著天花板呼氣。我決定小睡一下。當我垂下眼皮，我看到黑色鋸齒狀的幾何圖形，然後是伊瑪目低下頭來跟我道謝。然後我轉身面向另一邊，發現貼紙沙沙作響的聲音不見了，我很快抬起頭，檢查床頭板跟牆壁，確定我的神力女超人貼紙都不見了。

我很清楚誰是兇手。我走到弟弟的房間把他的嘴巴撐開，但只有他的乳牙跟紅色舌頭迎向我，沒有甚麼貼紙。「很抱歉。」我遲疑地對他說。他最近甚麼東西都吃，嘴巴塞滿了烤馬鈴薯、油漆碎片、蟑螂翅膀，以及舊的書信。因爲他的關係，爸爸曾經大叫著他跟媽媽在一九七三年到一九七四年所有通信都不見了。

我下一個問的是媽媽。我問媽媽那些貼紙呢，但是她舉起手來搖頭表示不是她做的。我的貼紙就這樣不見了。消失了，彷彿神力女超人就這樣蒸發了，或飛到別的地方，跑到別的女孩的床頭板上了，好像眞主進來我房間把神力女超人從我身邊撕走一樣。

我一有這個念頭，便跑向伊薩姆大叫著問他：「是你撕掉了我的神力女超人貼紙嗎？」

他停頓了像是有一個鐘頭之久，然後說：「妳是說妳床上那些沒穿衣服的異教徒照片嗎？」他調整了一下戴在他那顆難看扁平頭上的無邊寬帽。我不再覺得伊薩姆是帥哥了，當他說「對，是我做的」的時候，我看到他的下巴長出疣來。

「她不是裸身。她穿著有星星的短褲，上衣有一隻獵鷹，像埃及國旗上的那隻獵鷹！她戴著一頂像帽子一樣的皇冠。她手上握著一條象徵眞理的繩索，她力量很大！」她還可以讓我覺得自己像個正常女孩，讓我好入睡，但是我不想跟他說這些了。

「妳不應該崇拜像她這樣的女人。」他說。

「爲甚麼不行？」我說，難以自己地啜泣。

「因爲，」他直接望進我那雙八歲小孩的眼睛，「她是一個不知羞恥的賤女人。」

我放聲尖叫，哭得一把鼻涕一把眼淚。我奮力跑向房間摔進床裡，心裡想著，眞殘忍、眞沒有公理！我的心猛烈衝撞進床被單裡，我的拳頭猛烈捶打床單下那張柔軟的床墊，但是我從來沒有要求媽媽幫我換一組新的床墊，她也沒有說要幫我換。在貼貼紙的地方，還殘留著一些白色紙片，因爲黏在貼紙背後的膠水不願意離開那面牆，所以看起來就像是神力女超人的鬼魂佈滿我的房間，特異景象出現在那個她曾經護衛的房間裡。她消失之後有好長一段時間，這些白色的地方對我來說就像是眞主身體上的某些部分一樣。

這週結束之前，伊薩姆找到一份工作跟一間公寓，要跟像他一樣有虔誠信仰的弟兄住在一起。他收拾好他的衣物跟書，在集合式公寓大門外面，在那個沙漏最底下等小貨車來接他，我站在他身邊，半難過地看他離開。我邊用腳踢著石頭邊對他說：「我希望你準備了傘跟塑膠之類的東西好遮你的行李，因爲就要下雨了。」我不知道爲甚麼會說這些，因爲伊薩姆的關係，我已經有一整個禮拜都沒有看氣象報告了。我只是看到塵土飛揚有如漩渦，就像在沙漠看到的一樣，我還聞到厚重空氣中瀰漫著水氣。

「只有眞主才能確知天氣狀況，」伊薩姆對我吐出這句話。「眞主以祂無限的力量控制世界萬物。」他轉身離開。

我回到公寓裡，從前窗看著他，不停地看著，看到天空被劃開，然後開始下雨，雨落在他的肩頭，落進他的箱子，淋濕他的書，打濕打亂他的頭髮，浸濕了他那雙穿著皮拖鞋的腳，他的白色長袍濕透到連他長袍下的內衣都清晰可見，沒多久，他後背的線條也都能看見了。我記得幾年前，因爲想看那些在媽媽雜誌裡的人所穿的內衣，我拿了把剪刀把他們的衣服剪掉，不過，我只看到雜誌的下一頁而已。那時我沒有成功，但就是現在，我覺得自己像神力女超人。

3 屋子裡將有音樂

比賽過後的那一週，我假裝感冒待在床上。媽媽相信我生病了，因為現在是季風季節，塵土就像喝酒派對上的神靈⑲一樣拍擊著中庭。我很高興不用離開房間，裝病讓我可以獨處，防止任何人接近我。我躺在床上讀狄更斯、漫畫和偵探小說。我只吃了咋塔醬漢堡跟蘋果片，蘋果片割到我的牙齦，所以我嚐到了自己的血，而聯想到死亡。我因為不斷思考，所以前額持續發燒到這個週末，媽媽回家宣布她收養了一個新「寶寶」時才退。

媽媽大聲宣布收養這件事。為了要把一架二手小型平台鋼琴搬回家，她把門拆了。她不再仰賴爸爸存錢買鋼琴給她，她想到辦法湊到足夠的錢，幫自己買了一架鋼琴。

她跟她朋友胡建以及波拉用她們那塗了指甲油的細緻小手各抬一邊將鋼琴搬進家

⑲在穆斯林的傳說中，靈魂可以假扮成人類或動物的樣子，運用超能力來影響一般人。

裡。我坐在有天棚的露臺上，胃因爲太餓而狂叫，視線跟著那三個抬著三腳家具的女人移動。

試了移動鋼琴幾分鐘之後，「去把妳的輪式溜冰鞋拿來給媽媽。」

喔，不要。毀了。不過我還是把我的輪式溜冰鞋拿來給她，丟在她朋友腳邊的地板上。她們把一隻溜冰鞋放在鋼琴左腳下，另一隻放在右腳下，第三隻腳放空，把鋼琴滑進家裡。

「胡建，親愛的，推到左邊！」胡建阿姨氣喘如牛，幫不上甚麼忙，波拉阿姨比較堅毅耐用，她的手臂既圓又結實，把鋼琴從有天棚的露台推進房子裡去。看到溜冰鞋被那台三腳怪獸刺到或劃破時，我不斷地喊叫。

媽媽跟我煮了一頓非常特別的晚餐去取悅我老爸，讓他軟化進而接受那台鋼琴。當葡萄葉捲得緊緊的像綠色菸卷，在壓力鍋的番茄醬裡翻滾時，我看著那架鋼琴問媽媽：「我可以摸它嗎？」

「妳可以摸嗎？」媽媽坐在琴椅上說，手指滑過琴鍵。「現在它是我的生命，我的樂器……我要透過它來表達我自己。我不會再待在浴室裡打掃，也不再看報紙，把報紙忘掉吧，那只是一堆蠢蛋做一堆蠢事在破壞這個世界。我現在有音樂了，這間屋子裡將要有音樂了。」她說，並對我點頭：「妳可以摸這架鋼琴。」

鋼琴搬進來沒多久之後，我的證書也出現在郵筒裡，已經用鑲金邊的銀框裱好了，我的名字很漂亮地寫在供簽名的虛線上。上面寫著：「該證書頒予學生妮達莉・阿墨爾，以茲證明她贏得了可蘭經比賽。科威特市立男子學校校長簽名。」我得到前三名。爸爸一直以他那種嗆到打嗝的白癡笑法笑著，那種他跟男人玩紙牌喝醉酒的笑法，指著證書上寫到學生——或其實是指男學生（tilmith）——的地方。評審被迫把那個字改掉，然後補上代表女性詞尾的 ha 以讓原本代表男學生的 tilmith 變成 tilmitha。我問爸爸為甚麼這麼滑稽，媽媽也從鋼琴那邊走了過來坐在爸爸的腿上。

「想像一下那個老的伊瑪目。」媽媽說。

「好。」我說。我把眼睛閉上，想像在男子學校裡那個臉上皮膚黝黑、戴著紅帽的男人的模樣。

「他還不習慣頒發證書給小女孩。」媽媽說。

「現在想像他修改了那張原本應該要給男孩的證書。」爸爸說。他把手指向證書上面看得到的修改處，還繼續笑著。

我很開心我贏了……或至少進入了前三名，但是我覺得有其他原因讓爸爸更為高興。事實讓我沮喪。他的開心似乎不是因為得意，而是來自一種成就實現的感覺。幾乎就像是他贏了這場比賽。當他以近乎慢動作將證書拿起來，放到從陽台透進來的光線下時，我看到他打了個嗝。媽媽已經坐到她的鋼琴前面，彈奏她繼續接觸鋼琴以來所作的曲子。我知道她也感到很驕傲，但是她因爲太過於投入創作，而沒有把所有的精力放在我的成功上。她背對我，手指彎曲拱在黑白琴鍵上，我想走過去擁抱她，但是又怕打擾她。我站在適當的地方，在他們兩人中間，仔細思考勝利對我的意義。

我十歲了，除非我故意假裝睡覺，否則每個週末我都跟上學時一樣醒得早。這樣我就可以躺在床上，躲在棉被裡面，盯著窗外或是盯著我的被子做白日夢。媽媽在幾年前買了床單給我，上面有英文字母表，每一個字母又都代表一個字。我盯著黃色的大C以及下面的單字CASTLE。如果你躺在床上假裝睡覺，然後一直不斷小聲地跟自己說「城堡」這個字——城堡、城堡、城堡、城堡、城堡、城堡、城堡、城堡、城堡、城堡、城堡、城堡、城堡、城堡、城堡、城堡——它就會變得沒有任何意義。你的腦袋裡就不再投射出城堡的樣子，城堡這個字本身也就消失了。我喜歡處在這種境地，我可以讓東西從腦袋裡消失。我喜歡玩一個遊戲，那個遊戲讓我覺得我的心好像從自己的身上飄走，飄出浴室窗戶，和小鳥一起飛入骯髒的天井區。如果我不快點停止這個遊戲，我的心也可能會拉開鳥籠的門栓，搭上鳥兒的背當便車飛了出去。這個遊戲在浴室裡結束了。我坐在浴缸邊邊，盯著燈泡看它熄滅；如果在晚上，我就盯著牆上白色跟粉紅色瓷磚看。然後，我不斷重覆問自己一個問題：「我是我是我是我是我是我？」在我捉弄自己的心時，它就會飄走，我便會看到我就只是我——我從我自己的心之外去看自己：我的生活、我的身體，我不是一半這個一半那個，我是一個整體，一個圓。我很害怕把心帶回來，然後打碎。

當媽媽在客廳彈琴時，我就待在床上盯著城堡那個字看，然後納悶著彈鋼琴之於媽媽，是不是就像心的遊戲之於我。我窩在我那安全的幻想天堂裡，昏昏沉沉地想了又想，直到爸爸要媽媽放低音量叫醒我們，好帶我們去拜訪他住在法哈希爾⑳最要好的朋友跟他堂妹為止。我們抗議著不要去，直到爸爸用威脅的方式，把我跟加墨爾抓在臂彎裡假裝飛了起來，我們才依。我換好衣服在奧斯莫比爾車裡等大家，為前往位於郊外的巴勒斯坦少數民族區的二十分鐘路程做準備。

我們途經沙漠區開上高速公路，經過巨大的A型金屬結構（電子整流器）、銀色的飛彈發射井以及一片荒蕪的土地，抵達一個到處都是蓋得很差的灰白建築、小雜貨鋪跟帶

---

⑳法哈希爾（Fahaheel）：位於科威特南部的城市。

柵門的運動場的社區。爸爸的堂妹住在有白色混凝土中庭的塊狀建築裡。我們將車停在外面，走過中庭搭電梯上到公寓。有時候我會想，爲甚麼我們不住在這一區，後來我知道了，爸爸不想跟他自己的親戚住在一起，因爲他從來不覺得自己屬於他們。

加墨爾跟我坐在我們二表姐塔瑪拉的房間，她小弟哈蒂姆也在，我們一起玩雅達利公司生產的電玩遊戲，互相說一些自己編造的故事。塔瑪拉大我四歲，她愛上喬治・麥可，衣櫥門上還貼了「渾」合唱團的海報。我們穿上假想的美式服裝，隨著房間角落裡那台小型迷你音響流洩出的音樂起舞。塔瑪拉跟我扮演「渾」專輯裡那個兇悍的女人，哈蒂姆則盡力打扮成喬治・麥可。塔瑪拉對哈蒂姆的模仿很不滿意，所以指定加墨爾打扮成喬治・麥可。加墨爾邊大聲抗議，塔瑪拉邊用她媽媽的眼線筆在他臉上塗上鬍鬚。在我們的小型扮裝會結束之後，我們累斃了，飢腸轆轆，所以跑到廚房去做咋塔醬漢堡吃。哈蒂姆則強迫塔瑪拉用綠色馬克筆寫出她的私藏食譜。

材料：

圓芝麻麵包

咋塔醬（從巴勒斯坦喜多農場買的百里香、芝麻、香料）

卡夫特片裝起司數片（從喜互惠超市買的）

首先，先打開烤麵包機，接著放三片起司到圓麵包裡，在起司上塗上咋塔醬（二到四湯匙）。然後把圓麵包蓋起來放進烤麵包機，直到裡面材料融化為止。等到起司都融到三明治外，且滴到烤麵包機時，你的好運就來了。

你可以拿刀子把起司刮了吃掉，其實我們強烈建議吃這種變硬的、烘培過的起司。

我們一起坐在房間吃咋塔醬漢堡，幻想如果我們的爸爸可以辭掉他們枯燥的工作，開一間速食餐廳，那會有多屌。我們要把餐廳取名為「咋塔漢堡」。我們幫餐廳做了一首好記的廣告歌，晚上當我們聽到那些男人把他們手上的紙牌啪的一聲甩在桌上，互相叫囂，敲著他們的威士忌杯，放屁、詛咒對方的宗教時，我們走到客廳把那首廣告詞秀給他們看。我擔任舞者跟主唱，媽媽跟嬌小的奈菈姑姑坐在他們老公的大腿上，大家跟著音樂的節奏拍手。每當我試圖飆高音，奈菈姑姑就會對我使眼色，當我們做了一個複雜的腳部旋轉動作時，便大聲尖叫「哎哇！」。因爲我表姊弟上的都是公立學校，學的都是阿拉伯文（一群爽蛋），所以我靠自己在這首廣告歌裡加了一小段英文饒舌樂在裡面。當廣告歌唱完時，男士彎腰，女士則抓著裙子一角往後，相互鞠躬，男士以紙卡代替玫瑰抛向我們女士。姑姑大喊：「這女孩很會唱歌，堂哥，你應該讓她當歌星！」我鞠躬鞠到一半，花了好久才移動腳尖，焦急等待著爸爸對姑姑的建議有甚麼反應。「呸！」爸爸故作吐痰的樣子說：「求主賜平安給先知。妮達莉以後要成爲有名的教授，她將著作等身，發表很多論文與文章。歌星，她說。喂！奈菈，妳眞是一個瘋狂的蠢蛋。」姑姑堅持她的看法，爸爸說：「妳爲甚麼不把妳那校長工作辭掉，開咋塔漢堡店呢？」

夜晚將盡，爸媽向姑丈一家人道再見，大人們繼續聊天，我們則在電梯旁邊的公寓樓梯間鬼混。我讀了牆上的塗鴉而爲之臉紅。大人一直永無止盡的聊著，因爲太無聊又等得很不耐煩，塔瑪拉把我推到電梯裡，我們上上下下搭了好幾趟。在電梯裡，她跟我說了一些男孩的事。電梯下三段的時候，她跟我說了阿里的事，電梯再往上七段時，我們談到薩利姆。我們安全地待在這個上下移動的空間裡，電梯上上下下，代表樓層的數字不斷發出閃亮的橘光。當我爸媽準備好離開時，表姐跟我正好在一樓的電梯裡。我們聽到爸爸大喊：「妳們這兩個該死的女孩，爲甚麼這麼久電梯才上來？」我們兩個都轉動著眼珠，大人們總是在我們覺得最不方便的時候，顯露出奇怪的不耐煩樣。

爸爸蛇行開車回家，加墨爾跟我坐在散發出柔軟坐墊香氣的後座裡喘著氣，媽媽放了一卷卡帶到車子的音響裡，那是阿卜杜勒．哈利姆．哈菲茲[21]的專輯。我望向窗外，看著沙漠快速地往後離去，沙塵開始在空中聚集，沙塵暴正準備往上輕輕揚起。沙漠中的街燈小而高，我瞇上眼睛，想像街燈變成一團團五顏六色的燈光。收音機裡，阿卜—哈利姆唱著：

我將屬於你，
永遠永遠。
留下來，做我的情人。
帶著我的眼，
偶爾回來看看我。
不，帶著雙眼，
做為交換，只要你留下來。
因為，
打從那第一天起，
我就已經完全清醒了。

㉑阿卜杜勒・哈利姆・哈菲茲（Abdel Halim Hafaz）：五、六〇年受極受歡迎的埃及藝人。

浪漫的小提琴輕輕拉奏著這首歌的背景音樂，然後換成兩把吉他，像戀人絮語般。一個是古典樂器，一個聽起來比較像夏威夷四絃琴而不像是中東的烏德琴㉒。我猜我做這樣的區分會讓媽媽大爲吃驚，但是我甚麼也沒有說，只是看著窗外的沙漠跟我自己映在窗戶上的影子。我凝視自己映在窗戶上的眼睛，假裝我是一個男孩子，正對我自己唱著〈我永遠是你的〉㉓以及〈抒情詩麗亞〉，然後想著關於愛情這件事。最後，我在爸媽的咯咯笑聲、音樂聲、車聲以及窗外沙塵暴的醞釀聲中安然入睡。

㉒烏德琴（Oud）：發音與 wood 同，形狀一面平坦一面像半顆梨子似的圓弧形，頸部短短的，沒有定音的揣子，一般有五對同音調的弦與一根較粗的主弦，利用撥弦片演奏。

㉓此首歌是 Tamar Hosny 的歌，Tamar Hosny，一九七七年出生於埃及開羅，現為有名的阿拉伯男歌手、演員及作曲家。

4 家的地圖

媽媽走了。我被分派到打掃那間骯髒的粉紅色浴室，幫低垂到遮住整棟公寓的植物澆水，並打掃天井——在浴室跟我房間中間那一小塊沒有屋頂的地方（如果你往上看，可以看到一方天空）。西北風很快就會帶來沙塵，覆滿所有腳踏車、鳥籠跟任何晾在外面的衣物。這是爸媽之間前所未有的一場大爭吵，爸爸告訴媽媽他已經很厭倦每天回來看到房子很亂、小孩很髒（啊嗯……我很乾淨很棒，真是謝謝你啊！），晚餐還不見蹤影。然而，一開始把他們兜在一起的東西，正是讓他們分離的原因。

「妳沒日沒夜的坐在鋼琴前面……該死的妳，費露莎，妳就不能有個當人家老婆的樣子嗎？就一個老婆，」一個玻璃杯破了，「我娶的是一個老婆，不是他媽的演奏會。而且，妳一點也不在乎我的感受。我公司同事帶羊肉飯跟濱豆湯當午餐，我帶了甚麼呢？」他拍打桌子。「我帶的是在圖坦卡門年代[24]做的已經乾癟的雞肉三明治跟一葉萵苣。妳都沒有盡到在這個屋子裡該盡的責任……」他的手臂在整個公寓中揮動。「醒醒吧！醒醒吧！我所必須做的就是說三次妳該醒了！」

「操你媽的雞巴！不要跟我說我甚麼沒做，或我該做甚麼。就連先知自己也說，你應該要取悅自己的老婆。我哪裡感到被取悅了？」

「我沒有取悅妳？妳這自私的賤人！」

「萬能的眞主，我不是在講你好嗎？我只是想要自己稍微清靜一下！在生命中、生命中，我希望在生命中能感到愉悅！」她用拳頭用力拍打自己的大腿。

「走，我讓妳看看生命的愉悅。」他轉向我。「妮達莉，把妳弟帶來，我們開車出去。」我們就這樣準備走了。「費露莎，滾開，我就要讓妳看看甚麼是生命中的愉悅，讓妳嘗嘗一個人的滋味。喂！我們走！」

車子在開往沙漠的半路上開始冒煙，黃色的煙往我們前後方向分別延伸，就像通往地獄的滑軌一樣。我們身邊圍繞著一團又一團黃色的煙與沙塵，沙塵被一條懸吊在T型黑色電子結構的黑色長電力線擋住，那個黑色電子結構就像是護衛地獄之門的巨人。媽

㉔圖坦卡門（Tutankhamun）：古埃及新王國時期第十八王朝的一位法老，在位時期大約是公元前一三三四年到前一三二五或前一三二三年左右。在這裡是用來諷刺他的午餐很不新鮮，不像同事是老婆天天做的。

媽坐在前座抱怨她從坐墊上撕扯下來的一段線頭，我坐在後座教我弟怎麼把眼睛瞇起來，看電力線上方的光線。

「怪—朔。」他說。他的口氣聞起來有甜甜的奶味。我輕輕捏捏他的臉頰然後親他。爸爸開得比貨車還快。當他開到中途某個他覺得適當的地方，便猛力踩剎車，車子發出刺耳的剎車聲，使得弟弟將他那雙圓嘟嘟的手抬起來起摀住耳朵。爸爸的手越過媽媽的肚子，打開她那邊的車門。

「出去！」

「很好。我不需要看你發瘋！謝謝你的便車。」她跳出車外，狠狠地把門用力甩上，開始往電力線走去。我把臉貼在玻璃上，使勁地朝它呼吸。我揮舞著手，以便媽媽如果轉身可以看到我，但是她並沒有。

「妮達莉，坐到前面來！」

我猶豫著。

「現在就過來！」爸爸的眼睛發紅，手塞進一卷卡帶。

我跨過椅子的扶手，噗通一聲坐進媽媽的位置，她的座位。她豐滿的屁股在椅子上還留有餘溫。我從乘客座位這邊的鏡子裡看到媽媽的屁股、後背、身體跟頭髮都變得越來越小、越來越小。

那卷卡帶播的是烏姆・庫勒蘇姆㉕在很久以前的一場演場會上，唱某個跟她同齡人的故事。爸爸糾正我說，不是她的年紀，是她的生活。爸爸要我記住這首歌然後開始唱。他一直在沙漠裡開著，直到太陽西沉，直到我們腳下的土地看起來像個黑洞，直到我完整無瑕唱完這首歌爲止。

當他把雙手從方向盤挪開並拍手時，我問他：「那，你會讓我當歌星嗎？」

「永遠不可能。唱歌不是壞事，但是妳可以做更棒的事。妳可以成爲博士！有名的文學教授！像我以前一樣寫詩。寫詩，在英格蘭教書。讓那些傢伙瞧瞧我們文學的偉大。妳可以成爲任何一種妳想成爲的人。」

「就是不能當歌星？」

「對。也不能是建築師。」

「所以我不能跟你一樣。」

「對，妳不能跟我一樣，妳也不會想要跟我一樣。妳以後就知道，妳現在還小。」

我們朝家的方向開去，我認出了那微暗地平線上的儲水槽。總共有六個白底藍色線

㉕烏姆・庫勒蘇姆（Umm Kulthum）：著名的埃及女性音樂家。

條的儲水槽立成一排，看起來就像是穿著條紋西裝的馬丁尼酒杯一樣。我把頭靠向爸爸溫暖的肩膀，我知道我不能談到媽媽，也不能說我擔心媽媽一個人在沙漠裡。我很納悶爸爸怎麼可以要我去贏一個屬於男孩子的比賽，而且還對媽媽這麼殘忍，媽媽是女的，跟我一樣，我也不懂爲甚麼媽媽會讓爸爸這樣對我們。爲甚麼她要離開車子走進空空洞洞的沙漠裡？她有可能會死掉，像她媽媽一樣死掉。我不要再想這些，所以我問爸爸：

「你的詩裡寫了甚麼？」

「我在詩裡寫我們的家鄉，寫巴勒斯坦。但是我厭倦寫跟戰爭有關的事。那就是我們所做的，寫戰爭、寫我們在一九六七年㉖之後有多傷心、寫我們的狀況有多糟。之後我開始寫有關你那他媽的白癡媽媽的詩！」

我想將話題從媽媽身上移開，所以我說：「一九六七年發生了甚麼事？」爸爸笑了並轉過來看我，但是我的表情一定洩漏了我是真的不知道這件事。

「甚麼？妳那該死的學校！該死的英國人，那些背負著殘暴與苦難歷史的粉紅豬。他們竟然甚麼都沒教。禮拜六，禮拜六你轉到新學校去，一所阿拉伯學校，跟阿拉伯同

㉖一九六七年中東危機爆發。

學、阿拉伯老師一起，沉吟在阿拉伯世界裡，上歷史課。妳那所爛學校的歷史課都學些甚麼了？關於過去，妳都學了些甚麼？」

我無奈地聳聳肩，答道：「維京人。」我們現在已經進入市區，我們的公寓就在幾條街外。我轉向西邊，凝視著那個黑暗而沉靜的海灣。

「該死的維京人。」他大叫，並用力踩剎車，輪胎發出尖銳刺耳的聲音以示抗議，我又想起了媽媽。我們的車停在路中央，向右邊偏了一點。弟弟在後座咯咯傻笑，對他來說這是一趟很有趣的旅程。爸爸走出車外面向阿拉伯灣、面向冒煙的引擎，面向空無，開始滔滔不絕地發表長篇大論。「眞是，我對那些作賤愛爾蘭、南非跟巴勒斯坦的人還期待甚麼呢？但願天主的怒火把妳們學校的老師都燒死。今晚！今晚我就來給妳上一堂關於妳的歷史的課。如果妳只讀過那些討厭的野蠻人的歷史，妳以後要怎麼成爲一國的部長、國務卿或教授呢？希望他們居住的洞穴成爲他們永久的居所。那些賤貨。」

很好。

我只想邊看法兔塔秀，邊吃咋塔漢堡。法兔塔秀講一個留著翹八字鬍的小丑法兔塔的故事——縮小版的法兔塔一直跟著眞正的法兔塔，那個縮小版的他只有三呎高、戴著藍色遮蔽物，穿著一套淺綠色的西裝，打了一個很大的領結，還穿了一雙實在有夠大的小丑鞋。但這是不可能的。爸爸將要以犧牲媽媽將她留在沙漠裡，以及用歷史課把我搞到筋疲力竭，來結束這個美麗的夜晚。

我那本厚厚的小方格數學筆記本翻開在桌上。爸爸對我講述歷史。我知道了關於蘇伊士運河的歷史（當他發現我連這個也不知道，便倒帶從一九五六年講起），以及我外公如何成爲「自由軍官」這樣的鬥士。外公是媽媽的爸爸，但是我爸把他視爲歷史人物，這樣他就不需要聯想到我媽。一九五二年外公與許多位自由軍官率領一整個軍營去面見埃及法魯克國王要求其離開。嗯，爸爸是說「滾開」，但是我不能說髒話。所以外公要求法魯克國王下台，送他上了一艘名爲「瑪魯莎」——英譯爲「保護者一號」——的船到英格蘭。「你這麼喜歡搭們，那去跟搭們一起生活。」爸爸模仿外公的話說。接下來是那塞爾，爸爸有他的錄影帶。已經過了凌晨兩點，爸爸讓我看這些錄影帶。那塞爾一直不斷大聲喊叫，我睏到連眼皮都垂下來，幾乎打起盹來了，但是爸爸的手臂撐住我的下巴，要我看他手臂上的汗毛。「它們都豎起來了！」我看到他的汗毛確實是豎起來了。「那個人是個聖人，眞主憐憫他的靈魂，願他安息！」爸爸告訴我有關一九六七年的歷史。他拿了一本他在美國買的舊《生活》雜誌給我看，裡面都是以色列人的照片。我看到一張地圖，上面的箭頭都從巴勒斯坦指向埃及、敍利亞以及約旦。他要我讀那篇文章，我照做。這個以色列以及她的力量讓我相當驚愕，我問爸爸既然他也是從巴勒斯坦來，那我們算不算是以色列人，因爲巴勒斯坦跟以色列現在是一樣的。

爆炸了。完全就是爸爸引發的地震。好，所以我們不是以色列人，我們是巴勒斯坦人。至少爸爸是。他要我從書架上拿來一本藍色的書，書背上用白色的大寫字母寫著：巴勒斯坦是我的祖國。我覺得這很好笑，因爲以色列國旗就是藍白兩色。爸爸翻到上面有眞正巴勒斯坦國旗的那一頁，然後要我不斷照這張地圖畫。陽光偷偷灑進客廳，照進爸爸跟我以前漆的那片森林裡。漆上去的葉子動了幾下，一小滴一小滴的露珠開始滴在紫色草地上了。

我整夜沒睡。

爸爸檢查我畫的最後一張地圖，他稱它爲「家的地圖」，然後讓我離開，稱讚我把加利利㉗畫得很好，就像一把水中的小提琴。他回到廚房，烤了些麵包以及奶奶從傑寧寄過來的起司塊。當他咀嚼著他媽媽寄給他的起司時，也許正想著我媽媽。他的眼睛佈滿血絲，看起來很哀傷，我知道他很想她。我換上制服，幻想媽媽已經回家，坐在鋼琴前

㉗加利利 Galilee，以色列北部的一個地區，相當於以色列的北區，因有無數聖經中提到的古鎮，是以色列主要的旅遊區之一。

面彈蕭邦的第三號敍事曲，我還幻想著爸爸憶起了媽媽如何成爲第一個讓他愛上音樂的人，然後他們又再重新墜入愛河。不過這只是幻想而已。我綁好鞋帶走出去等公車，擔心著不知道媽媽現在被埋在哪一座沙丘下。

最後一節下課鐘響，我等著媽媽來接我們，但是她還沒有從沙漠中回家，所以換爸爸來接我們，他帶了一盒從「義大利披薩」買的披薩，上面都是我們喜歡的材料，有橄欖跟肉。我們沒日沒夜的在咖啡桌前看電視、吃披薩、喝雀巢咖啡，髒杯子、髒碗盤丟滿客廳地上。加墨爾坐在我背上假裝在開火車，爸爸喝完了一小杯非法取得的威士忌。我們看了一些今年輸入的英美節目，在這些節目裡，只要出現兩個人的臉靠得越來越近的鏡頭，就會出現很低俗的音樂，兩張臉會突然分開，音樂也會乍然停止。我問爸爸發生甚麼事了，爸爸向我解釋這些人接了吻，而他們接吻的鏡頭得經過審查。

「甚麼是審查？」

「審查就是，你把影片拿來，然後把讓你覺得不舒服的部分剪掉。」

「所以有人把接吻的地方剪掉了？」

「對。」爸爸說。

「我從來都不知道，當一個人長大之後會變成一個把接吻剪掉的人。」

爸爸笑了，他說：「你得眞的夠白癡才有辦法做那個工作，對吧？」

那天深夜，我躺在床上想著接吻這件事，想著電視上的兩個人是怎麼樣接吻的。我知道他們做的事情是不對的，但是我不知道爲甚麼。我想著媽媽跟爸爸以前怎麼接吻。我很擔心有一天我吻了某個人，而那個人會把我丟在沙漠裡。我決定絕不談戀愛。

就在那時候，我開始擔心媽媽，我覺得自己很蠢，竟然一直沒有爲她禱告，反而在想接吻這件事。

我從床上爬起來，盡可能小聲地進行宗教上的沐浴儀式，不要把爸爸吵醒。我在頭上套上一條毛巾當作面紗，然後面向爸爸每週一次在週五祈禱時所面對的方向。我想到伊薩姆，我很久都沒有想到他了。我猜他現在是不是已經回到巴勒斯坦西岸區，結婚了，很快樂，……正在跟某個人接吻。我搖搖頭，我必須停止去想這些！我不知道是不是得重新進行一次沐浴儀式，因爲我剛剛的思想很不純潔，不過我決定沒有必要這樣做，所以我開始爲媽媽禱告。在整個禱告過程中，我一直擔心我的禱告無效，而且就在我快要結束禱告時，不小心放了一個長屁。我知道我應該要重做一次沐浴跟禱告，不過我沒有這樣做，因爲我好懶，而且我希望眞主沒有聽到我放屁，雖然我自己聞到了屁味。

在我打掃完浴室跟天井躺回床上休息時，電話響了。當我聽到爸爸對著電話那頭大喊時，我夢到加利利，我夢見我是一隻鳥，穿著溜冰鞋飛過加利利。「喂，兄弟。你說她要回來這裡？爲甚麼？」

媽媽一路上搭便車到奈菈姑姑家，睡在我表姐的床上。媽媽贏得了這場戰爭。

「如果你帶她回來，要確定是在八點以後。」爸爸檢查過整間屋子的慘狀後如此要求。

媽媽在七點鐘左右輕快地走進家門，我發誓我可以聽到蕭邦的音樂。很明顯地她對我姑丈感到很不耐煩，所以自己搭計程車回來了。她甚麼話也沒說，只是看了看整個屋子：她看到煙燻到天花板上，小弟沒穿衣服又一身髒，拿著粉筆亂塗牆壁，爸爸正在搧一個燒掉的烤鍋，地上杯盤狼藉就像地毯裡面長出來矮樹一樣。我們看起來像難民，雙腳像黏在髒亂地板似的站著，很驚訝她提前回來。

因爲提早到家，所以她比爸爸多了一個小時的優勢，而且比他預期的更早開戰，她完全不理會爸爸企圖宣示這是他的地盤。因爲搭計程車回來，而且不是從她平常回家的大門進來，所以她完全出其不意的逮住爸爸。她歪著頭走到邊邊，從走廊消失，然後到現在已經乾淨的浴室裡洗澡。我在廚房抓了一束乾掉的鼠尾草，燒水煮她的茶，而且很生氣。我希望鋼琴燒掉，也帶走爸爸的怒氣；我希望爸媽可以和好。

在爸媽的爭吵史裡，很少像這次這麼快就分出勝負，或者在這麼短的時間裡就可以看到決定性的結果。我們家女戶長那種堅毅的魄力完全勝過爸爸在沙漠那場鋼琴反抗事件：轟炸行動㉘以沒有晚餐的形式進行，擊倒並摧毀了敵方的陣營。雖然爸爸很不願意承認，他擔心自己在媽媽的心中比不過那架鋼琴，不過就在開戰的第二天，他聲明把鋼琴帶回家裡彈整天不是回教徒的作法時，他的要塞就算失守了。

「喔，」媽媽瞥了一下她的手錶說，「阿布伊薩沒多久之前打過電話，他說你剛海運的威士忌，」媽媽已經佈署了她的軍艦，「要延到下週才到。」

「下週，那個爛人！眞該死，這樣我們玩紙牌遊戲時就沒得喝了！」爸爸大聲咆哮。

「耶！那架他媽的鋼琴就擺在這裡。」媽媽說。爸爸蹲在沙地上，宣布迎接媽媽跟他六十小時的戰爭畫上句點。

然而，戰火狂暴地蔓延著。

㉘ Air strike，這個詞在波灣戰爭之後常被使用，一般是指「我軍」轟炸「敵軍」的軍事行動。

5 夏天的布料

在我心裡，我經歷過的所有夏天都如同一條桌巾，連同上頭留著的各種沾醬痕跡，存放在我十一歲夏天的抽屜裡，我那赫赫有名的未婚阿姨也在那年夏天當了新娘。前往埃及所搭乘的班機，機翼上印了古埃及的圖案。媽媽跟弟弟也都來了，但爸爸不能來，因爲媽媽說她不想看到他的臉。他裝作不在乎，說他得去忙一個建築案子。我想像他戴著一頂堅固的黃色帽子，眞正在蓋一幢房子，但實際上他是待在另一棟建築裡，畫戴著黃色堅固帽子的工人要蓋的建築的草圖。在飛機上，我試著不去想像他待在安靜的屋子裡，那悲傷的眼神與孤單的心，即便我還是會忍不住想起他。

飛機在開羅降落，我聽到哈楠㉙的新歌〈笑容〉(Beima/The Smile)，它讓我心情大好，我馬上就笑了。這個機場比科威特那個大了許多，有很高的銀色天花板。我喜歡室

㉙哈楠(Hanan)：是少數可以打進阿拉伯世界以男性為主導的Al-jil大眾音樂界的女性歌手。

內廣告招牌，招牌上有幾個大型的可口可樂瓶子，瓶上有著閃閃發亮的假水珠。媽媽派我去認我們的行李。

我找到那四個裝了我們所有可攜式家當的包包，然後大喊機場搬運工，那個搬運工有著棕色皮膚，長得很高，纖瘦的臉上有著一雙大大的黑眼睛。行李箱一堆放到推車上（有兩輛），媽媽跟我便走向接機區，沒多久外公就看到我們，大叫弟弟的名字。有一天我才了解，他這麼做一直是出於對人的尊敬：「在大庭廣眾之下大喊一個女人的名字是不妥的。」他這樣跟我說。我跑向外公擁抱他。他抱起我來，開玩笑地抱怨我太重了，然後親親我的臉頰。外公的臉頰很柔軟，他有一個很大的下巴，像小女孩的皮包一樣掛在臉上。我喜歡他皮膚上那些棕色斑點，還有他脖子上聞起來像橄欖油香皂的味道。

「妳長得跟外婆好像喔！」他尖叫，然後把我放下來。我外婆已經過世了，所以我不希望像一個死去的人，不過我也只是笑笑而已。媽媽把小弟牽到外公身邊，外公把他舉到半空中說：「歡迎，感謝老天保佑你平安，我的乖孫子！」

「爸，你車停在哪裡？」媽媽問，外公跟我們指了指他的車，那不是外公以前開的那輛舊賓士。他說，那輛車他賣了五十埃鎊。他說他其實沒有要賣錢，但是買那輛車的女人堅持要付錢給他。

「不賣錢？」媽媽聲音裡帶著一絲驚嘆。「爲甚麼，爸爸？」她把弟弟抱在腿上，坐進外公的新飛雅特。外公拿了一張綠色紙鈔給機場的行李搬運工，那人親了一下紙鈔，又拿紙鈔碰了一下前額。

「是啊，我不想賣錢。進來，乖孫女。」他跟我說，然後幫我把門甩上。「不收錢是因為那輛車是個玩笑。我們透過革命才買了那輛車，妳媽媽很討厭它，她差點就輾過那個送牛奶的工人，妳記不記得？而且妳們沒有一個人會開，買那輛車很浪費，所以甩掉它是好事！買它沒帶來甚麼好事，所以就讓它走吧。」

「是沒錯啦，不過，爸爸，就五十埃鎊喔？你可以把它丟進車庫放個十五、二十年，然後賣個幾千埃鎊。那輛車是古董耶！」我弟開始扭來扭去坐不住了。

「蒂塔外婆差點撞死一個送牛奶的工人是甚麼時候的事啊？」我很興奮地問。

「十五或二十年？女兒啊，妳瘋了嗎？誰知道我們是不是活得過十年二十年，誰又知道我們明天會不會再醒來？」

「我保證你明天一定會醒來，爸爸？你的健康……呸呸呸，別亂說。」媽媽握緊拳頭敲了敲塑膠的儀表板㉚，「我是說，你身體那麼硬朗，老天會讓你長命百歲的！五十埃鎊耶，爸爸！那輛車是我們的家族史耶！」

「呸！」外公朝空中吐了一口痰。那口痰繞了一圈經過我打開的窗戶回到車內，落在我臉上離眼睛兩吋遠的地方，我拿袖子擦掉它。「我們的家族史遠多於這輛在革命中殘存下來的黑色破爛賓士車，而且是……」他又吐了好幾口痰，都正好落在我眼睛西側，「一塊破銅爛鐵。加墨爾的爸爸好嗎？」外公把話題轉到爸爸身上。

媽媽陷入沉默，只有收音機而沒有卡帶播放機的汽車音響流洩出奧姆・古爾森㉛甜美的歌聲，在她覺得合適的地方拉長了母音，在她覺得最憂鬱的地方縮短了子音，這樣一來，媽媽就不需要回答她爸爸有關我爸爸的問題，因爲歌詞裡的艾爾斯特女士已經幫她回答了：

Ya rayt ya rayt, ya rayt ya raayt yaa rayt, ya rayt……㉜

㉚在英文裡，如果說了甚麼不吉利的話，或是說了願望之後怕無法實現，都會邊說 touch wood 或 knock on wood，邊用手輕握拳頭敲敲木製的東西。這是因為以前的人迷信拜樹，所以敲敲樹就會把好運帶來。這個詞的用法有點像是在台灣，當我們說了不吉利的話時，會說「呸呸呸」把壞運呸掉。

㉛奧姆・古爾森（Umm Kulthum）：埃及著名女音樂家（1904–1975），將伊斯蘭信仰注入音樂中，巧妙結合古典詩詞與現代音樂，其音樂不斷在中東世界傳唱，為埃及具代表性人物。

㉜阿拉伯語裡的「我希望」（I wish）。

我希望我希望，我希望我希——望我我我希望，
我希望，我希望，我希望我希望，
我希望，我希望，我希望我希——望，我我我希望，
我希望，我希望，我希望，我希——望我我希望，
我希望，我希望，我希望，我希——望，
我希望我，
我希望我，
我希望我從來沒有，
墜入情網。

奧姆·古爾森反覆唱著最後一行，彷彿那一行同時呈現了後見之明與無法避免的命運。

米黃色的小飛雅特往西開，雖然到亞歷山卓應該只有三小時路程，不過我們現在距離那裡還有五小時之遙。在車流中，外公搖下車窗問鄰車駕駛足球比賽的得分結果。阿拉威隊以兩分打敗了紮摩卡威隊。外公咧著嘴笑雙手鼓掌。「我們是阿拉威隊的。」他對我說，一雙藍眼睛映在後視鏡裡。我點點頭，很高興屬於某一個足球隊協會，而且還是

勝利的那一方。我們左手邊那個傢伙，車子裡裝了一台電視機，固定在儀表板上。他正在看比賽，看到一個球員錯失一次進球機會時，他大叫，說那個球員是個「會出賣自己姐妹貞操的混蛋」。媽媽叫我把窗戶搖上來，不過我堅持不要，我說我在流汗。她讓步，我弟跑過來跟我一起坐在後座。

開羅的廣告招牌正在宣傳一些表演、衛生紙、芬達汽水以及新歌手的專輯；尼羅河在遠方延伸開來，並沒有帶來任何一絲撫慰的微風。男人們騎著腳踏車從我們身邊危險地經過，以手帕綁起頭髮的女人們則是踩著踏板車或步行，從我們身邊急嘯而過。當飛雅特加速開上高速公路時，他們都被遠遠拋在後面。正如時間飛逝，那一幢幢大樓也逐漸消逝。外公那輛新的俄羅斯車有一條彎曲的天線，所以他現在聽的電台混雜了艾爾斯的歌聲與球賽轉播，潮濕的空氣拍打過我們窗戶，我的頭髮被吹得蓬亂捲曲。

我們很快就看到了泥磚小屋，夜晚籠罩著我們。我可以稍微清楚看到鳥兒在路邊小屋懸掛的黑色杆子上棲息。我們從一株株植物旁邊呼嘯而過，開始聞到像是鹽巴與糞便的味道。我盯著天上的星星看，假想它們是沙漠中摩天大樓的千盞燈光。我問媽媽還要多久才會到，不過她已經睡了。我也睡著了，還夢到爸爸。在我的夢裡，他戴了一頂黃色帽子，滑下美國波士頓聖伊麗莎白醫療中心的走廊。

在我們接近亞歷山卓時，沿著港口的海濱步道已經擠滿了各年齡層的人。不少人吃著玉米、羽扇豆子零嘴或嗑瓜子，並把瓜子殼吐到路上或是人行道上。我們往西開向瑪穆拉海灘，那是亞歷山卓的海灘城，媽媽在那裡用她的名字買了一間公寓，我往左手邊看，看到海面上捲起大量泡沫狀的海浪；一些穿著衣服的小孩、男人及女人們，都隨著海面上下波動，或衝向海浪。我等到早上才帶個小袋子跟海灘椅和外公走到海灘去。

外公的小飛雅特穿過擁擠的瑪穆拉海灘，不消幾分鐘便接近我家那條一頭有小清眞寺一頭有擱淺船舶的街道。我瞇起眼睛試著看清楚遠處船舶的形狀，我做到了，船隻幾乎跟清眞寺一樣靜止不動。外公對那些在街上玩足球的幾個小孩按了喇叭，他們靠邊讓我們通過。

車子停在我家那條街的中間，暗示有離開許久的前居民回到這裡。這棟大樓的管理員阿卜度・巴瓦布、他老婆烏姆・瑪迪哈以及他們的女兒瑪迪哈跟阿法芙都出來迎接我們，在我弟的臉頰上親了好幾下。他很陶醉於這種被重視的感覺，小腳踢了幾下。沒多久，桑雅阿姨帶著渴望與急切的心情從她家跑下來，迅速親了弟弟，然後把我擁入懷裡，握著我的手爬上四段樓梯抵達我們的公寓，整個過程裡，阿姨像機關槍似的對媽媽說話，媽媽就像她跟我一起觀賞的某部卡通裡，拍賣會場上的拍賣商一樣，每次只要卡通裡的動物射殺或啃掉另一隻動物的身體時，媽媽就會彈彈她的舌頭發出嘖嘖的嘲笑聲。「小月亮，妳好嗎？我對妳的思念勝過一切。」桑雅終於跟我說話了。

「我很好，感謝阿拉保佑，桑雅阿姨。」我這樣說的時候，她的手掌覆在我前額上。

「甚麼？妳叫我阿姨？妳怎麼啦，妳頭殼壞囉？不要叫我阿姨，叫我桑雅就好。我是妳的朋友啊！」然後她開始進行虛構的拍賣會，並對媽媽說：「好，姐姐，我要確定妳有所有的布料，妳一定不相信那件婚紗的設計，那個設計啊！喔！看，還有那雙來自倫敦的鞋——至少那頭自私的水牛伊必提森眞的記得幫我買這雙鞋，那個男人現在還在達曼胡爾跟他媽媽盧，妳相信嗎？那個賤人還眞不想來參加婚禮耶，嗯嗯，不來就算了，讓神靈去打她一槍吧！喔！親愛的，飯店兩天前還發生火災，不過應該沒有影響到我們訂的廳，肚皮舞孃要加收五十埃鎊，那個賤人一定是得了梅毒發了瘋。老天！姐姐啊，我希望妳會喜歡他，他是卡布茲，微胖，不過跟他的身材一樣，他也有一顆寬大的心！」我們快要走到樓梯盡頭的時候，她拍了拍我的頭。「還有，妳這小猴子，最好不要讓妳那頭微捲的頭髮搶走我的風采喔！」她捏了捏我的臉頰。「我會幫妳擦上胭脂、口紅還有指甲油！」

「不行，」我媽媽插嘴進來，將她的大眼鏡框推近眼睛，看起來像隻蒼蠅。我弟已經在咬一條電線，拿一支舊的網球拍用力打桌子。

「行，姐姐，行啦行啦，這女孩在她阿姨的婚禮當天會漂亮得像朵花。」桑雅邊說邊打開我家的門。這房子看起來一塵不染，跟我們當初離開時一樣。

「不行啦，我爸爸說我要到十八歲才可以化妝。」我說。

「妳爸爸？喔，妳是說墨索里尼喔？……嗯，他不會出現在婚禮上啦，妳說是不是？姐姐，這女孩要擦胭脂口紅，」她對媽媽說，「而且妳不要戴這個，」她下了命令，然後用紅色長指甲輕敲我媽的眼鏡。

阿姨十八歲時，她媽媽，也就是我外婆，過世了。外婆幾年前也住在這裡，同一條街。五〇年代，在我媽媽像我現在一樣小的時候，外婆搬來這裡。媽媽很快就會去拜訪外婆的墳墓，我們都會穿得像軍人，也會表現得像軍人一樣，開車往市中心到希臘聯合公墓。不過我不知道是在我為阿姨的婚禮擦了口紅之前還是之後。

外公跟阿卜度一起上樓，阿卜度扛了兩個行李箱，一肩一個。我想坐在他的肩上，摸他那條白色包頭巾，用我的手指去感受他的汗水。正當我想著這件事的時候，他放下行李箱抓住我，像輛起貨機一樣將我高舉起來：「小心絞盤！」他說。「別以為我會放掉妳！」他把我帶到陽台。「我該不該把妳放開呢？」他開玩笑地說，把我搖向扶手。「費露莎，我該不該放開她？」

媽媽心不在焉地咬著她的指甲，好幾年來，她都一直維持這個習慣，就像保留一件寶石之類的傳家寶。「好啊，阿卜度，我已經受夠她了。」

他把我舉過欄杆邊，我的心就像我們用舊罐子做成的印度手鼓一樣快速撞擊。我並不害怕，我知道他不會放手。在我抗議之後，他把我舉起來放回去，我安全地降落在陽台的白色瓷磚上，聽起來就像是媽媽穿著高跟鞋踩上玻璃，鞋跟與玻璃輕輕相互敲擊的聲音，也像是我球鞋鞋底卡到一塊小而尖的石子走在玻璃上的聲音一樣。

等男人們離開，我弟弟睡著之後，我坐在陽台的沙發上休息，現在身邊只有媽媽跟桑雅，她們開始泡土耳其咖啡。我拍打停在我大腿上的蚊子，不過它們已經飛走了，還在我大腿上留下印記：紅色圓點。媽媽跟桑雅大聲地談論起她們以前跟現在的男人、其他男人、她們的堂兄弟、新獲得的土地（零）、車子（一輛）、醜髮型（至少四十三回），以及爲甚麼有些女人不能停止耍笨。她們聊了好久，聊到夜晚已至，我睡睡醒醒，她們的聲音像催眠曲一樣，讓我覺得很興奮，也撫慰了我，那是我家族女人的交談。當我落入半夢半醒之間，媽媽打死了一隻牆上的蚊子，接著繼續研究桑雅咖啡杯底的沉渣。

我聽到媽媽跟桑雅談的最後一件事，是她們兩個開玩笑地爭論那次她們在海灘喝多了被外婆踢屁股的往事。她們對於是哪一個男生買酒給她們喝無法達成共識，在她們聲音起起伏伏的同時，我和著小荳蔻咖啡的香氣、埃及艷后香菸以及未來的夢漸漸睡去。

我們簡單清點了一下媽媽爲桑雅婚禮帶來的布料：緞子、絲、埃及棉、碎絲絨、聚酯布料、丙烯酸布料、網眼布料、尼龍布料，以及一塊多層的透明布料，看起來像千層糕一樣讓人發餓。這些布料的設計從花面的、軟絲綢的、方塊的，到鑲鑽、圓孔眼、繡花與綴仿蛋白石都有。顏色有白色、略帶灰色的白色、奶油白、金色以及銀色，這些都是爲桑雅的禮服準備的；橘子色、葡萄紫、茄子紫、以及漆樹紫，這些則是爲媽媽的裙子所準備；柔粉紅、以及粉紅上面綴銀色的星星則是爲我的裙子準備；周邊點綴百里香綠的辣椒紅用在所有表姐妹的裙襬上。

我們待在媽媽跟桑雅位於亞歷山卓市市中心恰比鎮的舊公寓，媽媽打開放在她小時候睡的那間房間裡的箱子時，整個房間被她變成一個小型布料市場，就像我們在女人區所看到的那些一樣。我們到的時候，兩扇法式的門被旋開，門後的百葉窗發出咯吱的聲音，讓出一條空隙放陽光進來。

「讓老天的光線進來吧！」媽媽邊說邊迅速巡視整座公寓，打開窗戶和陽台的門。門鈴聲聽起來像是一隻疲累的布穀鳥在啼叫，桑雅走去應門並大喊：「來了，艾迪爾的媽，我來了……」然後讓女裁縫師進來。那個女人從頭到腳穿得一身黑，我不懂一個看起來這麼哀傷的女人怎麼能夠幫忙縫製新娘禮服而不會跳下陽台。經過幾分鐘的短暫交談、泡甜茶、哀悼烏姆·艾迪爾的丈夫（艾迪爾的爸爸）、再喝完甜茶之後，那女人轉向箱子指著我對烏姆·艾迪爾說：「幫她量三圍。」

我把手臂舉起又放下，兩腿微張，雙腳合攏，量尺像一條迷路又焦急的黑白條紋蜥蜴一樣爬過我全身。烏姆・艾迪爾問我：「科威特跟埃及，妳比較喜歡哪一邊？」我就像桑雅有時候會做的那樣同時拍打雙手，並回答：「咦，當然是埃及囉，我的姐妹，這沒得比較！」我這麼說讓她非常高興，她笑著斜過頭望回來，牙齒間的縫隙好大。

「來，過來，到別的房間去玩。」媽媽對著我說，這樣我就解脫了。我跑到媽媽的舊房間，就是她還是小女孩時睡的那一間。我坐在她的梳妝台前，看放在梳妝台玻璃墊下的數百張照片。我看到一張黃色的紙條：

一九七一年八月二日
下午七點，伊布拉希瑪廳，亞歷山卓大學
年輕詩人的詩歌之夜
嘎茲・塔希爾、瓦希德・阿墨爾、塔菲克・納布斯

爸爸的名字在我面前跳了出來。我跑離這張紙條到舊琴室，坐在那張搖搖欲墜的長

凳上。我打開琴蓋，碰的一聲撞到鋼琴，塵埃就像微星一樣飛起來迎接我。我咳了幾聲，然後望著眼前那張琴譜，但是上面的音符就像黑色碰碰車的天線一樣，時上時下。我看不懂這張媽媽完全理解的琴譜。

她一定聽到我在彈一些沒有意義的曲調，因爲她跑到這間房間坐到鋼琴前面，宣誓這是她合法的寶座。她舉起手來讓指頭下垂然後開始彈奏：蕭邦。我坐在鋼琴邊不時彈個高音，假裝我會彈蕭邦。然後我決定不彈鋼琴轉而跳舞，當媽媽在那架佈滿灰塵的老鋼琴上用力擊出蕭邦曲子的同時，我舞過那兩扇法式大門到達那圍繞整座公寓的陽台，那架老鋼琴有時候會在某些地方吃掉一兩個音，完美地創造出一首不臻完美的曲調。

我來來回回地跳著，舞過了桑雅的窗戶，幾年之後，我還是可以從窗框瞥見她，看著她穿上那套合身的結婚禮服。我記得我想像著她跟她丈夫的生活就像那件結婚禮服一樣，必須順著衣料縫製，並希望合適她；而且外表看起來很漂亮，但是事實上很不舒服。我懷疑如果她聽到了我的想法會作何感想，我也懷疑我的這種想法是不是意味著我永遠都不適合任何一套結婚禮服。

每天傍晚游過泳、跟外公與桑雅吃過晚餐以及看過一部舊埃及電影之後，媽媽會讓我跟我朋友拉米雅到街上玩。我們看的那些都是黑白電影，裡頭有一位會唱歌跳舞的漂亮女孩，她在每一幕中間都突然唱起歌來並翩翩起舞。有時候我也會站起來跟她一起唱一起跳。某天，電影出現彩色畫面，那是一部古埃及電影。電影裡的女演員都綁了辮子，男演員則沒有穿上衣只穿著裙子。噓！我非常專心地看著這一幕：女法老王必須躲避她的愛人，於是她站到一千階台階的頂端。我一直看著她從最下面的台階走到最頂端。就在現在，她發表了聲明，但是她講了甚麼呢？一架飛機跨過她頭上的藍天，就從她頭的左邊飛進她的髮辮，經過她的頭之後再從另一邊飛出來。

「他們搞砸了這部電影！」桑雅邊說邊把她手上的義式餅乾丟向電視螢幕。「爲甚麼他們不重拍？」她是眞的很難過。

「也許他們沒有錢可以重拍啊。」外公說。外公會幫所有跟埃及有關的事做辯解。

「這很明顯，」媽媽決定參與討論。「他們連好的假髮也買不起。看看那些女演員的辮子，都是眞髮編成的。古埃及人習慣用假髮讓她們的頭髮看起來既整齊又濃密。」

「啊，妳跟那些法老王住在一起喔，妳當時也在現場喔，妳看過法老的髮型喔？」外公邊說邊站起來。

「不，不，」桑雅說，「你們看站在左邊那個男的，他穿了一件汗衫。」

「也許他對自己的乳頭覺得害羞，」媽媽說。我喜歡「乳頭」這個字。

乳頭？乳頭！

「或許他為了這一幕將自己的胸毛打成辮子，但卻因為太害羞而不敢讓人看到！」

「夠了喔。」外公邊說邊往門走去。

「放輕鬆嘛，爸。」媽媽說。

「你是從軍去捍衛埃及土地，又不是去捍衛埃及電影。」桑雅說。

「埃及的電影產業不及好萊塢的一丁點，但埃及電影卻可以拍得這麼好，實在讓人意想不到。」外公說。

「對，讓飛機飛到法老王電影裡。」桑雅說。

「妳曉得，」外公說，「這是妳媽媽最喜歡的一部。」

寂然。罪惡感像一隻肥蚊子，吸走我們所有的血。

「真的嗎？」媽媽小聲的問。

又是一片寂然。

「假的。」外公說。我們都作勢要把義式餅乾扔向他。

「你這叛徒。」桑雅說。

外公笑了，躲過那場餅乾攻擊，他說：「誰叫妳們自己要信……」

「旦瑪克・提奎爾，」媽媽直呼外公的名字說，「這笑話一點也不好笑。」

外婆的鬼魂停留在這個房間裡，沉重的就像她曾經存在一樣。

公墓拜訪日。媽媽比平常時間早叫醒我，讓我穿上我帶到亞歷山卓的唯一一套好衣服：一條裙子、一件上衣，以及一雙閃閃發亮的黑皮鞋。她幫我洗了頭，將頭髮整齊地梳到後面，還幫我把眼睛周圍的眼屎弄掉。弟弟也穿上好衣服，我們都坐進外公的飛雅特，但是外公不跟我們一起去。他從來都不。

媽媽就像黑暗騎士㉝一樣開過亞歷山卓的車流，我坐在後座讀著建築物上的所有廣告：有一個六層樓高的巨型果汁汽水廣告、在海濱步道戲院新上映的表演廣告（艾迪爾・伊瑪㉞現在人在城裡）以及一家咖啡廳的開幕廣告。我把窗戶拉下，當車子駛過邁阿密區時，可以聞到魚的味道，男孩們穿越馬路的樣子，好像我們開車的人是烏龜，永遠都不會撞上他們一樣。我盯著右手邊的海洋看，看著佇立在沙堆裡的老舊沙灘小屋。媽媽靜靜地開著車。

㉝黑暗騎士：在美國南部從事夜間暴力及恐怖活動的蒙面騎馬人。

㉞艾迪爾・伊瑪：埃及著名男演員，《雅各大廈沉淪記》是他一部很有名的作品，曾經在二〇〇七年第三十一屆香港國際電影節播映。

我們停在聖瑪克的一間花店前，媽媽給了我一張二十埃鎊的紙鈔，派我進去買花。

「聽著，給外婆買那種長形的花，長的像手帕的白色花瓣，綠色的長莖，妳一定可以認出來。」

我杵在那兒一動也不動。我不會自己去買東西。

「怎麼啦？去買送給外婆的花啊！」

花店裡的男人很清楚我要的是甚麼花，幫我把白色的花包在透明紙裡，我給了他二十埃鎊。我抱著花走出花店來到車邊，就像媽媽緊緊抱著加墨爾那樣。

抵達希臘聯合公墓後，媽媽把車停在大門。門裡的狗兒猛地朝我們狂吠，警衛像老朋友似的跟媽媽打招呼，帶我們走到墓地。媽媽戴上太陽眼鏡。

白色的十字架。跟我朋友琳達雪白頸子上戴的一樣，除了比較大、比較多之外，有些十字架下面還有用希臘文寫的長篇故事。有些墳墓很小，我從來都不知道小孩也會死掉。我突然替弟弟害怕起來。

「這是那些在戰爭中殉難的士兵遺骸，沒有辦法湊成一具完成的遺體。」媽媽說著，彷彿讀懂我的心似的。我納悶著哪一種死法比較慘：是像小嬰兒一樣一點感覺也沒有的死去，還是像外公曾經當過的軍人一樣，被撕裂成上千片地死去，埋在盒子裡呢？「事實上，」媽媽說，「他們是小嬰兒。」女巫婆。

我在外婆的墳墓旁定定立著，跟她報告我在既有的人生裡做過的所有事情。我跟她說我希望以前就認識她，然後我望向正在背誦某段可蘭經經文的媽媽。我低頭看著那些花，它們被包在一張透明包裝紙裡，裡面聚集了一些小小的露珠。像我一樣，那些花也覺得又熱又累了。我望向媽媽，在她的太陽眼鏡底下，我看見同樣的水滴，像是滴在她臉頰上的露珠，好似玻璃。爸爸曾經跟我說過，玻璃一開始也是液體，他曾經看過一群男人把液體吹進洞裡，做出有凹槽的漂亮杯子。他承諾有一天會帶我去看。現在我看到媽媽的眼淚像玻璃一樣。

當我們念可蘭經爲她的靈魂禱告時，她聽得懂嗎？最重要的是，我們死後能夠團聚嗎？我想問媽媽這個問題，但是她當時看起來就像個很不友善的獄卒。媽媽喜歡把那些看起來很不友善的人叫做獄卒。

媽媽看著那些花，以眼神示意，我拿掉玻璃紙，把花放進外婆墳墓旁的花瓶裡，我試著讀花瓶上的文字，不過它們是用法文寫的。

媽媽牽著我的手，抱著加墨爾，我們經過那群安靜的狗以及閃閃發亮的白色墓碑，媽媽開車回家，比來的時候愉快了些。我們經過時髦的魯西迪區，媽媽將手中的蘇打水罐扔上人行道，打開廣播。我看著她的側臉，思考著有一天當我拜訪過她的墓地時，是不是也會像她現在一樣。我看著她的手，試著記住它們，因爲有一天它們也會被裝在某個盒子，埋進某個公墓裡。但是那個時候她正把手指放在嘴巴裡咬著指甲。我想問她，因爲她自己的媽媽已經不在人世了，當我的媽媽會不會很辛苦，不過她看起來似乎心情不錯，我不想因爲任何原因破壞她的好心情。

桑雅的結婚之夜在孟塔沙亞歷山卓大公園旁的巴勒斯坦飯店舉行，那座公園以前是法魯克國王的皇宮。我在舞台下面等所有的小朋友，桑雅跟她老公等一下要坐在那裡迎接所有賓客、吃甜點，以及從彼此手中喝下冷凍的木槿茶。我穿的那件禮服胳肢窩有點緊，我想撕開它，像大廳中央的半裸舞者一樣跳舞。她正扭動屁股，擺動臀部，乳頭上有閃亮的小星星。我有點替她感到不好意思，不過我忍不住看著她的皮膚，覺得自己很呆。我終於看到桑雅了，在那件花費心血縫製的嫁衣襯托下，她看起來眞美。我納悶著那晚那位女裁縫師去了哪裡，爲甚麼某些階級的某些人不被允許慶祝她們曾經參與創造過的事件。桑雅的老公看起來正是我所期待的樣子——友善、矮小、迷惘。他正用我稍早的方式看著那位舞者：帶著明顯天眞的興趣看著舞者。他接著轉身，看著桑雅帶著緊張的表情對賓客微笑。

我把花拿過來舖在地上。桑雅跨過它們，坐在她那張柔軟的椅子上。今晚她對我視而不見，我向我表妹萊拉抱怨這事。

「閉嘴，這是她的婚禮耶。」

「妳才閉嘴，我穿著這身緊身禮服、這雙白癡鞋子，但我想回家看伊斯梅爾・雅辛的電影。」

「不，不，別跟我說今晚電視上播放他的電影。」

「就是有，而且我們就要錯過了。」

「我們偷溜出去。」她說，拉了拉她那緊綁的黑色辮子。我們假裝要去拿一些木槿茶，然後從前門溜走。

經過一段長時間的無謂摸索，我們發現這間飯店的大廳根本沒有電視，所以我們穿過一樓大門走出去，坐到沙灘上。我想著爸媽在同一幢飯店結婚，以及之後在這座沙灘游泳的樣子。

「我爸媽的婚禮也是在這間飯店舉行。」當我們把腳伸進地中海時，我跟萊拉說。

「他們一起睡在這裡。」她邊說邊用腳在沙灘上畫圈圈。

「甚麼意思……妳爲甚麼那樣說？」我說。

「我的意思是，他們做了，他們沒有穿衣服，妳爸爸把他那話兒放到妳媽媽身體裡。」她指著兩腿中間。

「你說謊，人們不會做那種事！」我雙手摀住耳朵，完全嚇呆。我往天空中找尋月亮㉟，但是我遍尋不著，所以只好看著一顆星星，強迫自己走向它。

「會，他們會。我不是要讓妳覺得噁心。他們眞的這樣做。嬰兒就是這樣創造出來。妳也許就是在這裡被創造出來的。」她邊說，手邊揮向海洋，就像是遊戲節目主持人揮向獎座一樣。「去問妳媽媽，我說的是眞的。」

我一直看著遠方的星星，讓自己相信我已經在往那顆星星的途中。然後慌亂地回到沙灘上。如果是眞的怎麼辦？「人都怎麼做？」我問她。「他們一定要全身脫光光嗎？」她坐到我身邊，很高興我表現得像是個受教的學生。「是，也不是。如果他們想，他們可以全身脫光光，全身赤裸比較好做，妳不覺得嗎？但是男人那話兒進到女生那地方時，一開始會痛，妳會流血。以後妳就再也不會流血了。」她開始解開辮子。

「會，還是會流血。我媽媽每個月都淌血。每次她要淌血之前就會變得像隻野獸。有一次，她還拿時鐘丟我。不過沒有丟中，然後一排電池就掉了出來。所以她把電池撿

㉟月亮在伊斯蘭教裡有特殊的意義。相較於沙漠中炙熱的太陽，月亮給人清涼的活力。穆斯林崇拜月神，禮禱也是根據月亮圓缺做計算；相較於基督教以十字架為記號，伊斯蘭教以月亮為記號。據此種種，都顯示出月亮在伊斯蘭教／穆斯林心中的重要地位。

起來，好大的電池！然後拿電池丟我。我躲到床底下去。」

「不要轉移話題。那是她的月經，我現在也有，十二歲那一年來的。經血跟做那件事所流的血是不一樣的。桑雅阿姨今晚也會流血——如果她還是處女的話。」萊拉已經完全解開她的辮子，然後把幾段長海帶放進去。她找到最長的一條海帶，把它繞在脖子上，像條海蟒似的。

「處女是甚麼？」我說。

「爸爸跟我說我們就像火柴一樣。一旦我們被點燃，就不能再點了。所以，妳媽媽跟爸爸睡覺的時候，她就被點燃了。如果桑雅以前被點燃過，她今天晚上就點不著了，然後他就會知道她不是處女。」

「不管怎樣，」我說，「桑雅不會在乎自己是不是處女。我不知道妳在說甚麼。那個男人，我的新姨丈，很愛她。是不是處女一點也不重要。」我邊說邊站起來面向飯店。飯店的大玻璃窗對我眨眼。

「妳眞的不知道我在說甚麼嗎？」萊拉說，然後跟我一起走回去。「嗯。問妳媽，她眞的有必要教妳這些。妳已經大到也快要來月經了。」

我們再次回到婚禮大廳，桑雅跟她的新婚丈夫正在跳舞，高舉著木槿茶杯乾杯。接著，他不小心鬆了手，把茶潑到桑雅身上。媽媽趕緊拿條小毛巾走到她身邊試著把結婚禮服擦乾淨。我靠更近一點，聽到桑雅說：「我的新婚夫婿把玫瑰水㊱灑在我腿上。還有比這個更尷尬的嗎？」她的手揮向天花板，揮向眞主。「我要的只是一場尋常的婚禮！幹！他難道就一定要把那東西灑在我腿上才行嗎？」當我看到桑雅大腿上那片紅色的茶漬時，我確定萊拉沒有騙我。

婚禮過後一週，緊接著是晡禮㊲的午間禮拜，一輛黑色轎車駛進大街。從我們陽台可以看到那是一輛陌生人的新車，鄰居小孩跟在後面跑，像追著賣冰淇淋的手推車，也彷彿那是他們第一次或最後一次可以看到電影明星一樣。車子停在我們這棟建築物前，車門往旁邊打開，一雙穿著好鞋的男人的腳伸了出來。然後，那個男人整個身子站出車外，幾秒鐘後，我發現那是我爸爸。媽媽流露出某種我無法流露的訊息。她拍拍臉，大聲嘶吼，然後放聲大哭。

㊱ sharbaat，源自阿拉伯文學名著《一千零一夜》，玫瑰水時常被用來祝福或提振精神。

㊲ 晡禮（Asr）：回教依照太陽運行時間，每天有五次禮拜，俗稱五番拜，晡禮的時間大約是下午三點左右。

我不懂她有多不想看到他的臉。

我那咬著一根黑掉了的玉米穗的弟弟一副滿不在乎的樣子。爸爸走上樓，靠在媽媽的肩膀哭泣，對我媽媽說：「希望眞主憐憫他的靈魂。」他揮手要我到他跟媽媽現在站的地方，把我擁向他們。「爺爺走了，我的愛。」他說。他那偉大堅強的爸爸過世了。

媽媽給了我二十五分埃鎊，准許我自己到市場租輛腳踏車。我想要親親她，可是她沒有要擁抱我的意思，所以我把錢塞進口袋之後，就溜出家裡走入黑暗中。我決定從最靠近海的那條路走到市場，因此可以感受到潮濕的風上面所形成的鬼波㊳。我看到一張表演海報，希望我有機會去看那場叫做「蕾雅與撒其娜」的表演，講述兩個在我媽媽跟外婆出生以前就已經住在亞歷山卓的邪惡女兇手。

我抵達露天市場，在人群中見縫插針穿梭著，聞到濃濃的烤蜂蜜布丁的味道。如果爺爺還活著，我一定會買布丁來吃，也不會難過。但現在即使看到上面點綴的淡棕色脆片，都會讓我想起死去的肉體。腳踏車店老闆要我保證在《朱門恩怨》播完前歸還那輛

㊳鬼波產生的大氣條件通常是溫度或濕度梯度特別大之處，如特別溫濕的氣泡邊界。

腳踏車——那輛腳踏車在我看來根本沒有還的必要，輪子都已經破爛不堪，手把也都生鏽壞掉了，坐墊也是半殘破狀態。我不知道這個只有三顆牙齒、髒髒黑黑的手上沾滿腳踏車油的瘋狂男人怎麼會以為我知道《朱門恩怨》幾點播完，我又沒有一輛手把上可以放電視的酷腳踏車，不過我還是點點頭然後把車騎走。你一定要聞一下印度大麻的味道，我摒住氣息說，我也對自己有這種大人想法感到訝異。

我騎下海灘，看到好多對情侶向茉莉花項鍊小販買了茉莉花項鍊。我往回騎，那些被人們在傍晚搬到陽台的電視機所照亮的街道忽近忽遠。總共有兩個頻道，第一頻道是枯燥的新聞台，第二頻道看起來應該是保留給《朱門恩怨》。每一個坐在陽台看電視的人都轉到第二台。我從街道往上看，看不到星星，只有看到數以百計的電視螢幕妝點天空。我躍過幾個小時前一群女人曬玉米用的舊草梗箱子，在隨意跳過至少二十次之後，影集片尾曲終於出現了。片尾曲的音樂高聲響遍大街小巷，比每週五早上的佈道還要大聲，我快速騎往市場把腳踏還給那個身上有印度大麻味道的腳踏車店老闆。

我從大馬路走回家，看到車子裡的男孩騷擾一些年紀稍大的女孩。那些男孩大聲喊叫又吹著口哨，那些女孩也大聲喊叫且咯咯地笑。我走往回家的路，回到我家那棟建築樓下，發現有人拴了一隻小猴子，把牠留在那兒，這樣做的唯一理由，似乎只是要嚇唬我。我不知道怎麼穿過這隻猴子，因為牠在地上到處大小便。我只想要經過那些東西走到樓梯井，如果可以做到，就太好了，我也會沒事。但是那隻猴子並不想讓我通過，牠那口髒牙對我閃了閃，還把紅屁股對著我，跳向我。我轉身走進這棟建築前面，然後大叫，「爸爸！」可是沒有回應。他會去哪裡呢？我現在好想擁抱他，跟他說我對爺爺的事感到很遺憾，我也想要記住他的手。「走開。」我對那隻猴子說。

「ㄨㄧㄚㄚㄚ！」猴子說。

「對，確實是那樣。你的政治論點再正確也不過了！」我說。

「ㄨㄚㄨㄨㄨㄚㄚ！」牠跟我爭論著。

「我沒有辦法說的那麼大聲，你這個資本家！」我對牠大吼。大概來來回回持續了一段時間，直到我聽到媽媽高跟鞋踩在樓梯井的短促聲響。她走了出來，揮向那隻猴子。

「那些鄰居，那些狗娘養的。他們以爲這裡是動物園啊。這個國家到底要變成怎樣啊？」她的頭髮糾結纏向一邊，就像漫畫書中的人物掛在臉上的思考氣球。她的睡袍也裡外穿反了。我媽媽有時候眞的很怪。

「資本主義！」我回答她的問題，雖然我不是很確定這個字的意思。她把我攬進懷裡，叫我小猴子，她的胸膛聞起來很溫暖而且有鹹味，跟平常不太一樣。我跟她說那個腳踏車店老闆抽草，在那令人感傷的一天中，她首度展現了笑容。

6 裸足大橋

爲了回到爸爸稱之爲「沙洲」的巴勒斯坦幫我爸爸的爸爸下葬，我們必須先飛到約旦，再開往巴勒斯坦，越過艾倫比橋。在飛機上，我從前方坐椅後面的椅袋裡拿出地圖，在地圖上，巴勒斯坦這個國家跟埃及連在一起，所以我問爸爸，「爲甚麼我們不可以直接從埃及開車過去，或是搭飛機直達巴勒斯坦呢？」他要我在空服員把我踢出機艙之前保持安靜，並幫我繫緊安全帶。我想要握住他的手，就像每次我們沿著我家公寓旁的海灘散步，泥土在我們涼鞋底下被壓扁吸收，我的小手包住他有巨大而毛茸茸的指關節那樣。

在約旦，我們從機場搭計程車到邊界。爸爸坐在司機旁邊，直視前方，媽媽看著加墨爾。我看看四周，看看這個既不同於多沙平坦的科威特，也不同於蒼翠繁茂且平坦的埃及的新地方。我看到快速朝我們身後而去的山脈突出的岩石、沙石與沿路一整排綠樹。我們開下一座山，我的耳朵最後發出啪的一聲，我覺得我們好像坐在滾動的雪橇上，差別只是我們有窗戶而已。

我跟媽媽要了些紙和筆，她從包包裡掏出來給我。我想要畫下我看到的每樣東西：

計程車裡的皮革、我弟弟吃了一半又吐出來的小黃瓜三明治、爸爸的鬍碴、他眼睛周圍的乾燥皮膚、媽媽描了唇線的嘴巴、她的臉、車外的岩石表面，以及透過車窗拍打進來的風。我知道我沒有辦法畫下所有東西，但是我很急切地想要記錄下它們，爲我身邊的景物理出頭緒，所以我幫它們列了一張表。我沒有標上號碼或任何記號，只是列出我看到的東西。完成後，我把那張紙交給媽媽，她看也沒看就把那張紙對摺。現在我希望風可以把我列的那張表吹走，吹到爸爸腿上，這樣他就會打開來讀，也許他會覺得好過些。媽媽從她那個放了五年收據跟眼線筆的大包包裡拿出一把梳子，不耐煩地梳著我的頭髮。我想說：「噢！爸爸的爸爸去世並不是我的錯。」但是我沒說。媽媽幫我梳頭髮的時候，橘紅色的嘴唇抽動了一下。計程車帶我們一路下山，風穿過玻璃沙沙作響，拍打著我的頭髮，把頭髮又弄亂了。

車速緩下來，車裡的每個人都很緊張。我往前看，看到像是閘門的東西上面有黃黑交錯的條紋，門前站了一個穿綠色衣服的軍人。爸爸交給他幾張紙，他要我們下車；我們跟其他幾個家庭一起坐在路旁的長椅上等。媽媽跟爸爸沒有交談，我只是望著那個軍人和他手上閃閃發亮的來福槍。我們坐了好長一段時間，然後有輛公車靠近我們停了下來，我們被准許上車。

車內每個人都前後搖晃，從我坐的位置幾乎看不到人們的臉。他們的身體看起來就像幾天前我在市場裡看到的掛在電纜線上的裙子跟T恤。兩個女人開始討論她們來自哪個村莊，然後她們都笑了，因爲發現彼此是遠親。公車司機把車子停在另一個黃黑條紋的閘門前，然後下車待了一會。我直盯著他，看他跟一個走上台階的軍人拿香菸。那個軍人嘴裡叼根菸，檢查我們所有人的護照。他一直都沒有把菸拿下來。我想那是一種很熟練的技巧，只不過我覺得那一長條垂在人們頭上的菸灰實在很危險。

等那個軍人看完所有資料，公車司機回到座位上繼續開車。我們接近一座橋，司機告訴我們可以下車了。我問爸爸，這是不是「那座橋」，他點點頭，拍拍我肩膀。

我走過一個女軍人身邊，很羨慕她那頭綁馬尾的長卷髮。我以前從沒見過女軍人。在裡面，我們依著自己的行李排成一列，一小時後，他們檢查我們的包包，把包包裡的東西都倒到木製櫃檯上，然後問我們住哪。爸爸回答完問題，他們把包包的拉鍊拉上，扣留住，要我們坐下來等待檢查。我問爸爸整個過程要多久，他說：「要一整天。」然後往軍人那裡望去。他看起來像是在和軍人聊天，不過他們一句話也沒說。我走近媽媽身邊，但是她要我牽著加墨爾好讓她休息。我跟加墨爾一起畫畫，盯著男軍人看了一會兒；他們滿可愛的，我知道我不應該覺得他們可愛，不過我忍不住這樣想；他們個子很高、膚色較淺、有淡褐色眼睛，彼此互開玩笑的時候，牙齒還會閃閃發光。

經過一段時間，媽媽、弟弟和我被帶離開爸爸；我們必須到建築物的另一區，把鞋子脫掉。那裡還有好多個女孩，她們也都脫掉鞋子。有些女人穿著漂亮的裙子，有些穿牛仔褲，有些戴面紗，有些穿短裙，有些穿傳統服飾的女人手臂上戴金色手鐲、下巴還有藍色刺青，有些女人戴一副蟲眼型大太陽眼鏡，有些戴跟媽媽一樣有紫色鏡片的眼鏡，還有些穿卡其短褲跟坦克色上衣，所有的女人都沒有穿鞋，全部打赤腳。天氣很熱，日正當中，建築物的屋頂還是鐵皮的。

女軍人要我們走進臨時通道，通道隔了幾個像服飾店更衣室的小房間。每一間房間都用奶油色的布幕封起來，我在裡頭脫掉裙子，穿著白色內衣跟粉紅色內褲站著：我幾近全裸，打赤腳。媽媽脫掉裙子跟短衫，只穿一件爲了把小腹藏起來的緊身內褲跟一件透明胸罩：她也是幾近全裸，打赤腳。我注意到那個女軍人看起來像個男孩，如果不是因爲她的胸部，我會認定她就是男的。她拿了一個黑色的機器在媽媽身上移動，在一個粗俗的陌生人面前脫光光，我替媽媽感到尷尬。那個陌生人好像看穿我的心思，她把那個黑色的機器移到我腋下，開始在我全身上下移動，感覺像是一條黑色大蛇。媽媽放了一個很大的無聲屁，臭氣瀰漫整個更衣室，那個軍人逼不得已只好先離開幾秒鐘。

我們咯咯笑，媽媽說：「快跑！」我和她擊掌慶祝。

我們聽到隔壁房間一個女軍人以阿拉伯語大叫：「這是甚麼！」接著另一個女人也用阿拉伯語尖叫。然後我們的軍人就將頭探進房間，叫我們穿上衣服，她走到外頭看看發生了甚麼事。我迅速穿上裙子，走出小房間，看到兩個軍人看著一大條金鍊子，講一種聽起來很像是阿拉伯語的語言。

「在哪裡？」

「在她的衛生棉裡！耶！」

那個把金鍊子藏在衛生棉裡的女孩站在她們旁邊，雙手交叉在胸前。「我沒有錢繳稅！」她用阿拉伯語跟他們說。媽媽走出房間牽上我的手。

我們離開去找鞋子，它們被放在一間較大的房間中央的大洗衣籃裡。我問媽媽爲甚麼它們跑到那裡，媽媽說軍人們拿過去做X光掃描，以確定我們沒有在裡面藏任何東西。

「像甚麼？」我問，上半身懸在籃子上方。我看到裡面有很可愛的花色涼鞋，有棕色鞋，有很漂亮的紅色高跟鞋，但是我的鞋子不在那裏。

「像是炸彈，」媽媽說，邊檢查她的米色高跟鞋，「跟手榴彈。」

「但是，」我說，我只找到一隻鞋，另一隻沒找到。「我想手榴彈會比……一隻鞋來的大吧！」最後我終於找到另一隻鞋。

「嗯！」一個穿牛仔褲、戴一副超薄眼鏡的女人低聲說：「那個女孩比那些瞎了眼的更有概念！」

幾分鐘後，整個籃子都清空了，但是那個穿牛仔褲、戴超薄眼鏡的女人還是找不到她的鞋子。

「是妳偷的！」她說，邊指著一個戴牙套的漂亮女軍人。那個軍人笑了。「妳這賤人！妳不能拿走我的鞋子，聽到沒？那鞋子是我的！」

「我沒有拿妳的髒鞋，現在給我回去排隊，然後滾出去。」

「那是誰拿的？我把它們放在妳他媽的那個籃子裡，然後現在……呼！」她敲了敲手指。「不見了！它們到哪去了？」

「只有祂㊴知道，小姐！現在排好隊！」

「別跟我說甚麼他媽的神！我要我的鞋子！」

那個軍人茫然地看著她。

「女人，如果有必要，我會站在這裡絕食抗議，但是我要要回我的鞋子。」

「拿去！」那個女軍人大聲尖叫，把那雙繫帶涼鞋用力丟向她。

那個女子推推眼鏡檢查鞋跟，顯然很滿意。她穿上涼鞋，一走到外面便說：「先是我的土地，現在是我的 Gucci 涼鞋！眞是他媽的！」

㊴猶太人避諱神的名字，用“Hashem”——「那個名字」（The Name）代替神。

我們在明亮的陽光下坐在長椅上尋找爸爸。沒多久，他再度出現，手上拿著一瓶水走向我們。我想要跟他說剛剛發生的事，但是他說我們得保持安靜，這樣如果叫到我們的名字時，我們就可以拿回包包然後離開。媽媽給我一些餅乾，黑頭蒼蠅在我的臉頰跟眼睛四周嗡嗡叫，我很快就吃光它們。我們身邊都是一群又餓又累還在繼續等待的人。媽媽試著跟她身旁的女人講話，但是媽媽的巴勒斯坦方言很爛，而那女人又是個農婦。媽媽試著講埃及方言，另一個女人要她繼續「像個電影明星」一樣地講話。媽媽很尷尬，不再說話，剛好稱了爸爸的意。

當太陽落到半邊天，有個軍人大喊我們的名字，爸爸越過院子向他領回我們的包包。我們接著要找計程車載我們到爸爸的村莊——傑寧，結果發現一輛載滿人，也往傑寧去的貨車。這次我坐在媽媽大腿上，爸爸帶著正在睡覺的弟弟。我看到小馬、橄欖樹、杏仁樹，我注意到這些樹都排得很整齊，小噴水柱朝這些樹噴水，綠色的軍用吉普車快速經過我們，爸爸的臉就像我們左手邊山上那一塊塊石頭。我又累又害怕，我不瞭解爲甚麼我們要被無禮對待這麼久。我閉上眼睛，聞那帶有檸檬氣味的空氣，將我的頭埋進媽媽的短衫裡。

第二天，我在奶奶屋子裡聽到外面叫賣沙拉三明治的聲音，跟騎單車送麵包的人聲而醒來。那個人按了腳踏車車鈴，奶奶便打開前門跟他打招呼；我聽到鈴聲和咯吱咯吱聲便跑下樓陪奶奶。下午早些時候，奶奶跟我坐在爸爸幫她蓋的房子的廚房裡，把米、肉、小茴香跟鹽巴捲進高麗菜葉做高麗菜卷。奶奶跟爸爸很像，除了她的頭髮比較長，還有因爲她沒有煎蛋卷可以吃，所以不會像爸爸一樣去刮煎蛋卷之外，她跟爸爸簡直是同個模子印出來的。我們把紅肉、米、小茴香跟油混在一起，捲進燙過的三角型高麗菜葉裡，放入大鍋，再丟進整顆的蒜頭。我往鍋裡看，高麗菜卷跟蒜頭讓我想到破折號跟逗號。我想跟奶奶說，但是我記得她不識字也不會寫字。

不過她會說故事。奶奶告訴過我一個關於一貧一富兩姐妹的故事。「窮的那個跑到有錢的那個家裡，有錢的那個剛好在高麗菜葉裡塞材料。窮的那個也很想要一些，但是有錢的那個很差勁，絲毫不肯施捨，於是那個窮的就回家自己做她的高麗菜卷。市長因爲某些原因去拜訪窮的那一位，窮的那位便請市長吃她做的高麗菜卷，市長也接受了，不過就在她拿高麗菜卷給市長吃的時候，突然放了個屁。她臉紅了，並打自己巴掌，希望地面裂開來把她吞進去，她的願望實現了。在地底下，她看到一個很棒的小鎭、一群很棒的人跟四輪馬車。她邊走邊大聲哀嘆自己的命運。她突然看到自己的屁正坐在一間咖啡廳裡喝咖啡，而且穿得很貴氣。她罵他是個爛人，問他爲甚麼要讓她這麼難堪？他說因爲他卡在她的身體裡很想出來。地底城的人們都譴責他，跟他說他必須補償她，於是他說：好，以後只要妳開口，就會有金子從嘴裡掉出來。她回到地面上時，市長已經走了，她先生問她，老婆妳去了哪兒？她正要解釋，金子就從她嘴裡掉了出來，於是她變得很有錢，衣食無缺。她那有錢的賤姐妹很嫉妒，想要更富有，於是便仿效窮姐妹，端高麗菜卷給市長時也在他面前放屁。她也被吸到地底下去了，開始尋找她的屁，不過在她的地底世界裡，每個人都是傷心又窮困的流浪漢。當她終於找到她的屁，他開始詛咒她，說他覺得在她身體裡很溫暖，爲甚麼她要放他出來？可是她聽不進去，還要求他給她金子，所以他要她滾，村子裡的人也都趕她走，於是她回到自己的世界。市長走了，她老公對她大吼，妳去哪了，妳這個壞老婆？她開口想要解釋，但是蠍子從她嘴裡掉了出來，螫她全身，一直到她死去爲止。」故事結束時，所有的高麗菜卷已經堆在鍋子裡了，奶奶把鍋子放到火上說：「那是我的故事，我的女孩，我已經把這個故事說給妳聽，我已經把它拋出來了。」

回到科威特的家之後，爸爸收到他剛過世的爸爸的信，這些信裡包含了來自奶奶的訊息。爺爺幫奶奶捉刀，奶奶的簽名是一個小圈圈，圈圈裡有她的名字。爸爸跟我解釋說奶奶用戒指簽名，不過我從來都沒搞懂，我覺得那個戒指就是她的結婚戒指。然而就在我們一起等待高麗菜卷煮熟的那天，她要我幫她寫信給她女婿，講有關白色奶酪收成的事，她口述我動筆，在我拿信紙讓她「簽名」的時候，她拿出她的簽名戒指，竟然不是結婚戒指。她將指環蘸上墨汁，戲劇化地用力蓋在紙上，然後對我眨眨眼。我覺得奶奶並不在乎她不會寫字：她可以說故事、眨眼、做起司。

在四十天守靈期間（我們只待了三天），女人們圍成圓圈說著爺爺的過往，偶爾拍打她們的臉頰，撕扯她們的裙子。我也拍打我的臉頰，試著撕開我的裙子，不過因爲媽媽射過來嚴厲的眼神，我便住手。我只是想跟其他人一樣。

當我又跟奶奶獨處時，我問她怎麼遇見爺爺的，她笑了又笑，即便我覺得我的問題並不好笑。

「他來我家傳遞他爸爸的訊息。」她說。「妳知道嗎？他爸爸曾經因爲橄欖樹來拜訪過我家。因爲馬廄管理員在做禱告，所以我到大門口牽他的馬。妳曾祖父很喜歡我，雖然我現在牙齒掉得差不多了，人又胖，但我當時可是很漂亮呢！」

「奶奶，妳現在還是很漂亮啊！」

「天主驅走邪靈吧！妳這騙子！」她擰擰我臉頰，滿用力的。「妳曾祖父派妳爺爺來家裡探問我的事。他想知道我有沒有婚約。不過我一看到妳爺爺，我就想當他的老婆。就像那樣，我也不知道爲甚麼。在當時，他也很帥，沒有禿頭！妳爺爺問我是不是還沒有婚約，我說，是，我可以嫁給他。然後我眨眨眼！妳爺爺懂我的意思，把他爸爸交待的事都拋到九霄雲外。他爲了自己而帶我走。生了六個女兒後，老天讓妳爸爸降臨！」

我喜歡偷偷跑去找奶奶，這樣她就會跟我講更多故事。我們離開的前一天，她告訴我那個混血男孩的故事，她說那個男孩只有一半人類血統，因爲他爸爸吃掉了半個原本要給他不孕老婆幫他懷小孩的石榴。我懷疑她跟我說這個故事是因爲她覺得我是半個女孩，因爲我只有一半巴勒斯坦血統。不過奶奶跟我說，故事裡的那個男孩比從整顆石榴出來的小孩更堅強更優秀；她跟我說，當她說我是「混血」時，她認爲我也一樣。

待在沙洲的最後一個下午，爸爸帶我到公墓區。爺爺的墳上有一塊厚木板，上面刻了他的名字跟一段經文。他的墳墓跟我外婆的相反：裡面有個男穆斯林，而不是女基督徒。我雙手交叉在胸前站著，默誦著法迪哈章，不知道我爸爸的爸爸躺在那些泥土下面會不會覺得不舒服。然後，我在心裡背誦所有學過的經文，像在炫耀，因爲我想讓爺爺知道我很乖。我們散步了一小段路，走過公墓區和一塊灌木叢生的地方，抵達山丘上一間小屋。爸爸打開大門，讓我看看裡頭的大房間。

「這是我長大的地方。」他說。「這裡，跟我姐姐們一起。每次只要有一個哥哥夭折，其實他們三個都夭折了，姐姐們就把他們埋在那邊那塊地上。」

「就是我們剛剛去的地方。」我倒抽了一口氣，想到爸爸的哥哥們還來不及長大就被埋掉，讓我害怕。加墨爾會被埋在哪裡呢？我們會不會被埋在不一樣的地方，像媽媽跟爸爸的家人相距那麼遠的地方呢？

「我們都要跑到外面去使用浴室。」他看看房間四周，咬著他的內臉頰。他看起來並不難過。媽媽總是說，爸爸是那種喜歡哀傷的人。或許她是對的。我環顧房間，試著想像九個人躺在木頭地板上，六個女孩各自有她們的困擾。

「我所有姊姊，」爸爸說，「都在十五歲以前就嫁人了。不，我說謊：卡蜜拉十七歲才嫁。她們站在外頭那面已經刷白了的牆邊結婚……就像犯人等待處決。」爸爸停了下來，疲倦地嘆了口氣。他說的那面牆在這棟舊房子東側，面對山谷。我掃視了斑駁的地板，摸了摸破損的門把，試著想像爸爸孩童時期的模樣。

「我走路或騎車上學，書捆在肩上綁的長布條裡。」

「在你必須去埃及的時候，你想念這裡嗎？」

「我很難過，但是，去埃及、念大學，這些事讓我獲得自由。妳那些姑姑們從來沒有這種機會。我唯一的希望就是妳也有這樣的機會。」

我凝視著環繞我們四周的山丘。

「妳懂嗎？」他問我，聲音中滿是急迫。我點點頭。

「我失去了我的家，」爸爸邊說邊帶我出去。「但是我受了教育……它後來變成我的家。這也可能發生在妳身上。」他頓了頓，在腦中搜尋比較好的說法。「戰爭很可怕。可怕！但是也會帶來好事。」

他想幫我照張相，他要我把背靠過去貼著那面曾經很有名，但現在變得很髒的白色結婚牆上。我抬起下巴微笑著，雙手像軍人一樣貼在身體兩側。閃光燈讓我看到了星星。幾年之後，我近看這張照片，注意到照片上左側有一張梯子，直立靠著那面發黃的牆。爸爸替我留下一條逃脫的路線。

7 生活是種考驗

我十二歲時，這條逃亡路線已經挖好、塡上瀝青、鋪好道路，那一年是中學開始的前一年，通常也被認爲是長期抗戰、用功讀書的一年。每天天將亮未亮時，媽媽便叫醒我吃早餐，好讓我爲齋戒月結束的一個月後的入學考試儲備能量。學校將依照考試結果決定未來四年的分班，最終將影響到我們可以進入哪所大學。

「妳爸爸是全傑寧市的榜首！」某天晚餐過後，爸爸自豪地對我說。「我讓其他男同學心生畏懼，無人能比。每天早上我騎著驢子到學校，坐在教室裡。因爲教室裡有些窗戶破掉了，所以冬天特別冷。我的手總是一直舉著，老師問的所有問題都難不倒我。因爲百戰百勝，所以我的名字每年都出現在榜單的第一個。」

我要爸爸告訴我更多有關他那隻驢子的事，以及爸爸在巴勒斯坦的成長往事，那裡的小山丘、小屋子，或是在只有一間房間的屋裡，地上鋪滿草蓆當床的往事。「我寧願聽你的故事，也不要讀任何一本書。」我說。不過對我而言很不幸的是，他從字面上來理解我的宣告。

「拿張紙給我！」他下令。「然後給我一枝筆。」他說，我照做。他接著說：「坐下！現在寫下：『常……』等等。」他失神地盯著窗戶、盯著我們漆在牆上森林裡的樹枝。「常青，」他說，「記下來。」我照做。然後他又說：「現在寫下：瓦希德・阿墨爾回憶錄。」我照著他說的寫，瓦希德・阿墨爾回憶錄。他目光又再度漫無目的的逡巡，焦慮地咬著兩頰內側，還歪嘴噘唇。

「有……算了！不要寫這個。等等！一九〇一年，山丘……算了算了！妳記了那個嗎？先不要記那個。等我講完一整句妳再寫。等等！可惡，妳把我的靈感都趕走了啦。小孩！你沒有辦法同時成爲一個藝術家又同時有小孩！現在坐下來，不要站在那裡讓紙黏在沙發上，聽到沒？我說，回憶錄。所以，給我坐下。」

我聽從他的命令，坐在橡木餐桌旁等了又等，等到我手腳都麻了，等到肚子都餓扁了，現在如果有一杯水可以喝，便勝過世界上任何珍饈了。「喔，」我開始說話。「給我閉上妳他媽的嘴！」他大叫，「靈感！」

爸爸心中一直有個浪漫想法，覺得書應該口述完成，覺得一本好書應該要大聲說給抄寫員聽，讓抄寫員謄在紙上。

「爲甚麼不叫媽媽來做？」我嘀嘀咕咕發著牢騷。

「媽媽？妳媽媽？」他吸著嘴唇，就像剛吞了十顆醃甜菜一樣。「爲甚麼？妳媽媽會阿拉伯文嗎？她知道怎麼寫嗎？讓她寫下幾個『是、是』、『如此、如此』跟『牧師』的單字就好了嗎？」

「塞妳娘老雞掰。㊵」媽媽從她每天在廁所讀琴譜的地方用阿拉伯語插話進來。

「閉上妳他媽的嘴！」他大聲尖叫。「現在就給我坐下！」他指著我說。

我開始準備，我要在眼前的橡木餐桌上擺上我想吃的食物——咋塔漢堡、芭樂汁、甜薄荷茶跟厚片魯米起司。等他開始口述他的故事，我要邊吃這些東西邊等他說出：「夠了，今晚就這樣了。」我便已經吃完所有東西，打了飽嗝，準備尿尿。我低頭看著那張除了標題之外甚麼也沒有的白紙，一直都只有標題：常青樹——瓦希德·阿墨爾回憶錄。

可憐的老爸。他過去曾經是個優秀的詩人。現在爲人父、爲人夫，再也無法創作。雖然腦中有想法，但是很不幸的，他也只剩下想法而已。經過這些年，他建立起這個想法，並加入了一些層次跟角色、加入了他目睹過的地方的描寫、加入了數以百計扭曲的迭聞軼事與措詞巧妙的文句，然後把這些都保存在他的腦袋裡。但就因爲他想要完美地、

㊵上一句的「牧師」在阿拉伯文裡是 kussis，媽媽罵的這句話的阿拉伯文是 kussummak，可能是誤聽了爸爸對 kussis 的發音，把 kussis 聽成 kussik，即英文 pussy／cunt（雞掰）的意思。

完整地把所有東西一次從腦袋裡傾瀉而出，像雅典娜從宙斯的腦袋裡跳出來一樣（就像有些時候，他相信我是從他身上跳出來一樣），所以他永遠都沒有辦法把這些想法說出來。當我看到爸爸害怕的樣子，我好替他難過。

「那是甚麼樣的故事？」某天晚上，在吃蜜棗、啜茶的空檔，我很突兀地問了爸爸這個問題。

「那是有關妳那個巴勒斯坦大家族的故事。」

「有關爺爺奶奶嗎？」我問。我知道提到爺爺還是會讓爸爸難過。

「以及先人的故事。是的，是關於妳從其所來的一群英勇鬥士，以及我們跟那塊土地的連結。我們如何一路抗戰，先是撒拉赫汀㊶帶領對抗，等他把耶路撒冷從十字軍控制下解放之後，又對抗土耳其人，收服土耳其之後，再一起對抗英國，但是從沒有……」他的臉靠我好近，繼續小聲的說著：「從沒有跟英國人結盟。妳知道嗎？他們要讓妳爺爺當村子的『村長』，不過他告訴他們，把那他媽的村長位置吃下去，吃下它！」我吞下一整顆蜜棗。我覺得蜜棗哽在我的心裡。「然後我們一直對抗到一九四八年，我們輸

㊶撒拉赫汀（Salahiddin, 1137/8-1193）：埃及阿尤布王朝開國軍主，在位期間為一一七四到一一九三年。

了。就此結束。」

「戰爭就此結束？」我說。

「我是說，書，書就寫到這裡結束，妳這小傻瓜。好，」他邊說邊離開沙發伸展筋骨，「今晚就到此爲止。」我低頭看著那張只有書名跟他名字的空白紙張。

就在考試前幾天，我拿到一卷自製混音帶。琳達的哥哥要到我的出生地波士頓就學，所以琳達偷了那卷帶子給我。我也希望有一天可以到波士頓讀書，買饒舌音樂帶。琳達對於偷了她哥哥的東西感到相當罪惡，所以只要經過主要要道，像是上下公車、經過學校大門、爬上樓梯到教室時，她都會在胸前畫十字爲自己祈福。她認爲主會讓她受苦受難，把她變成一隻手環戴到胳肢窩下、胸前戴上百萬條金黃色鍊子，只能發出韻腳的小猴子。

「祂不會這樣啦！」我邊聽拉瑪隨身聽裡的卡帶邊說服她。拉瑪是從蘇丹來的新同學，她比班上任何人都高，膚色比街上的柏油還黑。操場上擠滿小學生跟初中生。我往初中方向望去，想著入學考試，有個學長向我招手。

「操，他以爲我在盯著他看。」我說。拉瑪眼神閃爍，搜尋我說的那個人。

「你說操……從現在開始就是者樣，你必須回罵髒話回去，不然妳會惹上麻煩。」

「拉瑪，那個男孩在揮手，我他媽的該怎麼辦？」

「揮回去啊！」她邊說邊把我的手抓起來揮回去。我的手無力的被她強迫揮著。

「幹！我談戀愛了，」我邊說邊瞪著那個一頭卷髮的可人兒，他只好轉移目光。

第二天，齋戒月開始：再見了，食物跟口香糖，歡迎口臭到來。我不會跟他靠太近講話。

太陽還沒升起媽媽就喚我起床，這樣我就有時間吃封齋飯，然後準備考試。直到第一道曙光射進廚房窗戶，我才喝水。媽媽回到床上爸爸身邊待著，我偷窺他們昏暗的房間，偷看他們睡覺，他們的手指拚命抽動著；爸爸的右食指曲成圓圈壓在手心，在睡夢中寫他那本《常青樹》的提綱與章節；媽媽的雙手在夢中彈鋼琴，她在夢中彈巴哈的作品，拇指、食指、以及其他所有指頭，在床單上面不停跳動。

像這樣的早晨，每當我站在他們房間的門框邊，偷看他們未盡其功的藝術才華時，便質疑自己爲甚麼要這麼用功讀書，又爲甚麼爸爸媽媽希望我成爲教授？爲甚麼他們不想要我跟他們以前一樣，成爲一位藝術家？或許是因爲他們的藝術背棄了他們；某些時候，他們對彼此的愛也害了他們。我理解爲甚麼他們總是建議我離藝術專業的夢遠一點，離結婚的夢也遠一點：他們不想讓我失望。

「忘記嫁人這件事吧！」爸爸喜歡在兩場足球賽中場休息時間，或是在廣告時間說這些，就好像這個忠告關係到我放太多番茄醬或是類似的瑣事一樣。

「丈夫一點用都沒用！」媽媽會在任何活動進行中以食指指著我，大聲發表她的結論。「甚麼都靠自己，別想要靠別人。」

考試登場的那個早上，我站在門邊，再看一次爸爸媽媽，他們在同一張床上睡得好安詳，在兩個人處於作夢的無意識狀態下，他們相處得非常融洽。我把冒汗的手心放進那件醜不拉嘰的學生裙口袋裡，走到大門口，腳踢著石頭，牙齒咬著臉頰內側，等公車來。

考試在每班都要提供年度表演節目的會議廳舉行。前一年，我表演「傻比傻利」㊷。當其他小朋友都在操場或是沙丘上玩耍時，我爬上屋頂背誦台詞。現在，我削尖鉛筆等待老師發號施令說，開始。

「開始，」監考官說。我的心臟跳得好快，就像一顆突然丟過來的石頭撞上我膨脹

㊷ Silly Billy，故事中的男主角比利是一個愛擔心的小孩，整天杞人憂天，煩惱到睡不著覺。

的胸膛。

我一頁頁翻過考題，猶豫不決。這些問題都很難回答，我不知道有誰可以完全答對。我永遠也進不了初中了；我會慢慢消失在小學校園裡，只能在初中的操場上跟男孩子揮手，一直到我五十六歲，然後像外婆一樣死去。

答題時間結束，開始申論題的部分。老師要我們申論在世上最長的一天。

我選擇寫短篇故事，內容是異形跑到地球上來阻止時間前進。我和他們以朋友相待，因爲他們幫我解凍，我帶他們參觀地球。我很難跟他們解釋淸楚爲甚麼地球上有戰爭、有食物、有宗教——尤其是我自己也不是很瞭解。我讓他們看可蘭經，我們飛越金字塔。「喔，對，我們建立了那些東西。」他們說。我說：「不可能！」他們說：「喔，妳難道不知道嗎？」接著我們飛到圖書館跟咖啡廳，我要他們帶我到美國的書店跟唱片行，這樣我便可以偷走那些黃色書刊跟一些不錯的錄音帶。當他們看夠了我們的世界，便將時間還原，然後消失：世界上最長的一天沒有花到半點時間。當監考官按鈴時，我心中充滿某種奇妙的滿足感。考試是我經歷過最有趣的事……回答題目跟寫故事。

放學之後，我跟塔瑪爾和拉瑪一起等公車。塔瑪爾前些時候跟拉瑪告白，拉瑪給了塔瑪爾一些口香糖。琳達因爲沒有人愛而覺得很不爽。我跟她說，那是因爲她一直在胸前畫十字禱告的緣故。

媽媽突然開著奧斯莫比爾車出現，車子在街上搖搖晃晃地前進，彷彿她剛搶過銀行。

「那是……」我的朋友們齊聲問我。

「對。」我雙手遮住臉說。

然後我們就站在那裡，彷彿野獸靠我們越來越近。

分班那天，我們排隊等待結果揭曉。那已經是考試過後一個月的事了，但是我們還是覺得好像有一頭白色的巨大野獸逼近我們。偶爾，我們聽到某個人因爲被分到比自己預期要差的班級而驚聲尖叫。有些女生因爲擔心讓爸媽知道她們被分到1C而昏了過去。八年級生都根據能力與分數被分配到不同的班級，所以得到A的學生就分到1A，得到B的學生就分到1B，得到C的就分到1C，以此類推。然後是1X，就是大家所知道的「怪咖班」，不過這個班是給那些在複選題跟申論題拿到異常高分的超級怪咖念的。這個班級通常都是來自東南亞國家的科學怪咖以及巴勒斯坦基督徒的數學怪咖。

我不知道我被分到哪一班，我咬著指甲上下跳著。突然不小心指甲戳進牙齦，我舔到了自己的血。喔天啊！喔天啊！血。如果我進不了1A，爸爸一定會殺了我。

「喔，天啊！」看到我名字下面的字母之後，我大聲尖叫「不！」。

「喔，不！」當塔瑪爾看到字母之後這樣說，他靠過來敲我的肩膀。

「妳爸爸一定會狠狠宰了你！」拉瑪還沒看到那個字母之前就這樣說。

「還輪不到他，我自己就會宰了我自己！」我大聲走向校長辦公室。「我要填抗議書！」

「妳幹嘛啊？」琳達在我後面大吼，我可以聽到塔瑪爾小聲跟她說：「她進了怪咖班！」

那年秋天，在新英語學校的八年級生活，我會在起床之後砰一聲按掉鬧鐘，接著叫加墨爾刷牙、換制服，然後跟媽媽說再見。媽媽已經迫不及待要把我們趕離這間屋子，這樣她便可以好好練琴，完成她從一年前就開始的音樂創作。我們跑下沙漏再跑上公車；當我們到了學校，我帶他走過所有肚子裡塞滿東西的孔雀標本和狐狸標本，也可以應付他每天不斷疲勞轟炸提出有關石膏跟死亡本質的問題。然後我再跑回自己班上，加入同學的隊伍中，聆聽校長演講。

我一直沒有提出抗議書。我走到校長辦公室，不，是用跑的，等我走到門前，突然想到：我在1X班，既然我知道複選題並沒有拿到特別高分，那一定是申論題得到高分。這意味著我是因爲寫了一個不錯的故事而得以進到1X班。跟進1X班一樣讓我尷尬的是，我竟然很自傲。

「又遲到了，阿墨爾。」我因爲受到級任老師責備而從一大早的白日夢中驚醒。他又高又瘦，有一頭橘色頭髮，也像我自己曾經以爲的那樣，認爲我不配進到這一班。

「對不起，我沒有任何遲到的理由。」我說。

就像我是因爲寫作而獲准進入１Ｘ班一樣，我最終也是因爲寫作被懲罰強制留校。第一次是因爲我沒有「好好地」做法文功課。那份作業要求寫一篇有關法國史的小論文；我選擇寫一七九八年拿破崙軍隊入侵埃及，一個軍人跟他的軍隊進入一座小村莊，看到有個婦女在河邊洗衣服的短篇故事。那個婦女將衣服擰乾後，把衣服堆放到一個盆子裡，然後將盆子穩穩地頂到頭上，一等到她走近一間小磚造房屋，軍人便脫隊，跑去強暴她，就在散落一地的濕衣服上。這個軍人讓她懷上了一個碧眼的小孩，這個小孩很有可能是我朋友珊蒂的曾曾曾曾曾曾祖母，因爲珊蒂是埃及人，卻有一對藍眼珠。

第二天早上，法文老師要我「強制留校」，並交給我一張條子，要我拿給媽媽簽名。她說，她永遠也不會把我的作文還給我，因爲她在水槽裡燒了我的作文，灰燼沖進馬桶裡了。就在同一天下午，我參加「強制留校」，到了位於科學側廳，也就是每週三下午學校集體處罰犯錯學生的大廳時，我很感謝有這個短暫的時間可以遠離那個怪咖班級稍事喘息。坐在書桌前眼神空洞的學生大多是阿拉伯男孩，只有一個荷蘭女孩奧爾嘉例外，因爲她厚顏無恥地跟所有人調情，且被抓到在男生廁所裡抽菸，所以經常被強制留校。

幾個月前我在操場上看到的那個卷髮男孩也常常被強制留校。我發現他是埃及人，他跟奧爾嘉一起抽菸，他不斷寫東西，但是從未成章。

「那麼，你都寫些甚麼呢？」某天的強制留校時間裡，我問他。

「寫信啊。」他邊打哈欠邊說。他覺得我很無聊；我知道我讓他覺得很無趣。

「喔，」我問他，「寫給誰呢？」

「寫給人看。寫給一些我不認識的人看。總統、演員、過世的歌手。」

「像是誰？」

「像是誰喔？這一點也不關妳屁事吧。」

他叫法赫爾・艾爾丁，字面上的意思是「宗教的榮耀」。他雖然是埃及人，但是看起來也像華人。我問他是不是有華人的血統，他馬上就回我：「干妳屁事！」然後，那個不爽必須為了我們在三點以後留校的討厭鬼老師大吼：「給我閉嘴！」

法赫爾遞給我一封信，上面寫著：

親愛的那個一直煩我的「賤人」，

我寫信給吉米・罕醉克斯、約翰・藍儂、伊本・白圖泰㊸以及伊本・赫勒敦㊹。

妳難道知道這些人是誰嗎?而且,不是,我不是華人,我有日本血統,因為我爺爺是派到日本的外交官,他背叛我奶奶,跟一個日本女人生下我爸爸,然後埃及奶奶視如己出地親手把我爸爸養大。這應該是個天大的秘密,所以妳就去說給大家聽吧!說「宗教的榮耀」確實是日本人。妳很可愛,但是妳是巴勒斯坦混血,所以或許妳也有病。我聽說妳在美國出生。妳也跟我一樣是個騙子囉?因為我不是真的日本人。

——法赫爾

在那之後,我試著至少每隔一週就被罰一次強制留校。

某個強制留校的下午,法赫爾跟我沿著校園散步,因爲週末的關係,整座校園空蕩蕩,我們幫所有阿拉伯王子的半身雕塑像畫上口紅跟耳環。如果這些半身雕塑像放在玻璃框裡,我們就把他們拿出來,畫上口紅跟耳環之後再把他們塞回去。

「這些雕塑上面都有灰塵,用來採集指紋。」法赫爾在我們開始之前這樣說。

㊸伊本・白圖泰(Ibn Battuta, 1304–1377):摩洛哥旅行家、探險家。

㊹伊本・赫勒敦(Ibn Khaldun, 1332–1406):阿拉伯歷史哲學家、歷史學家、社會學家。

「你怎麼知道？」

「我讀犯罪小說。我們會被丟進一座科威特監獄，那座監獄其實只是一條船，他們會經過波斯灣送我們到伊朗，一旦伊朗人看到我們靠近，就會射光他們卡利虛那可夫斯槍的子彈攻擊我們。所以最好戴上這個。」他遞給我一雙洗碗用的手套。

「好。」我邊說邊執行任務。

破壞完那些皇室的雕塑像之後，我們坐到操場上，他看著我的腿。

「妳的腳毛好濃密。」他說。

「甚麼是卡利虛那可夫斯槍？」我問他。

「妳把自己稱做巴利斯坦尼爾斯人（Palistiniass）？」

「不，我叫我自己巴勒斯坦尼爾人（Palestinian）㊺。」

「那是俄國來福槍。」

「你又在唬爛。」

「我沒有唬爛。妳的腳毛真的很濃密。」

㊺通常用來指巴勒斯坦裔的阿拉伯人。

「你爸媽會不會打架?」
「他們都死了。」
「沒有，他們沒死。」
「有，他們都死了。」
「沒有，他們沒死。」
「沒有，他們沒死。」
「我爸媽會打架。」
「那去拿把卡利盧那可夫斯槍和刮鬍刀來。」
「幹！」
「來啊！」
「我媽來了。」
「再見。」

在八年級結束之前，我已經累積了二十三次強制留校紀錄。我很用功，也很會考試，所以我的成績全部是A，我寫了一本有關強制留校的小書，因爲有爸爸的訂書機跟媽媽的漂亮紙張，我得以自行出版。那一年，我吻了法赫爾三次半。

第四次，學校的門房還沒下班，抓到了我們，因此沒有吻完，我們就飛也似跑掉了，我們怕我們爸媽會不讓我們繼續留在學校，或者更糟，要我們結婚。

他的嘴唇飽滿又濕潤，他讓我吸吮他的嘴唇。我喜歡他的味道，聞起來像是汗味，不過他從來沒有試圖摸我的胸部。我們在走廊上接吻、在肚子裡塞滿東西的動物標本面前接吻；我們也在嘴巴塞滿東西、眼神呆滯的流浪漢視線下接吻。

放假的前一天，一堆小孩跑到比薩店提早吃晚餐以茲慶祝。我則是因爲九年級被降到2A班而感到欣喜若狂。

「妳又變回跟大家一樣了，感覺怎樣？」琳達大吼，假裝把麥克風塞到我的下巴問我。

「這個嘛，琳達，眞是太棒了！我超想念大家。」我用怪腔怪調的英文說，「敬大家。」我邊說邊假裝舉杯慶祝。

我問媽媽我可不可以去「義大利披薩」餐廳。她把加墨爾的便當盒拿起來夾在臂下。

「妳也知道妳爸爸那個人。」她說。

「拜託！」

「他不喜歡妳在沒有人監督的情況下出門。」

我甚麼也沒說，只是低頭盯著我的制服。我想提醒她，她在我這個年紀的時候，跟桑雅阿姨喝啤酒喝到醉的事。我不會像她們一樣，除了那三個半的吻，我還是一個好女孩。

「去吧。」她在我那件醜不拉嘰的裙子口袋裡塞了一些錢。

「我愛妳！」我邊說邊擁抱她說。我全力衝向停車場，我們七個人全塞進塔瑪爾哥哥的車裡。

我確定法赫爾會在那。在人前，我們表現得好像不認識對方。我曾經問過他，他會不會覺得我們讓彼此尷尬，他低下頭說不會，他說只因爲我們是阿拉伯人，所以我們才覺得害怕。我虧他說，我以爲你是日本人呢，他作勢要跟我搏鬥。

比薩店位於科威特市的主要幹道上，與波斯灣只有一街之隔。我們所有人坐在一張大桌子前，法赫爾跟我並沒有相互閃躲，我們的朋友因而感到困惑。

吃完了所有比薩也付完帳之後，我們坐到外頭的台階看路過的行人，有戴面紗的女人、穿西裝的男人、穿緊身牛仔褲臉上化妝的女人、穿傳統長袍的男人、乞討人家吃剩下東西的小丐童——而我們給了他們一點，以及推著嬰兒車、裡頭坐著白人小孩的白人。大型路燈亮了起來，天空變暗了。車裡傳出來響亮刺耳的音樂聲，緩緩經過我們，裡頭的男孩女孩炫耀地兜著風，同時也炫耀他們剛從購物中心買來的錄音帶。點點燈光成串，高高低低掛在大馬路上所有建築物上。我坐在那裡欣賞著難得參與的夜間饗宴。法赫爾坐在我旁邊的台階上，我們彼此微笑著。

「妮達莉，」琳達推推我的手臂說，「妳爸爸！」她把我從法赫爾身邊推開，因爲她知道爸爸看到我跟男生講話會有甚麼反應。

我心跳加速，手臂發麻，腳也像浮在半空中一樣。那種感覺彷彿有人將我身體裡、頭腦裡的血都放光了，我覺得輕飄飄暈沉沉的。我就像那些掛在建築物上的燈光一樣（或許還是我爸爸公司蓋的建築），我覺得自己渺小無力。

「過來。」爸爸邊抓著我的手說。

「嗨，爸爸。」我試著想裝出沒事。「看到沒？」我想要對我朋友說，「沒事。」

我們一進到車裡，他說：「到家再說。」

我照做。我等待著，在等待的同時，希望我可以唱點歌。爸爸沒有放音樂，他心中醞釀著一股我無法接近的怒氣，就像水壺發出尖叫聲，但是你被困在某個地方而無法將水壺從爐子上拿開。爸爸的憤怒就像那個放在火焰上的水壺，不斷嗚叫著。我不習慣跟爸爸兩個人坐在車子裡不聽半點東西，也不習慣他不叫我跟著錄音帶一起唱。我想唱那首〈妳是我的生命〉，假裝我是那個從很小的時候就開始唱歌的烏姆・庫勒蘇姆。我想聽她的故事，聽她爸爸不想叫她放棄唱歌，但是又怕他的小女兒只因爲是個女孩而被利用，或者敷衍對待，所以他讓她穿上男孩的衣服，在別人面前假扮成男孩，不久之後，對他自己而言，她就是一個男孩，男孩的裝扮讓她覺得當自己很安全、很快樂。很快地，她獲得自由，有足夠的錢搬離家人，住進開羅郊區的一間獨棟別墅，隨時都可以跟朋友吃飯。我等不及想要有自己的錢。在我出生那一刻，或甚至在我出生之前，爸爸就一直假想我是男生；今晚也許是他第一次眞的體會到，我正蛻變成一個女人。

他急轉彎開進海灣路，我們很快就到家了。我離開座位把門甩上，然後走上沙漏進入屋子，媽媽坐在角落，手放在下巴。我向她揮手，感覺爸爸的鞋子踢到我的屁股。我被這個突如其來的舉動嚇到。我跌在地上，他正在踢我。然後叫我站起來。

「站起來！妳在等甚麼？」

「我做了甚麼嗎？」

「妳慶祝降級到２Ａ。」

「不，你生氣是因爲我跟男生在一起！」

啪。我的臉頰紅了。我把雙手貼在臉頰以擋住爸爸甩過來的巴掌。他用他一隻大手抓住我雙手，另一隻手繼續甩我巴掌。我討厭他把我雙手扣住，因爲那讓我覺得自己一點力量也沒有。

「妳不覺得被降級很丟臉嗎？妳曾經很與眾不同，現在妳甚麼也不是了！妳，」他踢我屁股說，「甚麼也……」再來一踢，「不是了！」他朝我耳朵大聲嘶吼，然後抓著我的頭髮把我拉起來。

「不，不是這樣。我還是A班的學生，聰明，甚麼都會做！」他不讓我說完。

「整天像個妓女一樣跑來跑去直到深夜？」他又甩了我一耳光。「滾出我的視線。去洗臉！」

我一直哭，鼻子都塞住了，臉硬的像塊石頭。

我懷疑烏姆．庫勒蘇姆的爸爸是不是也會打她。我認識的每個人都被他／她的爸爸打過。我瞄了一下時鐘，才快九點。爲甚麼他總是改變時間以滿足他自己的需求呢？每次加墨爾跟我如果太吵，在週末十點就把他吵醒，他就會說，你們瘋了嗎，一大早六點鐘就把我吵醒？現在，他說是午夜，所以我就眞的是個「妓女」了。我想了一下法赫爾，然後將他抛出我的腦袋。我也許再也不會跟他說話了。我希望我可以打電話給男生，但是我不行，他們也不能打給我。我放進一卷烏姆．庫勒蘇姆的卡帶，把那台小錄音機帶到床上。我聆聽著她那悲傷的聲音，假想她是對著我一個人唱；想像她跟我一起躺在床上，她那黑色的太陽眼鏡、那一頭蜂窩頭造型、那條白色的手帕以及她豐滿的身軀都在我身旁。

我等著媽媽過來安慰我，但是她一直都沒來。我記得爸爸踢我的時候，她那張臉以及她蜷縮在角落的身體。爲甚麼她不站起來保護我？爲甚麼她不夠愛我？爲甚麼她不像烏姆．庫勒蘇姆在大家面前唱歌一樣地在眾人面前彈鋼琴呢？媽媽沒有太陽眼鏡，但是她有加墨爾；媽媽沒有白手帕，但是她有我。我甚至不想跟媽媽一樣；我想要自由，像烏姆．庫勒蘇姆一樣永遠不結婚，有一天我也會有自己的錢、自己的房子，我就不需要符合任何人的要求。但是在那之前，我跟媽媽都還是要符合爸爸的要求。他說我整個夏天都得待在家裡，預習下一年的課業。我像等待著宣判徒刑一樣等著。

8 宛如綠色大象的坦克

我十三歲生日那天清早，飛機遽衝下來的巨響與尖銳聲音劃過我們那棟小小的集合式公寓。聽起來像是一場誇張的夢，一場飛機在半空中翻觔斗的惡夢，一隻在半空中盤旋的禿鷹。我直挺挺躺在床上，心中非常驚恐。飛機的聲音比我聽過的任何聲音都要大聲。還是因爲飛機丟東西下來，才會那麼大聲？

大多數小孩會在某一刻知道他們的童年結束了。而我的童年在這一刻結束了。

大型飛機一直丟下炸彈。而那些本來應該保護我們的飛機都飛走了，留給我們錯愕跟困惑。接著，接近我所在的地方，發出一陣更爲狂暴、輾過街道的聲音。就像媽媽跟爸爸吵架的時候，我希望我的出現可以緩和他們的戰爭，或至少可以讓媽媽免於爸爸的轟炸，我冒險下床；不過通常都徒勞無功，所以我現在也並非眞的期待會有效果。這不是兩個人在打架，這是一場戰爭，我很確定。我的心臟像果殼在胸口爆開似的。像惡作劇蠟燭一樣，我胸中的果殼炸毀之後再度點燃，炸毀又點燃。我躡手躡腳走過廉價地毯到窗戶邊，用發抖的手把窗簾拉向一邊。我看到坦克車。我說，「幹。」我又說了一次

「幹！」，然後把窗簾放掉，跳回床上。那每個月眾所周知的緊急鳴笛系統現在到哪去了？那個全國都聽得到的刺耳的「呆伊呆伊呆伊」警笛聲又到哪去了？我們每個月月初都得無端地聽這些警笛聲，甚至前一天才剛聽到，八月第一天的早上十一點鐘才剛聽到，媽媽跟我當時正在一間小店鋪裡幫我買浴袍，當作是提早送我的生日禮物。我想我現在沒有機會穿了。

我又下床，這次是去看看我爸媽知道了甚麼。媽媽不斷地跟爸爸嘮叨，因爲他用那隻手毛濃密的手做勢噓媽媽，瞇上眼睛，在聽一台小收音機，希望電池不要突然沒電。我趕快跳到電話邊，檢查某個電話撥話音。我找到一個撥號音，依照指令撥了二表姊的號碼。奈菈姑姑不耐煩地接起電話，說：「阿囉。」好像在說：「又來了。」爸爸從我手中搶過聽筒，低聲跟她說話，彷彿有方法可以避免讓我知道事實——外頭正展開一場戰爭。

媽媽在廚房裡把茶倒進小杯子。她遞給我一杯，然後走出廚房到客廳窗戶旁，在那裡探看周圍，並抓了抓頭髮，然後抓抓背。她啜了一小口薄荷茶，並做了個深呼吸。她不想跟我說話。我試著猜她在想甚麼，我想她正在聆聽她腦袋裡播放的曲子；等到她瞥過那架鋼琴，我知道她很怨恨今天早上不能彈鋼琴；事實上，不能彈鋼琴，也許遠比入侵的軍隊更讓她憤怒。

在沙發上坐了半個小時，徒勞地等待爸媽表現出爲人父母的樣子之後，我做了我在無聊時通常會作的事：站起來打開那台厚重的舊電視機。接著還是坐在沙發上徒勞地等待爸媽表現出爲人父母的樣子。媽媽像隻焦慮的小貓一樣轉身離開窗戶邊，爸爸把那台小收音機扔上床，跑出來加入我們；他們兩個都沒有想過打開電視。螢幕上那個男人從他那修剪整齊的鬍子下報出新聞，我們聽著：科威特，我們所在的國家，現在已經是伊拉克——緊臨我們北方的國家——的第十九個省。科威特在歷史上一直隸屬於伊拉克，現在薩達姆要求收回，我們應該歡迎他的軍隊，捨棄任何反抗的念頭。常備軍（四百人，比任何大型大學院校裡的安全警衛人數還要少）已經擊敗（眞令人驚訝！）科威特，我們所在的國家，現在已經是伊拉克——緊臨我們北方的國家——的第十九個省。科威特在歷史上一直隸屬於伊拉克，現在薩達姆……那個男人就這樣報導了一個小時，不斷重覆同樣的句子。

「你這畜牲，」爸爸不是對著電視主播說，而是對著他的統治者說，「你這狗娘養的！」他把一隻室內拖鞋丟向電視，另一隻丟向窗戶，然後朝旁邊吐了口痰。

「希望你在地獄裡被燒死；希望老天摧毀你的家。」媽媽遞給他一杯茶。我們靜靜地坐了半小時。

沒有人記得我的十三歲生日。

生活迴異於以往，不過家人之間的拜訪還是照舊。奈菈姑姑跟她老公、小孩一起過來看我們，表姊弟和我待在房間裡畫了好多張地圖，我們計畫去攻擊軍隊以恢復事物的自然秩序。加墨爾發明了一種時間機器，當表弟哈蒂姆對他大聲嚷著他們要再度入侵時，我弟又發明了一種消滅武器。表姐塔瑪拉咬著頭髮，開始幻想她未來的生活，遠離這個國家位於法哈希爾的巴勒斯坦少數民族區。

「我聽到爸爸說我們會去安曼。安曼有夜間酒吧，還有很棒的下水道系統。」

「妳覺得我們會怎樣？」我問。

「妳會去埃及。」她回答的好迅速，彷彿這個問題一點都不需要思考。

「爸爸說我們會去巴勒斯坦。」我說。

「不，你們不會。那裡有巴勒斯坦人在加沙地帶和約旦河西岸的暴動。那個地方現在狀況很糟。考慮到實際情況，你們可能得要跟阿姨還有表弟妹們住在一起，直到軍事活動結束。」塔瑪拉正經八百地對我說這些話，所以我知道她一定是重覆從大人那邊聽到的話。塔瑪拉比我大，比我知道更多資訊，而且，她念的是阿拉伯女校，所以我總是覺得她比我更聰明、更像正統的阿拉伯人。

「妳知道我希望去哪嗎？」我說。「美國。」她沒有回答。「妳覺得怎樣？我們會去美國嗎？」

「我希望不要。」她用肩膀推推我的肩膀說。「這樣妳會遠離大家。」

我望向窗外那方被鄰居公寓的牆完美框住的天空，即使現在已經八月中了，天空依舊萬里無雲，一片冰藍。塔瑪拉跟我一起眺望。一架戰機突然間劃過天空，噴射氣流把天空一分爲二。

某一個沒有人來訪的下午，媽媽在沙發上小憩，爸爸在床上午睡，加墨爾在咬他的腳指甲，我聽到一聲爆炸聲，聽起來像是雷打在地上那麼近，以至於我們的公寓都震了起來。媽媽慵懶地醒來，往電視望去。然後雷聲又響起，比上次更大聲。爸爸不耐煩地來到客廳，第三聲雷擊出現，他確定這不是夢。

「快點。」他說，然後走到客廳牆上漆的森林那邊。「躲到桌子底下。」我們都跟著媽媽爬到牆上漆的那片紫色草地旁。我們擠在那張棕色餐桌下，炸彈攻擊持續進行。媽媽往窗外望去，指著外面那朵在天空中冉冉上升的灰橘色的雲。爸爸也盯著那片雲看，他那雙建築師眼睛確認了那些煙霧，把這個訊息送到他那顆工程師腦袋，他計算著那些煙霧到我們集合式公寓的距離，接著是煙霧到我們家的距離，然後他看著我們，算著煙霧到我們身體的距離。他發出了一聲每次跟媽媽吵完架之後的長嘆說，「沒事的，會沒事的。沒事。」我盯著外頭那片橘紅帶灰的多變雲朵，想像有個巨人在外面抽他的巨大香菸，並邀請其他巨人跟他一起抽，陪伴他那孤單的身影。數縷煙雲像那些巨人菸抽完後升起的煙霧，每隔一段時間，那個巨人呼出的灰色煙雲便急速增加。

「我們會死掉嗎？」加墨爾說。

「不會，」爸爸說，「如果我們被埋在這張桌子底下，沒有任何食物可吃，我們也會活下來。你想知道怎麼辦到嗎？」

「怎麼辦到？」媽媽問。她從爸爸的音調裡知道他又要取笑她了。她還是維持四肢著地屁股朝上的姿勢。爸爸啪的打了一下媽媽的屁股。

「我們可以靠你們媽媽儲存在臀部的脂肪存活下來，這就是我們得以存活的原因。」他不停地咯咯笑，打嗝，眼中含著淚水。

我們就待在桌子下面。總共四個人，隨著時間流逝，我們各自倚到一邊的桌腳，彷彿我們在地底下，桌腳往四個方向推拉。我說不上來我們是不是都察覺到，不論是一個人或一個家庭，有可能就此毀滅，但就在那個時候，那個脆弱的時刻，我們都把腳伸展開來，在那張桌子中央正下方相互碰觸。而且，就像那樣，轟炸停止了。

接下來幾天我們等待著更糟的事情發生，然後等著好事到來。媽媽走進廚房發現已經沒有任何起司可以用來做烤起司三明治那天，她換好衣服，宣布她要到鄰居家，看看他們可不可以跟我們交換些食物。

「直接去超市就好了。」爸爸說。

「去超市？」媽媽邊說邊笑。「親愛的，你去啊，祝你好運。你在超市絕對找不到甚麼東西，搞不好大家正在爲食物打得你死我活。」

「坐下，給我閉嘴，女士。妳不會去鄰居家乞討。爲甚麼大家要在超市打架呢？我們是在貝魯特還是哪裡嗎？或者，不要跟我說，外面突然變成阿爾及利亞了？」

「那，你去吧。」媽媽說。

爸爸出門了，聽到那輛一九八四年的汽車引擎聲漸漸遠去之後，她拉出琴椅坐上去，她彈琴的樣子彷彿手指喘不過氣來，彷彿一場最快板的華爾滋比賽，又彷彿她的手臂是個餓壞了的小孩，而鋼琴是巨大的棕色乳頭。我跟加墨爾跳舞；我們就像假裝參加埃及音樂劇表演，兩個孤兒爲了賺錢而跳的樣子，在整間公寓裡翩然起舞。我們快速旋轉、輕巧地跳來跳去、擺動著、跳躍著。我拿出一條媽媽爲了跳肚皮舞或是禱告時所準備的圍巾，綁在臀部。加墨爾拿出爸爸用來計算我們可憐財務狀況的計算機，充當麥克風。

我們又回歸正常生活。我們是人。我們是阿墨爾家族，跳舞、唱歌、生活著。我們已經離開了那個國家被別人入侵、住著無聊居民的地方，那是一個極度奇怪的地方，專門提供給怪人跟無助的笨蛋，他們沒有了生存的首要條件，即生活目標，也失去了生存下來的精神。我覺得我很眞實、我活著、我很重要。

爸爸回到家，看到我們在客廳那樣慶祝，他大叫：「你們在做甚麼？」我們在某一首歌曲中間停了下來，就像有人突然決定我們來玩急凍舞遊戲㊻一樣。

「這裡發生了甚麼事？」爸爸又問一次。

「……」

「你們不知道外面有人死了嗎？」

「有人死了？」媽媽眞的很驚訝。

「對！」爸爸說，他也一樣驚訝。他提了個小袋走進廚房，我們跟著他進去。

他拿出一小方切好的起司、一罐優格跟一些麵包。

「那些賤人，搶食物的樣子，就像發狂的禽獸！」他的額頭冒出小小滴的汗珠，上氣不接下氣，彷彿他剛從一場被迫參加的摔角比賽回來。

公寓的寂靜氣氛將我團團包圍，我的胃因而下沉，公寓之外的眞實情況侵入我心中。

㊻ Freeze-dance，小朋友隨著音樂任意起舞，音樂一停動作也要跟著停，凍在最後一拍的動作上。

我想著死亡與飢餓，不禁打起冷顫。

伊拉克入侵科威特已經四週了，加墨爾因爲發現了一隻在浴盆裡舔牠自己的黑貓而死命狂叫。我們都跑到浴室去，爸爸大吼：「叫那麼大聲就只是因爲那隻貓，你這混蛋，你嚇到我了！」媽媽已經開始試著抓那隻貓。對我而言，我一度感到完全解脫，因爲除了我之外，還有別人在浴盆裡自慰。

加墨爾跟媽媽把浴室的門關上，跟著貓從浴盆走到浴缸，再從浴缸走到水槽。爸爸跟我站在浴室外的走廊上，試著推敲那隻貓怎麼進到家裡來，更不用說是到浴室了。從我表姊弟上回來看過我們之後，前門就沒有再打開過，而且那也已經是三天前的事了。我們因爲害怕有毒的煙霧，所以窗戶也都一直關著。

爸爸突然舉起手來。我畏縮地後退，以爲他要打我。

「妳甚麼毛病啊？」看到我退縮的樣子，他問我。「妳眼睛裡有東西嗎？」

「沒有，我以爲你要甩我耳光。」

「甩妳耳光？我只是在想那隻貓，試著找出爲甚麼牠會留在屋子裡。」

「她。」我糾正他，因爲我注意到那隻母貓在舔她自己的時候，她那個地方完全沒有蛋蛋。

「母貓、公貓，沒差，」他說著又把手舉起。我又因畏懼而退後了。「妳到底怎麼啦？妳吸毒嗎？」他把雙手交叉在胸前說。

「我沒有。」我說。

媽媽在貓咪後面大吼，「妳這壞蛋，妳以爲妳可以逃出我的手掌心？」這是第一次她不是在罵爸爸。

爸爸轉向我。「妳有沒有在樓梯井抽大麻？」

「爸爸，我以爲你要打我。」

「我爲甚麼要打妳？」

「因爲你常常打我。」

「不，我沒有。」

「有，你有。」

「我沒有那麼常打妳。」

「哈！」

「我一生中只打過妳五次。」

我不敢相信爸爸否認的這麼厲害。

「五百次吧！」

「我那麼常打妳？」

「你一直都這樣。」

「妳可能是得了戰後壓力症候群或甚麼的吧。很好！難道這就是我離開家鄉的目的？難道是因爲我娶埃及老婆，背棄所有巴勒斯坦女人，所以我的小孩要受戰後壓力症候群的折磨？」他一直吼叫著。他打開浴室大門指著我弟弟：「你有沒有戰後壓力？你有沒有尿床？」他說。

「沒有。」弟弟說。「我從三歲以後就沒有尿過床了。」

爸爸走到我們房間，用手背感覺一下加墨爾的床墊。

「天殺的！」他說。「這孩子尿床了。」

我留在走廊，聽到媽媽在刮沙發椅腳的刺耳聲音：這是一種舊的V型陷阱㊼。加墨爾甩上浴室的門留在裡面。爸爸不斷拍打雙掌以阿拉伯語說：「我相信阿拉眞主，除非得到祂的允許，否則沒有任何人擁有這種權力。」他一再重覆這句話。「我的小孩精神受創了，他們終究還是成了巴勒斯坦難民。有甚麼用，有甚麼用，我問你？我相信阿拉眞主，除非得到祂的允許，否則沒有任何人擁有這種權力。」「我是埃及人！」媽媽在企圖抓貓的時候對我們尖叫，「我的祖先可以跟動物溝通，在他們許多自我描述裡，他們有部分的動物特質。所以我可以處理這隻貓。」我待在兩個房間之間的走廊，聽著弟弟啜泣、爸爸哀嘆、媽媽尖叫。我兩隻手臂高舉到肩膀上做爲小小的防護。然後，我又畏縮了。

那隻黑貓最後終於被攆出大房子，媽媽說動物的出現絕不是巧合，這是一種徵兆。

「這也是一種徵兆。」爸爸邊說邊把他那條阿拉伯人的手臂伸到她面前，左手啪的一聲打在右前臂的後段。

「那是一隻黑貓，瓦希德。」媽媽堅持著。

「我不會離開，」爸爸說，「我不在乎眞主是不是會讓天塌下來壓垮我們。我不在乎黑貓自己是不是開始背誦可蘭經。我們就是要待在這裡。他們很快就會離開，一切都會回歸正常。」

「你爲甚麼這麼固執？孩子們上週就應該要開學了。」

「對啊，爸爸，我們上週就開學了。」我說。「我好無聊。」

他拿起一隻拖鞋丟向我，所以我退回到自己的房間。畢竟這是媽媽的戰爭。

㊼ The V (vagina) trap，乖乖聽話表現就可以得到一點獎賞，因為每次都只能得到一點點獎賞，所以就會越陷越深。

電話鈴響。這些天很難得聽到電話鈴響。不像我們，有些人每幾分鐘就會檢查一下他們的電話線。軍隊偶爾會讓電話線接上，就跟他們偶爾會丟個炸彈、摧毀宮殿、旅館和辦公大樓一樣。通常只有別人打電話進來，我們才會發現電話線像現在一樣是接上的。

媽媽大喊我的名字。

「誰打來的？」

「妳自己來聽，我看起來像妳秘書嗎？」

「嗯，生活並沒有完全改變。」爸爸說。

我離開床走到客廳。

「謝謝。」我口氣不太好地從媽媽手中接過話筒。「喂？」我說。

「嗨，妮達莉，我是拉瑪。」

「妳相信嗎？眞是太瘋狂了！」

「我知道。妳聽說琳達的事了嗎？」

「沒有。怎麼了？」

「她上週經沙烏地阿拉伯離開了。她爸媽眞反常，因爲他們是庫德人，妳知道的。」

「別這麼討厭！」我說。因爲我以爲她叫他們怪咖㊽。

「這眞的很危險。妳知道他們幾年前在北邊用毒氣攻擊庫德人？好像是三年前。」

「用毒氣攻擊誰？」我說。

「庫德人。琳達是庫德人。妳沒有聽過她跟她爸媽講話嗎？」

「有啊，她們不知道在講甚麼鬼東西。」

「那是庫德語，妳這白癡。所以她們得逃離，妳懂嗎？」

「靠，我希望他們順利逃離。我希望她打電話給我。」

「她不會想要打電話給任何人。她鄰居發現他們離開了，我媽媽是她鄰居的朋友。所以我才知道。」

「喔。」我說。我眞的很擔心琳達。不知道她曉不曉得那些人被毒氣攻擊的事？爲甚麼她從來沒有跟我說過這件事？我怎麼無知到沒有發現她是庫德人呢？

「她到沙烏地阿拉伯要做啥呀？」我說。

「離開那裡，再去別的地方。很顯然不少人現在都這樣做。」拉瑪說。她聽起來比我成熟多了。我是笨蛋。「聽著，我得掛電話了，我爸媽要打電話。」

「好。嘿，拉瑪。盡可能常打電話給我。」我說。聲音裡有種渴望。

㊽這裡的怪咖，英文是turd，拉瑪說的是「Kurd」（庫德族），妮達莉在電話裡誤解了她的話。

「我會的。」她掛掉電話。我跑到房間想著琳達，但是每一次想到她，都是她死掉的樣子，躺在山頂上，嘴巴張大大的，然後我就會因爲這樣而哭好久。

車子的喇叭噪音一直持續著。不會停止。喇叭噪音緊接著另一種噪音而來，從公車通常接我們的那個地方，即沙漏的底部，傳來很大的撞擊聲。爸爸舌頭在前排牙齒上游移；牙膏在上週用完了。他的鬍子開始兀自展示了起來；三天前，他用鈍了所有的刮鬍刀。即使已經快要到晚禱時間，他依舊穿著睡衣。他沒有禱告。媽媽起床跑去彈鋼琴，因爲她知道音樂會蓋過其他聲音——車子喇叭聲，所以爸爸不會阻止她。她想的沒錯，爸爸並沒有阻止她，然而舒伯特還是蓋不過持續不斷的喇叭聲。不過她還是繼續彈。爸爸站起來走向前門。媽媽並沒有注意到。

「你要去哪？」我說。

「有人傷得很嚴重。那是他們的頭撞上方向盤而發出的聲音。」

「所以呢？」我說。「讓救護車去處理就好了。」

「沒有救護車。」他說。

「好吧。」我說。爸爸走了出去。

我等了幾分鐘之後，很快地走向庭院外的沙丘。我爬上中間那座沙丘，坐在最高處，看到爸爸的白色長袍靠著陌生人的白色轎車。我隨著媽媽彈奏的音樂擺動，響了很久的聲音停止，蒸發到沙漠的空氣中。爸爸將轎車裡的人拉出來，帶到我們的車子旁邊。我可以看到那個男人的頭巾上有一圈血。對我而言，我們的車子當時看起來像是個人，它的頭燈是橘色透明的眼睛。

爸爸發動引擎，它旋轉的樣子就像長期被忽略的情婦。那個男人一定是躺在後座，因爲我看不到他了。爸爸開車離開，我一直看著他，直到他轉過彎從海洋路開往哥多華醫院。我坐在沙丘頂上想著，當我跟鄰居小朋友還小的時候，我們怎麼把那些黃色的塑膠尖椿跟一桶桶的沙帶回集合式公寓的底部，試圖將這些沙丘移到公車站。我們覺得，如果這三個沙丘可以聯合成爲一個大沙丘，放到我們那棟棕色磚造集合式公寓的生鏽大門前，校車就不能通過，我們就不用上學了。我想像著從戰鬥機向下望，我們當時會是甚麼樣子：我們的棕色頭髮、棕色皮膚、黃色提桶、棕色沙地，都穿過了那個沙漏。

直到爸爸在將近一小時後回到家，大聲咆哮著爲甚麼全家人都得聽媽媽彈那些亂七八糟的人的曲子——管他們是誰，她才意識到爸爸剛剛出去了。我沒有問爸爸那個不斷猛按喇叭的男人怎麼了，爸爸簡短交代他已經去過醫院又回來，事情就是那樣了。然後爸爸要媽媽彈〈月光〉，因爲他知道媽媽很討厭這首曲子。他把腳伸到那張人造的大理石桌上，而且，才到滿月的一半，他就迅速睡著了。

電話鈴響劃破屋內的寂靜。大家都在午睡，因此我跑去接電話。

「我是拉瑪。」

「嗨！」我說。

「伊拉克軍人住進我們學校了。」她大叫。

「甚麼？」

「我知道。他們搬進教室，把課本跟紙張撕成碎片，放了好多床墊跟拉拉雜雜的東西。是不是很野蠻呢？」

「他們在我們教室裡凌遲人。」我說。

「嗯，或許也有。想像一下他們在我們幼稚園教室裡，在廚房中心凌虐我們同伴。我爸爸說他們是爲了冬天而駐紮。」

「他們要待過今年冬天？」我說。他們要待在這裡。「嘿，妳能不能過來我這裡？」

「等等，我問一下。」她問她媽媽，她媽媽開始尖叫。「不行，外頭正在打仗。該掛電話了。」

某天下午，家裡沒有訪客，爸爸媽媽坐在客廳裡看舊報紙跟舊雜誌，爸爸站起來伸展雙腿。

「我餓了。」他說。

「不錯啊你。」媽媽說。

我聽到爸爸走進廚房。接著我聽到他大叫：「咋塔醬跑哪去了？」

媽媽打著哈欠說：「都用完啦！」

「我聽不清楚啦，妳在打哈欠。妮達莉，妳媽媽剛說甚麼了？」

「爸爸，沒有咋塔醬了。」我說。然後趕快拿手摀住耳朵。加墨爾也跟著做。

爸爸嘶吼。

媽媽抱怨著回到客廳。

「不，不——這到底是甚麼樣的生活啊？我們離開好了。我們得離開。」爸爸說。

我回到房間，鎖上門，音樂開得震天價響。

我們再過幾天就要跟奈菈姑姑還有表姊弟們離開這裡；我們會開幾輛有篷的拖車，經過伊拉克抵達約旦，我們在那裡會受到歡迎且得到安全。媽媽跟爸爸不想留在約旦，因爲我們在約旦沒有地方可待，他們也不想回到巴勒斯坦的家，因爲從一個戰區到另一個戰區一點意義也沒有。所以我們決定到埃及亞歷山卓，待在海灘公寓直到戰爭結束。

我想著我們所有人要怎麼逃離，我幻想著我們離開家的樣子，我看到我們眞的跑了起來。

我們沒有穿鞋子，就像我們當時在西岸區那座連接約旦跟巴勒斯坦的橋一樣。

我看到我們打著赤腳跑步，腳上沾了好多沙石、仙人掌、種子跟雜草，直到我們有了鞋子，鞋子是用我們邊跑邊撿到的材料做成的。有了大地送給我們的鞋子之後，我們不再跑了，也許我們會在某個不需要再繼續逃跑的地方安頓下來。就算這個想法的幻想成分居多，還是讓我感到安心。

「電話，笨蛋！」爸爸大叫。

我走到客廳想接過話筒，爸爸把話筒拿開，交代我：「不要跟她說我們要離開這裡。」我點頭之後，他才把話筒交給我。

「今天那些軍人讓我家這條街上的小孩們搭他們的坦克車。」

「呦！」我說。我知道是拉瑪打來的。

「你去了嗎？」

她不說話，然後回答：「我沒去。」

「不，你去了。爲甚麼要說謊？」

「因爲我不想讓妳覺得我是叛徒。」

「甚麼叛徒？」我說，「這又不像第二次世界大戰或是甚麼其他狗屁倒灶的事。我很嫉妒，我也想要搭搭看坦克是甚麼樣子。但是我想我會試著開坦克逃走，前速全進㊾之類的，然後快速逃跑。」

「坦克車很慢很慢。他們用走的就能抓住妳。」

「也有道理。我想回學校。」

「嗯，你會的。知道怎麼了嗎？我們鄰居家的女傭跟巴基斯坦男管家開著鄰居的寶馬轎車逃跑了。他們逃向沙烏地阿拉伯。」

「這樣對他們是好的！」

「我私底下很替他們高興。不過我媽很生氣。妳能過來一下嗎？」

「等等。」我轉頭問，「爸、媽，我可以去拉瑪家嗎？」

「妳瘋囉？妳是不是哈草啊？」爸爸問。

「我去不了。」我跟拉瑪說。

「讓她去。」媽媽說。「她已經被關在家裡好幾個星期了。她的臉都枯黃了。她在那裡不會有危險。」

㊾原文是 put metal to pedal，正確應是 put the pedal to the metal，意即全速前進。妮達莉弄錯了。

我咧嘴大笑，眨了眨眼睛。

「妳確實看起來很蒼白。」爸爸說。「去吧，這樣我們離開的時候就可以少帶一個人了。」

媽媽開車載我到沙里亞，拉瑪住在那裡的一間獨棟小別墅。我們一上高速公路就遇到檢查哨。那裡的軍人把頭探進我們車裡，要媽媽打開後車廂。他開了後車廂又關上，然後要看媽媽的袋子。媽媽交出那個仿冒的白色 Coach 大包包，彷彿交出令人尷尬的尿布。他拉開拉鍊往裡頭看。他的手像龍捲風般翻轉著媽媽的收據、眼線筆跟幾張破掉的衛生紙。他放棄了，把包包交還給媽媽。他問我是誰，媽媽說我是她的女兒。那軍人說，她跟妳長得不像。很公正的評論。媽媽點點頭，等他讓我們通過。他對我眨眼，揮手讓我們通過。媽媽一直等到車子開上高速公路才大叫：「禽獸。妳看到他指甲有多髒嗎？我要把所有的化妝品都扔了。」媽媽很快又回到駕駛上，就像沒有戰爭的任何一天一樣。我想，因爲她在一九五〇、六〇年代的成長背景，讓她對那些軍人跟檢查哨已經習以爲常。我想要大聲跟她說，我對這些並不習慣。我想要她安撫我，告訴我我有理由害怕。但是我只是看著路，把膝蓋抬到胸前。

拉瑪家的女傭並沒有像上次我來拜訪時那樣來應門，相反的，是拉瑪的媽媽——戴了漂亮鼻環的高大黑人女性——來開門。媽媽擁抱了她一下，她們一起待在客廳。拉瑪帶我去她房間，並把門帶上。

我們聽到第一輪爆炸聲。軍隊砲轟皇宮。我們坐在她房裡，聽著印度音樂、讀著過期的時尚雜誌。我們幫雜誌裡的模特兒畫上鬍子，嗅了嗅香水廣告。

軍隊砲轟了最後一棟皇宮建築，煙霧落在地平線上，像在預告甚麼一樣。我們盯著消失的皇宮，打開窗戶看看是不是能聞到砲轟後的煙灰。空氣聞起來有灰塵、潮濕的風跟沙子的味道。

我做了個深呼吸，吸入皇宮的塵土後說：「我剛吸入一個王座、大理石台階跟一座游泳池。」拉瑪誇張地深吸一口氣，「一條大約是一七八〇年的波斯地毯、一個黃金咖啡壺跟鑽石浴缸。」她撲到床上看著天花板，手往上指著一道很長的裂縫。轟炸以及震動已經讓房子出現裂痕了；一道長裂縫，在房間角落的缺口裂成兩道小裂痕。看起來好像尼羅河。

「妳想法赫爾嗎？」拉瑪問我。我很訝異聽到他的名字，我已經盡力把他埋藏起來。

「嗯，想。他很有趣。」

「你們兩個有沒有亂搞？」

「我們接吻了。」

拉瑪轉過身去，用手掌撐住頭。她用力盯了我好長一段時間，我也望了她一眼。我不是很確定她要幹嘛。她靠過來捏了我胸部。

「噢！妳捏了我胸部！」

「我知道啊。」

於是我也捏了她的。

我們互相搔癢，她把膝蓋堵在我兩腿之間，呻吟聲從我嘴裡跑了出來；她放在那裡的膝蓋讓我覺得很舒服，她的膝蓋在我那裡畫圈圈。我抓住她的大腿，帶著它畫圈圈，一直到我有了每次坐在浴盆裡的那種感覺為止。我轉身離開，拉瑪跳下床。我不知道剛剛發生了甚麼事，拉瑪看起來跟我一樣困惑。她打開音樂，我們一直讀著雜誌，直到媽媽在樓下叫我為止。

媽媽匆忙地從房裡抓我出來——她把這變成她自己的社交拜訪——說已經很晚了，我們該走了。於是我很快地跟拉瑪擁抱並說再見。進到車子裡，我轉過頭，看到拉瑪黑色的手關上她們家那扇厚重的前門，我知道我再也見不到她了。沒幾天，我們全家就要整裝開車經過伊拉克離開科威特了。

回家的路上我默默流著淚，因為困惑、因為上天對我、對全家人的不公義而哭泣。我覺得我無法再信任人、信任天主，信任這個世界。檢查哨的軍人要我們停車，我看著他的綠色制服，看著他手上的來福槍，看著他的鬍碴，我的胃下沉了——我知道任何事對我而言都不再有意義了。

我們離開的前一晚，我整夜沒睡，把拒絕入眠當作抗議。大約清晨三點，我聽到屋頂有女人的吟誦聲。幾分鐘之後，我聽到槍聲。在那之後，我睡著了，還做了夢。我夢見我在薩達姆位於底格里斯河的皇宮。我穿了一件很漂亮的禮服，被護送去參加薩達姆的晚餐。他讓我坐在他兒子旁邊，他兒子正在讀一本英文書。薩達姆吃著他的晚餐，要我說笑給他聽。我盡力而為，試著說了一些有趣的故事，他笑了。接著，他帶我到後門，用鍍金的盒子裝著假的金子跟鐵。我們在底格里斯河裡游泳，正當我躺著看那片綠色風景的當下，我聽到一聲巨響，河水被染紅了。因為害怕那片血紅的河水，我看著薩達姆，但是他要我別擔心，並指向一個在河床邊拿著搖桿的男人。那個男人推了搖桿之後，巨響又再出現，不過這一次，河水變成紫色。那個男人一再推動搖桿，底格里斯河的河水就依序變成橘色、白色、綠色等顏色，薩達姆活著，我也活著。我晃動著醒來，因為媽媽搖醒我跟我說離家的時候到了。

第二部

當一個人長期準備著，並以勇氣爲禱，
被交付這座城市的你，這樣做是恰當的，
我堅定地走向窗邊，以深切的情感去傾聽，而不要
帶著懦夫的悲歎與託辭去傾聽；
聽那聲音——你最終的愉悅，
聽那奇特隊列帶來的奇妙樂聲，
向她道別，向你正在失去的亞歷山卓道別。

——康士坦丁·卡瓦菲，〈上帝拋棄了安東尼〉*

*康士坦丁・卡瓦菲（C.P. Cavafy, 1863-1933），希臘著名詩人，住在埃及亞歷山卓市，曾擔任過記者與公職。〈上帝拋棄了安東尼〉（The God Abandons Anthony）一詩的背景是借古希臘歷史學家所記載的一個典故：安東尼在亞歷山卓市被渥大維包圍，夜晚聽到窗外的聲音以為已被攻占而昏倒。此時他的守護神酒神巴克斯也棄他而去。安東尼最後也葬身於亞歷山卓市。

9 旅客

在科威特北邊，我一直等待邊境出現。我不知道那裡有沒有延伸數哩的圍籬，也不知道那裡是不是如同地圖般，在沙地上清楚畫著粗黑線條，像延伸的波斯灣地平線一樣以標誌邊境。曾經有人告訴我，地圖上標示的直線，在實際空間裡並不直。你越接近直線，實際上就越遼闊。即便已經看不到路標，即便除了圍繞我們的黃色景象之外別無他物，我們還是一直在科威特。它比我所想像的要大多了。我們從來沒有到過這麼北的國境。沒有任何標誌標明我們已經進入伊拉克境內；我一直都不確定我們甚麼時候正式進入伊拉克了。地理景觀並沒有改變，它們有可能是同一個國家，它們過去也確實是；過去它們因同爲一個民族而聚集在一起——什葉派、遜尼士派、庫德族，過去是祆教徒、猶太教徒跟基督徒——散布在各個山腰、溪谷與田野；他們都住在那兒。

媽媽跟爸爸想到取得入境伊朗文件的方法。媽媽有埃及護照，我有美國護照，埃及跟美國就快要來修理伊拉克了，所以爸爸把我們兩人加列到他那本可憐的約旦護照裡。那本護照是約旦發給一九四八年分裂之後，到一九六七年戰爭前出生的巴勒斯坦人。他把加墨爾跟我列爲他的撫養名單，媽媽則列爲配偶，希望這麼做可以騙過邊境的伊拉克人，讓他們不會問更多問題，好讓我們順利經過伊拉克，抵達唯一一個跟他們沒有嚴重衝突的國家。沙烏地阿拉伯有美軍駐紮，所以我們不打算經過那裡到達約旦，以免美軍查問爸爸那本可憐的護照。巴勒斯坦人在哪裡都不安全，但是至少我們有希望可以不動聲色抵達約旦。

我不知道我們從哪裡拿到汽油，我不記得我們停靠過任何加油站，我只記得我們停靠過休息站，或許大人們在我上廁所時幫車子加滿了油。在那些有廁所的地方，我的腳趾不穩地踮在馬桶上尿尿，腳上皮膚跟那些破掉的坐墊保持遠遠的距離。經過巴斯拉①之後到西邊的那些休息站都只有在地上挖洞充當的廁所，而且這些洞都已經被其他人的排泄物塡滿。加墨爾跟哈蒂姆這兩個男生在路邊撒尿，他們站在金黃色平原的頂端，在平原上撒了一泡金黃色弧形的尿。我在西部一個叫做「旅客」的村莊來了初經，但是我不想告訴任何人，因爲我可以想像，從我們不斷經過的那些人煙稀少的農地景觀，以及隨處可聞的羊騷味、氣油味與焚燒的垃圾看來，不會有用牆圍起來的「休息站」。四周村

---

①巴斯拉（Basra）：位於伊拉克南方，是伊拉克第一大港、第二大城。

子傳來的味道伴隨著我們，就如同我們現在正在聽的烏姆．庫勒蘇姆的錄音帶裡，她的樂隊陪伴她的方式一樣。在不斷重覆的部分，她的聲音隨之上揚、起伏，樂隊也試著跟上她的節奏；小提琴、烏德琴跟一個平凡的交響樂團趕上了女主唱，伊拉克西北方的味道也跟上了小貨車、奧斯莫比爾車以及火鳥汽車裡的人們，不斷地回歸我們的源頭，像一列車隊一樣。

爸爸有一箱威士忌跟一紮絲質領帶。當我們需要在檢查哨停車，或是有民兵要我們把車停下來時，爸爸就會試著判斷這個民兵喜歡威士忌還是絲質領帶。喜歡威士忌的男人，比較不虔誠，喜歡打牌戲，且不在意偶爾浪費一下好東西。喜歡絲質領帶的男人，比較虔誠，有點愛慕虛榮，或者有點像是陷入無趣的生活形態、且閉門造車的時尚評論者。爸爸只有不到十秒的時間判斷我們遇到的軍人是屬於那一類，然後把手伸出窗外，不是遞給他金棕色方型瓶的液體，就是遞去一條藍綠條紋的領帶。

我從小貨車裡看著他，看著他的手伸向一邊佩帶來福槍的男人。每次爸爸這麼做，我就很替他擔心，擔心萬一他做錯決定，軍人就會清空整輛貨車，將我們一個個逮捕。有時候，傷心取代了擔心，因爲我注意到爸爸遞給軍人的是他最愛的領帶之一。

那些軍人總是收下爸爸的禮物，然後揮手讓我們繼續前進，就像在說：「謝謝你的威士忌！謝謝你的領帶！」這時候，我會想把車窗搖下來，說：「謝謝讓我們離開②。」

接近巴斯拉時，我們開的貨車、奧斯莫比爾車跟火鳥汽車都維持同樣速度。媽媽開太慢了，而且她的車在我們車隊的中央，所以開火鳥汽車的奈菈姑姑閃燈提醒媽媽跟上爸爸還有姑丈的車。媽媽每隔幾分鐘就提醒我們，那輛貨車上「沒有一個小孩或爛人」。我們沿著幼發拉底河開。大人們決定不要直接往西開，他們擔心會遇到檢查哨、軍隊、流浪漢、高速公路強盜，以及不熟悉的荒漠。他們想要順著一條傳統的路線開，就算沿路會「拜訪」一些歷史古城，或至少會經過這些城市的休息站也無所謂。

我們看到山羊跟兒童，而且在西邊還看到隨著迴旋禱告而上旋到天空的三個小沙漩。我以前從來沒有看過沙漩；他們看起來像小龍捲風，我被它們的小巧迷惑住了。儘管我拜託大人帶我們到烏爾、烏魯克③跟巴比倫，但我們還是沒有見到任何廟塔——那些有台階、簡陋的金字塔。我跟媽媽說：「希臘歷史學家赫洛多特斯寫道，在巴比倫的

---

②作者用 exodus 這個字，雖然是小寫，但是應有隱喻大寫用法 Exodus（出埃及記）的意思。出於舊約聖經的第二書，主要講述以色列人如何在埃及受到迫害，由摩西帶領他們離開埃及的故事。

廟塔會出現七道色階，頂端有間寺廟。」媽媽說這些地方在地圖上根本找不到。她骨子裡身爲埃及人的驕傲讓她說出，就算地圖上找的到，她也不打算改變路線去參觀那些自封的所謂金字塔。加墨爾很想看廟塔。媽媽要他閉嘴，因爲她知道他只是喜歡「廟塔」這個詞而已。車隊從巴斯拉到那斯里耶的途中，曾經短暫地在右手邊看到幼發拉底河，之後就沒再看到過了。幼發拉底河閃避我們的方式，就像路旁裹著黑色罩袍的女人，堅貞不變。我羨慕她們的堅毅，她們把小孩、水桶、洗好的衣服、塑膠袋跟米都頂在頭上或是攬在手臂裡。

我看到一個女人往南走，我想像自己就是她；我在路上走著，一小列車隊從我右手邊經過。我繼續邊走邊想稻米、想我遺失在伊朗的兒子、我丈夫，或好運一點，我深愛、但永遠無法成爲我丈夫的男人。或許我甚麼都沒想，只是哼著一首歌；我邊走邊哼，看著我已經走了數千個日子，如同情人般每天都經過的那條路。一列車隊從我右邊經過，一隻火鳥引起我的注意——那隻在車子引擎蓋上的火鳥。然後它就消失了，我再也沒有

③烏魯（Ur）位於伊拉克境內，幼發拉底河下游，接近波斯灣河口。烏魯克（Uruk）位於伊拉克境內，現在的瓦拉克市。

想起它。我繼續走著，哼我的歌。然後我又變回了我自己，就像我腦子裡的小遊戲，我想像我們車隊是一束光線，那個女人是另一束，兩束光線在各自前進途中交會。我們這束光繼續往上行，到達薩馬瓦與那傑夫，而她的那束光線則往相反的方向前進，到達河邊與她的家。她只是我們旅程中的一點火花，我們則是她身邊快速經過的三個火花。

塔瑪拉和我開始輕拍著放在車裡的罐子邊唱歌。她想唱〈上哪去？到拉馬拉④去〉，雖然我們是往約旦去，而且媽媽還做著白日夢，跟著在那輛銀色貨車。一開始我們只是輕輕敲打罐子，後來越敲越用力。媽媽說，如果我們要故意吵鬧，我們應該唱跟埃及有關的歌。我們敲打罐子，唱著〈慈悲〉這首民謠。我們唱最喜歡的那一節：「那些歌謠已經從愛你的心裡凋零，親愛的，已經從愛你的心裡凋零／親愛的，你消失之後，它便無法從其他海洋中吸取水分，從其他海洋中吸取水分了，親愛的。」

我的右手因爲用力拍打罐子而發紅。我搖下車窗，伸出手去。我把手推向空氣，也讓空氣把我的手反推回來，就這樣來回好幾次。我的手還是很痛。我想起爸爸一次又一次打我的事。他推我，我也試著推他。呼巴掌。之後，他會低頭看他的手，我則是跑到

---

④拉馬拉：巴勒斯坦人的政治中心，在約旦河西岸。

我的房間，哭著躲進棉被裡。然後他會大聲吼叫，所以我會聽見：「我的手都紅了，像著火一樣。她弄痛了我的手，那個調皮的傢伙。」他那諷刺且不公平的抱怨就是打在我身上那最痛的最後一擊。

我們後面那輛奈菈姑姑的車子傳來喇叭聲。

媽媽靠邊停車，但是爸爸的貨車繼續前進。她走到車外，我伸長了手去按喇叭，好讓他可以聽到，不過他沒聽到。媽媽找到一個適當的地方跳起來向他揮手，但他依舊繼續往前開。我打開車門跑到火鳥汽車旁；奈菈姑姑已經把車蓋撐開檢查引擎。

「它怎麼了？」我問。

「瓦希德，你這畜牲，給我回來！」媽媽對著地平線上那個銀色的點尖叫著。

「這眞的是……」奈菈姑姑停了一下，抬頭望向天空，然後手伸進皮包裡，「……狗屎。」她拿出一根香菸叼在嘴上，並沒有點燃它。

哈蒂姆拿著他的電子遊戲機跟一箱衣服跑出火鳥汽車，然後全部塞進我們的汽車，加墨爾正在車上無憂無慮酣睡著。

「瓦希德走了，把我們留在伊拉克中途卡巴拉省，要讓我們被海珊屠殺。我們完蛋了！」媽媽用力打自己的臉頰。

「他會回來的。妳車上有沒有汽油？」奈菈姑姑說。她點燃香菸，把火柴丟到地上，我看到它以慢動作進行：那根被點燃的長方形細小木棍往後飛了上去，彷彿被一雙看不見的、有風的手引導，然後落到引擎上。

火鳥汽車著火了，不過很幸運的，其他東西都沒事。

「操你媽的雞掰！」奈菈姑姑對著火焰狂叫。

媽媽相當驚慌，趕緊把沙子往火上倒，但是火勢絲毫不受影響。她放棄了，坐在馬路旁的土丘上，雙臂交叉。爸爸的貨車出現在地平線上，這一次車頭面向我們。哈蒂姆不顧奈菈姑姑堅決命令他要「離那輛著火的車遠一點」，還是跑進去想拿回最後一個包包。姑姑急切地吐著煙，按摩她的太陽穴。爸爸把貨車停在土丘邊，他跟我姑丈走出車子去檢查姑姑的車。

奈菈姑姑對那輛火鳥汽車的怨恨，在科威特巴勒斯坦法哈希爾少數民族區，甚至比阿拉法特更廣爲周知。爲了破壞那輛火鳥汽車，好讓小氣的姑丈買一輛新車給她，她故意忽略兩個顯示引擎過熱的指示燈，而且從一九八七年以後她就沒有換過油（一場個人暴動，你可以這樣說）。鄰居們都可以聽到她咒罵眞主，因爲眞主賜予她的新車，比她想要的小。她擔任努爾學校校長時，學生從一公里外就可以聽到她的引擎聲，然後便趕緊倉促地跑去參加朝會。我對這些事情瞭然於心，所以我覺得她老公堅持把還有火焰餘燼的火鳥汽車綁在貨車保險桿上，一路拖到安曼根本像在開玩笑。我們都笑了。姑姑把香菸壓碎踩在她那雙黑色扣帶的高跟鞋下，看著姑丈，揚起右眉毛，腳輕叩著泥土路面。

我從貨車柔軟的後座望向後車窗，看著越來越小的火鳥汽車，它那橘色的火焰像奈菈姑姑壓扁的香菸一樣消失了。

奈菈姑姑跟媽媽坐在前座，哈蒂姆跟加墨爾還有其他男人搭貨車。就像禱告時站在我們前面，他們的車子也在我們前方。

我們繼續往西，夜越來越深，像一件黑色斗篷覆蓋住我們，保護我們的謙遜，或掩飾我們的邪惡念頭。但也許黑夜才有邪惡的念頭。星星一個接著一個慢慢出現，彷彿長期被遺忘的祆教眞主從祂那神聖躺椅上起身，將祂那群星般的屋子中一間間房間的燈點亮一般。從窗戶望出去，我只看到黑暗，沒有田地、沒有人，也沒有建築物。我們的頭燈劃破了黑夜，媽媽大聲質疑爸爸是否知道要開往哪裡。他的貨車慢了下來然後停住，媽媽的腳踩著剎車。她走出車子去看看發生了甚麼事，回來後，她說：「我認爲我們應該要睡一下。」

我們閉上眼睛，身體盡可能地在車子裡伸展開來。我想像我們遇上許多可怕的事：軍人猛烈攻擊我們；村民搶劫或強暴我們；蛇爬上排氣管，從排氣口爬進車裡，釋放毒液進我們沒有防備的皮膚裡；甚或更糟的是，我們平靜無事度過夜晚，當我們要開車離開的時候，發現我們停留整晚的坑道已經不在了。我沒有睜開眼睛，我懷疑是不是其他人也這樣想，而不只是作夢。我閉著眼睛伸出手去找車門的塑膠鎖，然後壓下上面的旋鈕把門鎖上。

醒來之後我們繼續移動。我寫了一封信，然後撕成千張碎片，更正確的說，是六十張碎片，雖然我並不喜歡亂丟垃圾，不過我還是把它們丟到窗外。我想像著那個無聊的秘密特工在一個月內找到了所有的碎片，把它們都黏了回去，然後將信寄給預期的收信人：

親愛的薩達姆．海珊先生，

我坐在我父母那輛解體的車中，我們正穿越您那美麗的國家，從您那醜陋的軍人手中逃脫。我爸爸目前送出了四瓶約翰走路跟三條絲質領帶給檢查哨的人；我媽媽光是在過去四十公里的路途上，就捏了我的腿將近十三次。因為我姑姑的火鳥汽車著火，被丟在卡巴拉省，所以現在必須搭我姑丈貨車的表弟，大約每四十五秒就把手臂伸向我這邊。而我，您也許懷疑，當我身邊發生這些無聊的事情時，我在做甚麼？我的血流淌到內褲上，卻因為尷尬而不好意思請車隊停下來。我寫這封信給您，謙卑地通知您，雖然我崇拜您的時尚品味，但是綠色已經非常過時了。而且，當您決定入侵我成長的那個國家時（當您做此決定時，閣下，您是不是抽了過量的大麻啊？），您有沒有在任何一點上停下來，考慮一下那些十幾歲的小孩？您有沒有停下來思考過，他們之中有多少人正在焦慮，焦慮著等待夏天結束，學校重新開課，讓六月時停止的事情繼續，恢復上課，好認識他們心儀的人？只是要讓您知道，我焦急地等著見到某位叫做法赫爾・阿爾丁的人，他長得很帥，很愛挖苦人，是個九年級生。我在學校入口的風乾動物標本前面親過他好多次，我也用自己的左手做了好幾次，但是感覺不一樣。他今年應該就是我男朋友了，但是，拜您所賜，現在一切都搞砸了。我恨您那他媽的勇氣。我非常希望那佈署在最接近您的火箭船可以用力掰開您的屁眼，我也希望您被驅逐出家園，永遠與您的人民分離，被萬能的阿拉判終生監禁，關在最底層地獄裡，讓您永遠得用您的左手辦事，讓您手的皮膚永遠被燒光然後再重新長出來。

您真摯的朋友，

妮達莉・阿墨爾

接下來的旅途我都用來寫信與睡覺。秉持著法赫爾的精神，我寫了更多的信：我寫給法赫爾、給爺爺、給受到詛咒而去世的外婆、給剛經過我們車隊的伊拉克女孩，還有給烏姆・庫勒蘇姆。

車隊在幾個小時之後停在旭沙沙西邊的旅客村路旁的小咖啡館。一家小咖啡館：三張凳子、一張由光滑的石頭做成的茶几、還有坐在地上抽阿基拉菸草的一百零四歲女咖啡館老闆。她要我到小木屋後面去用她蓋在屋外的廁所。很令人驚訝的是，這間廁所是我們一整個旅途中所看到最乾淨的地方。廁所中間立著一個漂亮的棕綠色罐子，裝滿乾淨的水。我清洗兩腿之間，然後發著抖。水很沁涼，讓人感到舒服。四條衛生紙掛在木門的釘子上。我視而不見地繼續清洗身體。我開始懷疑在那邊洗澡是不是妥當。當然不是很妥當，我快瘋了。好吧，有甚麼不妥呢？反正那個時候每個人都坐在附近喝茶或咖啡，我能聽到小咖啡杯碰到托盤的聲音，每個人的聲音都混雜在一起，我能聞到姑丈的菸味。他們正在放鬆。所以我可以在那邊洗澡，不是嗎？那裡有足夠的水，我確定水還有很多。我記得在地理課上學到科威特人旅行到伊拉克取水。伊拉克有水。我開始脫掉衣服。不，他們沒有水了：十年戰爭發生甚麼？還有，更重要的是，萬一有人看到我怎麼辦？可是附近沒有人，也沒有建築物，空無一物。我待的是屋子的後方。

我一絲不掛的待在屋子後方一間沒有屋頂的房間。我在肩膀、肚子、腿跟腳都倒了少量的水。現在外面變得比較冷了。我看著乳頭周圍的皮膚緊繃起來，周圍細細的汗毛都起立鼓掌了：讚啦，堅硬的乳頭！我手臂上的汗毛也幹了同樣的事。現在我想像著有個住在那裡的男孩，就是那個老太太的曾曾孫子，他急著要用廁所，因此他破門而入看到了我。接著他伸出手來撫摸我堅硬的乳頭，然後……媽媽現在站在門口，砰砰砰的敲門。

「怎麼啦，女兒？妳掉到地上那個坑裡了嗎？」

「沒事，媽媽，給我一秒鐘。」我用多出來的上衣擦乾身體然後穿上衣服。幸好我沒有眞的弄濕頭髮，不然她會殺了我。我打開門走了出去。

「終於好了。」她說。

「我來月經了。」我低聲地說。

「妳頭髮濕了嗎？」媽媽大吼。

「只是油油的。」我叫回去，然後繼續快步走到屋子前。

那位老太太讓我爸爸坐在她左手邊，姑丈坐在另一邊，她看著爸爸的手心。姑丈撥著禱告用的念珠，發出喀拉喀拉的聲音，聆聽那個女人說的每件事。她的口音太重，我幾乎聽不懂。奈菈姑姑翹腳坐在凳子上。她喝了裝在那個鑲有銀絲細工的小咖啡杯裡的茶。加墨爾跟哈蒂姆在五十碼外的路上追趕羊群。奈菈姑姑指了指那杯放在平滑石几上沒人用的小咖啡杯。我拿起杯子啜了一小口。我張大鼻孔吸進所有氣味：茶、鼠尾草、薄荷、糖跟其他東西。皮膚上冰涼水滴跟體內的熱草茶證明了我的存在。我坐在那位老太太旁邊的地上。我現在能聽懂她的口音了，她的聲音是唯一的聲響，即便念珠的喀拉喀拉聲也消失了。她慈祥地看著我們，眼睛四周是一條條皺紋，皺紋裡頭還有皺紋，就像乾涸的河流，每一條乾掉的河流持續分岔到下一條。

老太太告訴我們她生於一八八六年。「我留在這裡是爲了大家。」她說。「他們來了又走。」我們跟她一起望著地平線，停留在她所說的每個字上。「土耳其人、英國人、國王、總統、還有薩達姆，他也會離開。還有美國人，我說讓他們來吧！他們很快也會離開。就連我……連我……我也會離開。」她伸手去拿拐杖。「歡迎來到旅客村。」她邊說邊慢慢起身離開。

10 轉變

當我跟哈蒂姆、塔瑪拉以及奈菈姑姑道別時，我知道會有一段時間無法見到他們，這讓我心裡很不舒服。往埃及的飛機上，我看著周圍的旅客，想著只是爲了旅行而旅行是件多棒的事；是因爲好玩有趣而主動離開一個國家到另一個國家是件多美好的事！我不知道已經搭過多少次飛機了，我思忖著我的祖先們從一個國家不斷地搬移到另一個國家，腦海中浮現了一些無聲的影片，這些都隨著那些做爲電影配樂而大聲播放的瘋狂音樂加速進行：一個土耳其女人上了一輛火車去到巴勒斯坦。她嫁給一個阿拉伯人，他們生下了土耳其—阿拉伯混血的小孩，他們的小孩又孕育下一代，下一代裡的一個小孩長大之後生下了我父親。一個披著黑色頭巾的大胸脯希臘女人在希臘克里特島上船，來到埃及的亞歷山卓，生下一個女兒，女兒愛上一個埃及人，他們生下了我母親。爸爸從約旦上船到埃及，遇上我媽媽，兩個人就結婚了。他們上了飛機到美國，然後生下了我。我們搭同一班飛機去科威特。我的小孩有一天會說出整個完整的故事，在結尾加上一段：我上了一輛車，逃離科威特，然後搭上飛機前往埃及。我不知道我的故事會在哪裡結束，也不知道我的下一代或下下一代還有多少飛機、多少火車、多少汽車或多少渡船要搭，我只知道，我希望未來的旅行會比現在舒服一些，因爲當時我覺得很難過、頭很暈，我的頭眞是他媽的痛。

回首往事，待在亞歷山卓的那個冬天就像身邊有一個穿著西裝、但平常是個很棒的變裝皇后⑤的男士作伴一樣。其他人都覺得穿著西裝的他看起來很普通，或者很可能根本沒有注意過他。他們從他身邊走過——經過他那條藏在西裝外套裡的髒領帶，經過他左眼睫毛上隱隱殘留的睫毛膏，以及他過度自信昂首闊步走在路上的樣子——他們的聲音都蓋過了他。只有我知道他平常是甚麼樣子：很快樂、很愛抱怨、很多彩多姿、很戲劇化，且鬍子可能是刮得最乾淨的一個。

外公像往常一樣在機場接我們，只不過跟以往不一樣的是，這次我們要來這裡長住，而且爸爸也與我們同行。他沒有工作，媽媽很安靜，我則是飢腸轆轆。多虧新近整建好

---

⑤ Drag queen，通常是指裝扮成女人的男人，穿女性衣服、畫女性的妝，在舞台上表演。

的亞歷山卓阿爾奴札機場，免去了開羅到亞歷山卓這一段車程。

加墨爾跟我還有媽媽坐在外公那輛飛雅特的後座，爸爸跟外公則在前座談論政治。「很快就要開戰了，」外公說，「他們每幾分鐘就透過新聞提醒我們，讓我們做好準備。」爸爸疲倦地點點頭。我看向窗外，望著這個城市，這個白天工作晚上變裝的變裝男。對自己承認這個感覺讓我有罪惡感，不過我知道爲甚麼這個城市是我最喜歡的一個：過去每年夏天，它是我跟媽媽以及其他六百萬人的城市。現在這座城市對我而言眞實、永恆了起來，每次外公轉個彎，我就會窺見這個城市的缺點。

人們依舊排在街上典當物品，或是買別人出來兜售的東西，他們高聲叫喊、隨地吐痰、咒罵、大笑、抽菸，取笑那些手指修剪整齊、手上拿著克利奧帕特拉香菸、從美容院裡出來，經過他們身邊的女人。她們到美容院燙髮，然後各種顏色各種質地的頭髮被掃到人行道上。人們在人行道上烤玉米，在濱海步道旁的欄杆邊閒晃，不去找工作、也不工作，聚在巷子裡或陽台上，望著進口的肥皂以及埃及生產的肥皂，身上掛著裝了購物清單與雜貨的籃子往下走，購物清單上列了錦葵葉、雞肉湯、番茄、洋蔥、蒜頭、麵粉、鹽巴、蛋，然後再往上走，向下看著街道，他們在街道上看到車流之上還有車流，將我們圍住。街道上有新的難民，維持著難民都會遷徙到亞歷山卓的傳統。在克里特島情況不佳的時候，外婆跟她家人就搬到這裡。現在，我也在這裡，回到這所有人們最終所去的地方。

我們離開市中心，經過恰比區，我希望我們可以停在這裡，跟外公一起住，但是爸爸自尊心太強，不想住在外公家，他想要全家住在海邊那間小公寓，所以車子持續迂迴地開過恰比區、聖斯提法諾、邁阿密、西迪白舍爾、曼達拉、孟塔沙公園，沒多久就到了瑪穆拉。這是一座夏都，所以我們現在是唯一住在這裡的人。街上空空蕩蕩，連個鬼影也沒有，彷彿這個小社區也經過戰爭的洗禮一般。我們把車子停在公寓前面，門房阿巴杜在那裡迎接我們，他的臉跟以前一模一樣。他太太親了我兩邊臉頰，感謝眞主讓我們安全抵達，他們的小孩都結婚了，不在身邊，我也許再也見不到他們。

阿巴杜幫我們把行李拿上樓，行李是平常的四倍，他看我的眼神跟以往不同了，我襯衫裡那兩大坨肉讓他不能抱起我，懸在陽台邊，威脅要把我丟下，因爲我已經離開了。我的房間跟以前一樣，冰冷的木板床，聞得出歲月的被單。我躺進被窩裡，面向那些斑駁的壁紙、我以前的塗鴉，以及我認爲我可以藏在床架旁的那些包起來的收藏。

儘管現在很冷，媽媽還是打開陽台的門，伸展雙腳好讓她能跨出門到露天市場買些食物回來。爸爸已經要加墨爾幫他把行李箱裡的東西拿出來，他喊我過去幫忙，不過我沒有動，我知道我馬上就會被揍。在現在這種狀況下（三度成爲難民），他的情緒糟透了。他又叫了我一次。「瓦希德，讓她一個人獨處。」在媽媽說完之後，我聽見那張柳條編織的廉價椅子在陽台磨出沙沙聲。我轉身離開所有人，離開我的悲傷，試著把我的感覺大聲吼出來，然後進入一個輕鬆、充滿夢想的睡眠裡。

醒來之後，依舊是夜晚。我坐到陽台上，頭斜探過欄杆好看到地中海。海水像地毯一樣平靜。現在這裡就是我們的家；我們的舊家已經消失了，不管我的頭斜探得多遠，我都無法再看到它了。我回到床上，將自己裹在床單裡，馬上就哭了，淚水可以填滿一個迷你地中海。

「妳很幸運。」他們說。那一年是中學義務教育的最後一年，但是我不用重讀那一年，就可以直接開始上課，然後在五月參加期末考試。

「為甚麼？」我邊說邊旋轉著其中一條爸爸從科威特離開時放在箱子裡的手帕，唯一倖存的賄賂品。

「因為，」媽媽說，「在埃及，九年級生在那一年除了根據考試的結果分級以外，不會因為其他原因分級。」

我沒有理會她說的話，而是想像著製造領帶的蠶寶寶，羨慕牠們有自己的繭。我暫時不想跟任何人在一起。

「以期末考試的結果來決定那一年被分到幾年級，懂嗎？」

「懂，」我說，「但是那一點也不合理。」

「不要再玩我的領帶了，」爸爸說，「那是從倫敦哈洛德百貨公司買來的！」

「不要爭辯。」媽媽對我說。「甚麼又是合理的？我們住在夏天海灘鎮上的避暑公寓這樣就合理嗎？我們的鄰國入侵我們是合理的嗎？美國確實關心伊拉克入侵科威特，然後也將爲此開戰，這合理嗎？還是說我二十四吋腰的時候嫁給那個爛人，現在屁股卻變得這麼大是合理的呢？」媽媽指向爸爸。「沒有。沒有甚麼事是合理的。所以，我們需要幫妳買件制服，就是這樣。」

「我今年不想上學。」我冷靜地說，邊把那條手帕、或說是領帶，繞在脖子上打了個巴黎森結⑥。「如果我所需要做的只是在五月參加考試，那爲甚麼我要去學校註冊，認識那些一定會討厭我的新同學跟新老師呢？」

「因爲如果妳不去註冊上學，妳就無法通過考試。」

⑥ Parisian knot，一種圍巾或領巾的打法。將領巾對折繞到脖子上，抓起鬆的那一端往脖子前面的環繞過去。

「如果我可以每天自由自在學習，也許會考得更好。這樣會很棒；我可以一天讀八小時書，我可以創作，而不是坐在教室裡整天聽一個笨蛋講話。」

「我跟妳說，妳不能整整五個月都在這個屋子裡打混，而且我每次看到妳那張臉就覺得很煩，這就是妳得去上學的原因！」爸爸說。

「你眞自私。」我說。

媽媽因爲聽到我們的對話，所以從廚房跑了過來，爸爸的大手掌打在我冰涼的臉頰上。不管他打我幾個巴掌，我就是要五個月不上學。我計畫好了我的絕食抗議，我規畫成爲專業學習者的日子，而不是當一個無聊的學生。我幻想在海邊複習物理，在孟塔沙公園的大砲旁邊複習歷史，在東邊碼頭複習數學，在卡瓦菲那棟舊公寓前——如果我可以找到的話——做禱告時讀英文跟詩。我會準備這個考試，並高分通過，像宰一條紙糊的龍一樣；但是我要用我自己的步調來完成它。

媽媽當時的舉動讓我很驚訝，她把爸爸從我身邊叫開。媽媽總是置身事外；她以前幾乎從來不替我出頭介入我跟爸爸之間，爲甚麼她現在要這樣做呢？也許因爲現在這棟公寓在她名下，或是因爲現在是在她的國家，也可能是因爲她這個月已經受夠了那些狗屁倒灶的事。被她的勇敢鼓舞，我開始大聲嚷出我的想法。

「你可以一直一直打我沒關係，只要我能在五月參加期末考就行，我不會去白癡的市中心念埃及的英語學校，如果在未來的五個月，我去那裡上學，可能每天早上得花上一個半小時搭公車，車上又滿是汗臭味重、會偷摸我的男人。

「妳得去上學，就這樣，」他說，「沒得商量。」

我用他那條漂亮的哈洛德——管它叫手帕還是領帶——擦掉一鼻子的鼻涕跟所有嚇人的綠色鼻屎。媽媽又花了五分鐘時間才讓他離開我。

「我不會去上學！」我試著在整場爭執中說出這句話。

位於市中心的伊爾納斯爾女子中學有大理石地板、拱形門廊、鑲嵌的柱子和花園，那裡的老師薪水過低，所以他們一雙襪子一穿就是好幾個月，一直到第一條抽絲出現爲止，總是那樣一成不變，不像那些討厭的學生。這所學校在三、四〇年代的改革、國有化階段以及整體衰落之前，曾經是一所很棒的寄宿學校。現在則是一所「能被讀得起」的女子學校，某些科目用英文授課，特別是英國文學。其他學生有留一頭硬髮又饒舌的，有意志堅強也有天眞無邪的，高矮胖瘦、深淺膚色都有，但是幾乎沒有一個人跟我一樣是半個巴勒斯坦人，且大家都知道這件事。

「嘿，妮達莉，妳的頭巾呢？」

「對了，妮達莉，爲甚麼阿拉法特要支持薩達姆啊？」

「爲甚麼妳們的領導人那麼笨？」

「難道他不知道住在科威特的巴勒斯坦人會因爲他支持薩達姆而受苦嗎？他難道不知道任何支持薩達姆的人都很慘？」

我沒有對她們說：「不要講那些屁話，我們一家子才剛因爲這場戰爭失去家園與一生積蓄，數百萬個住在科威特西岸區跟加薩的人們也會像我一樣失去有收入的家人，從科威特被送過來。」我沒有跟她們說我的心都碎了。我沒有跟她們說我總是覺得好像有東西留在家裡，直到我知道我沒有帶出來的是家。我一直不說話，只有上課舉手回答問題時才開口。教室裡有淺藍色的牆壁以及沒有紗窗的大窗戶。黑板幾乎占滿桌子對面那面牆。桌子是木製的，很窄一張，至少有三十年歷史。我偷偷喜歡上我們教室，因爲這間教室好舊、好有歷史感，窗戶都斑駁且半開著。

我班上有幾個男生的媽媽是這所學校的老師，所以他們免繳學費。其中一個紅頭髮、臉上長有雀斑。就算在科威特有很多英國人，我也沒有在一個地方、在一個鼻子上看過這麼多雀斑。我盯著那些雀斑，試著數數看有多少。這些雀斑就像個星群一樣。

「妳在看甚麼？」他說。

「沒看甚麼。」我說。

「騙人。妳盯著我看。」他說。

我不理他，從那時開始就打算叫他阿紅。

「妮達莉・阿墨爾。」老師叫我。「請起立，把自穆罕默德・阿里以降的埃及領導者一一列出。」

每個人都在等著。

「穆罕默德・阿里是個拳擊手，在六〇年代皈依伊斯蘭教。我爸媽曾經在我的出生地波士頓街上看過他，媽媽還幫我們一起照了張相，」我說。彷彿一直以來的沉默已經造成傷害，「我爸爸向穆罕默德・阿里・克萊⑦解釋我名字的意思，那個偉大的人說，所以她早就是個鬥士了。」

整間教室爆出笑聲。我旁邊的窗戶咯吱咯吱地打開了，細小的雨點滴在我那張半殘破的木桌上，上面刻著自五〇年代以來住在亞歷山卓的每一個帥哥的名字。

「安靜！」老師對全班說。她的臉又瘦又長，就像她襪子上的脫針一樣。

「對不起。」我說。

---

⑦穆罕默德・阿里・克萊：Mohammad Ali 原名 Cassius Clay，信仰伊斯蘭教之後才改名為穆罕默德・阿里。

「回答問題。」她說。

「她不知道答案啦！」阿紅一說完，全班又哄堂大笑。

「她當然不知道。」老師說。有人丟了一個紙團。

全班都在笑我，指著那可悲的混血的我，老師用慢動作聽、聽、聽著，她的笑聲像是喉嚨裡卡了痰一樣，她皮膚上的疣變得越來越大，我的心則越來越沉。

藍色的牆壁變成淡紫色，一個大型銀色迪斯可舞會從天花板降了下來。

「穆罕默德·阿里，」我尖叫，「以布拉辛守護者、阿巴斯守護者、薩依德守護者……」接著，淺綠色跟黃色的聚光燈全場只打在我身上。「伊斯美爾藩王、陶菲克藩王、阿巴斯·希爾米藩王、侯賽因·卡米勒國王……」老師臉上的淡鬢突然長得像腳踏車手把，邊邊還捲了起來。「福阿德、法魯克國王、那塞爾總統、安瓦爾·薩達特總統、胡尼斯·穆巴拉克總統。結束！」阿紅鼻子上的雀斑爲了抗議它們的居住條件，揮發並散布到所有學生的臉上了。

全班突然間安靜下來。

一段時間過後，同學又恢復聊天，老師坐下來看東西。一架紙飛機穿過教室，那是坐在第一排的黑髮女孩吉集丟過來的紙條。上面寫著：「妮達莉，妳眞是眞主賜予的剛烈女孩。」

我從學校搭公車到曼達拉，再換另一輛公車從曼達拉到瑪穆拉。車上擠滿了人，大家身上的味道都好重，我花了兩個小時才到家。媽媽每晚都幫我們做晚餐，雖然晚餐並不豐盛：我們一週才吃一次肉，有時候晚餐只有熱過的麵包，或是沾了一點蜂蜜的玉米薄餅。爸爸戴上他平常看書時用的眼鏡讀他的陶菲克・哈奇姆⑧、尤色夫・伊德理斯⑨、納吉布・馬哈富茲⑩或是詩歌直到深夜，整間屋子只剩下他那盞檯燈。他准許我做完每天日落禱告後，坐在清真寺旁邊的街角，因爲沒有人會去騷擾坐在清真寺外頭的女孩，所以我便就著綠色的燈光讀書：寫歷史作業、宗教作業或是我們那年唯一讀的一本英文書《雙城記》的相關作業，然後質疑如果我得死的話，到底有誰會幫我做我原本該做的事。沒有人談論科威特或我們的公寓，也沒有人討論我們是不是會再回家。這裡就是家。

---

⑧陶菲克・哈奇姆（Tawfig al-Hakeem, 1898–1987）：埃及著名作家，出生於埃及亞歷山卓市。

⑨尤色夫・伊德理斯（Yusuf Idrees, 1927–1991）：埃及作家。

⑩納吉布・馬哈富茲（Naguib Mahfouz, 1911–2006）：於一九八八年獲得諾貝爾文學獎。是埃及第一位獲此殊榮的作家，得獎作品為《街魂》。

某天晚上媽媽送晚餐給我，我坐在清眞寺旁邊吃了一大半，留下幾片巴拉地麵餅⑪。因爲小鳥想吃，所以我就讓小鳥吃了，之後我想起了夏天認識的那些朋友。我走過去，大聲叫喊他們的名字，整條街看起來好窄，比之前還要窄；所以我的喊叫聲沒有出現太多回音。因爲他們現在都待在遙遠的開羅，或是其他他們本來住的地方，所以他們並沒有回答我，我把麵包屑丟到他們的陽台上，拱手把麵包丟過去，讓小鳥去找來吃。

我從街上看向我家微暗的陽台，看到我的家人在室內光著腳走來走去。我納悶著我們逃亡以來腳上所沾到的那些沙粒、石頭、仙人掌、種子以及雜草到哪去了；我們是否穿上了大地給我們的那雙鞋，我們是否可以不再逃跑，安頓下來。

每個讓腳趾疼痛的冷暗早晨，我都穿上制服——我們從媽媽朋友的八歲過胖女兒那裡借來的一條灰色裙子，以及還沒脫針的黑色絲襪、一雙我穿起來已經太小的黑色皮鞋、灰色運動上衣、灰色領帶，以及一件很老氣的粉紅色襯衫——這所有行頭過去都是媽媽

---

⑪巴拉地麵餅（Baladi bread）：埃及主糧，以小麥搓成，沾滿粟米粉，烤後會膨脹，中間充滿熱空氣，通常伴以機心豆蓉（Hummos）跟羊肉一起吃。

的。某天下午我們去恰比幫外公做午餐，從她的舊衣廚裡找出制服所需的所有配件，每幾秒鐘就得停下來，聽她跟我解釋這件裙子或那件襯衫是爲了哪個獨奏會而準備，她又是如何穿上那件喇叭褲或是小背心去跟爸爸約會。外婆縫補過這些衣服，我可以看得出來媽媽有多拚命地保留它們，像摺疊易碎的摺紙那樣摺疊起來。當然表演大聲彈奏鋼琴也是不可或缺的一部分，就像必須打開百葉窗，在四周圍起來的陽台上上下下走動一樣。

我又看了那些照片，又納悶某些事情。但我最納悶的是，我要如何說服爸媽讓我搬來跟外公住，住在這間博物館裡。那天下午，我專心地看著他，表現出驚訝的樣子。牆上留下了歲月的痕跡，就像他一樣。關於外婆的點點滴滴被收藏在衣櫃、櫥櫃與抽屜裡。她的十字架依舊吊在臥室裡她睡覺的那一頭。有些沙發鋪上了白色的椅套。架上有外婆的俄文書跟希臘文書，曾經是白色紙頁的筆記本，最上層現在覆滿了厚厚一層灰。我想要徹底搜索這個地方，我想要了多解媽媽的過去，我想要了解她。

吉集是阿紅的女朋友。算起來他至少有八個女朋友。吉集說他也許在別的學校還有更多。她從來沒有接過吻。

「妳有嗎？」某一天下課當我們用潛水板潛過「水池」時，她這樣跟我說。那個水池被一層綠黑相間的薄膜覆蓋住，伴隨著如交響樂般的蛙鳴配樂與昆蟲奏鳴曲。

「有啊，」我說，「在科威特，我算是有個男朋友吧。我們放學後常常接吻。」

「會不會很噁心？」

「一開始會啊，因爲他們的舌頭就在那裡面，妳會想，爲甚麼他們的舌頭那麼黏滑？然後妳得忍住不要笑出來。不過我不覺得妳應該吻阿紅。」我說。

「我想要。」她說。

一隻青蛙把頭從沼澤裡伸出來對我們呱呱叫。

我想跟吉集說我會給她第一個吻。我以前沒有這樣想過，就在那時候，在我看到那些黏滑的青蛙時，我想，我應該給她第一個吻。我想我會下地獄。我喜歡男生，我自己很確定，因爲我就是喜歡男生。我想要吻他們。但是我想要成爲吉集第一個獻吻的人，而不要讓某個男生像蟾蜍般的濕滑舌頭得到吉集的初吻。

學校的圖書館眞是太華麗了：鍍金的牆壁，鏡子跟燈就像電影巨星的胸部一樣倒掛下來，燈泡是閃爍明亮的乳頭。書架以陳年的木頭製成，書都鑲有黃金，書頁比腳踏板薄軟，整個地方聞起來就像是一條廢棄的生蠔捕漁船。我喜歡在沒有課的時間流連在裡面，假裝準備考試，但實際上我是在讀小說、莎士比亞、短篇故事，以及躲避吉集。我希望媽媽跟爸爸可以省下他們花在這所笨學校的錢，這樣我就不會再遇到吉集，也不會覺得有罪惡感。

媽媽跟爸爸已經不會在家裡打架，因爲家裡已經窮到讓他們不需要爲了錢的事而打，因爲沒有鋼琴了，因爲爸爸也沒有工作好讓他抱怨了。相反的，他們開始打加墨爾跟我。加墨爾一開始幾乎每週被揍一次，後來一週兩次，很快地就變成天天挨打。他的學校在曼德拉，比我的學校更嚴格，而且加墨爾對讀書從來也沒有眞正感興趣過，況且在這個學校裡，你根本一點選擇都沒有。他們交代的數學作業比他以前學的要難上三倍，他每天都得熬夜背歷史。我看不下去而走開，任憑爸爸對我大叫也不回嘴。我想，我已經因爲有女同性戀的想法而快要下地獄了，所以我也許應該耐著性子待在這裡。

我的時間被分割成幾個片段——花在小廚檯上寫作業的時間、在水槽洗碗盤的時間，以及在浴盆裡顫抖地達到高潮的時間。我覺得我一直被觀察，因爲的確如此。爸爸媽媽從來都不需要盯著我們，就知道我們發生了甚麼事。所以他們注意到加墨爾不適合讀書，他有注意力不集中的問題，他們注意到我的學習很進入狀況，而且常常使用浴盆。

當爸媽沒有輪班觀察我們、沒有打加墨爾，或是媽媽沒有忙著在房間拿條毛巾大哭並咒罵她的命運時，他們就會看新聞。新聞上有剛開戰的波灣戰爭簡報，而且這節該死的新聞還有主題配樂。軍鼓敲的像古代法庭的議事槌一樣，每隔幾小時總統穆巴拉克就會上去說幾句話，每次說的內容甚至比上一次的更蠢。世界上所有國家都入侵伊拉克；

埃及人、美國人，似乎每個人都介入其中。我上幾何學原理課時，我們逃亡時經過的伊拉克南邊的那些城市都被消滅了。我想像成自己的那個路旁的女人現在也被埋在那裏了。

爸爸對著電視大笑。「每個人都要來看。」他大喊。我們全都擠在那個閃爍不定的藍色螢幕前，那個螢幕是這個小房間裡唯一的光源。

記者訪問穆巴拉克：「談談你對薩達姆以前蘇聯的地對地 SS-1B/C 飛彈攻擊埃及來懲罰埃及與西方合作的看法？」

「讓他打我們吧！」他說。

「讓他打？」記者驚慌地問他。

「對，讓他打……他打不準的！」

爸爸笑到打嗝。媽媽檢視著我們的臉，好像她正在步入監獄一般。

「我們應該留在科威特。」她邊咬指甲邊說。「那樣會比較安全。」

「安全甚麼，瘋婆子，」爸爸說，「妳難道沒有看到那些火燒遍野的瘋狂景象？」他接著說：「我從來沒有見過這麼複雜的防衛法。『讓他打，他會打不準的！』他會打不準的！」爸爸在沙發上彎身坐著。

寒假開始的前一天，吉集在圖書館找到我，說她媽媽烤了青椒包肉跟牛排，問我要不要去她家玩。從伊拉克入侵之後，我就沒再吃過任何一片像樣的肉了。我跟她說我得打電話問爸媽，但是我打了電話之後，爸爸二話不說就反對。

「我們又不是乞丐，妳得回家溫習功課。」

「爸爸，這是一個月寒假前的最後一天上課，拜託啦！」

「不行。」

「我要去。」

「如果妳不搭上公車直接回家，好，妮達莉，妳一定會後悔。」

「我已經後悔了。對不起。」我說完掛掉電話。我要吃牛排。

吉集家的公寓位於艾力克斯市中心一棟高樓頂層的閣樓。她家的露臺面對日晷廣場與亞歷山卓大學。她坐在一張貴妃躺椅上，手裡拿著一杯茶，戴著一頂毛線帽，我則是倚著露臺的欄杆站著。

吉集的媽媽來喚我們吃飯，她爸爸——吉集叫他爸比——坐在餐桌的主位，一言不發。他吃的肉是她媽媽吃的三倍，她弟弟扭來扭去地嚼肉，然後吐出來又再嚼回去，並在餐桌下踢每個人的腳。我試著不要看起來像個剛結束絕食抗議的人，但是我口水都流出來了，我可以感覺到我每咬一口，口水就滿滿地包住每口肉。吉集的媽媽問我想不想念舊家。我不大常想這些，因為每次覺得那些回憶快要回到心頭時，我就拉開門背向它，我害怕回憶帶來的痛楚。所以我回她媽媽說：「想。」因爲這樣回答很禮貌。吉集在她的椅子上不自在地轉了身，跟大家說我媽媽是一個很厲害的鋼琴家，而且既然她家的鋼琴沒有人彈，媽媽應該要來她家教他們彈琴。這甚麼爛提議啊？媽媽一定會愛死這個提議，所以我討厭它。

「媽媽被我小弟搞的很忙，他是弱智。」我邊說邊拍頭。我很愛說謊。

吉集做了個表情瞇著眼睛看我，她媽媽抓著我的手，臉上帶著虛假的同情低下頭來。

我們在吉集的房間聽阿莫·迪阿柏⑫的新專輯，她問了跟她媽媽一樣的問題：我想不想念舊家，想不想念科威特？

我嘆了一口氣。

「我是說，」她繼續著，完全無視於談論家的話題讓我多痛苦，「如果我得跟所有人、跟我的房子、我的房間，以及我長大的地方說再見，我一定會很……傷心。」

因爲想著我有多想念家實在是太難受了，所以我改變了話題，我跟她說如果她想要

---

⑫阿莫·迪阿柏（Amr Diab）：埃及知名歌手，生於埃及的塞德港，從發行第一張專輯〈Ya Tareeg〉之後就迅速走紅，在埃及當地成為超級巨星。

讓阿紅印象深刻，她可以拿我來練習接吻。她跳開椅子，手臂貼在兩旁，一臉困惑。

「妳是說像莉琪（lizzies）一樣？」莉琪是最近有人開始用來稱呼女同志的字眼。

「不是啦，」我說，「我是說把我當枕頭練習，只是眞的有兩片嘴唇啦。妳不會惹上麻煩，因爲我是妳朋友。如果妳想練習，我無所謂。」

她低頭看著指甲，把手背翻過去，盯著手心看，然後又把手背翻過來。

「好。」她說。她把門鎖上，我站起來面向她。

「好，稍微打開妳的雙唇，然後靠在我的上面。」我說。

她靠得太用力了，她的牙齒撞到我的牙齒。

「噢嗚！」她說。

「沒關係，我來貼近妳。」我說。

我把手放在她結實的肩膀上，眼睛張開，她則閉上眼睛。不賴，我自己覺得。感覺像經歷了一場小型的朝聖，我在我們兩人的頭之間漫遊，像是我的腳變短了，像是我在夏天之後有另外一個家可以回一樣地跑下街道。我渴望再次回到那段時間、那個家。我想著那位於科威特的公寓，公寓門上鎖，沙漏那個集合公寓被遺棄了，沙丘像被催眠的墓碑，我們埋葬的那些貝殼、秘密書信、兒童餐附的玩具以及年輕時的回憶，在我們離開之後都成了遺跡。我想著那些隆起的山丘，沙子飄移到空中，像個過濾器一樣，把所有權從我們身上移到它們自己身上；野草叢生聚集就像個想要款擺腰枝的女人頭上的髒頭髮著火一樣；公寓門外跟露臺上花盆裡的花都枯萎了，茉莉花跟乾掉的鼠尾草葉也都空了；為了阻擋波斯灣油田漏起油來就像發生大災難一樣把長春藤葉都弄得滑溜溜的那些牆都泛白了；公寓裡面，我們做好的床還是好端端的在那裡，杯子一樣掛在櫥櫃上，乾燥的茶葉一罐罐在那裡；蟑螂在爸爸儲存麵包的鋼琴裡爬進爬出（如果沒有被洗劫一空的話），他從來都不記得要把這些食物丟掉；舊錄音機安靜得像週五佈道會中的男人；鳥兒掙扎著飛出波斯灣，趕在波斯灣的石油在牠們身上變乾變硬之前，或者不再滴到牠們身上之前，猛拍掉翅膀上的石油，就像擔心時間凝結一樣，然後旋轉落在我們的天井，死在腳踏車旁，那些腳踏車的齒輪像微弱的火焰一樣變成橘色了。

我們兩唇相觸，我撥開她的雙唇，直到碰到她的舌頭為止。我覺得像在夏天的沙灘上舔一支冰淇淋甜筒；法赫爾的舌頭還沒有這麼柔軟、滑潤或冰涼。她笑了，快速地轉動舌頭繞圈圈。我放慢速度，停了下來，然後再吸上。她小聲地啜泣了一下。我睜開眼睛，發現她的眼睛也睜開著。我伸出拇指把她的眼睛闔上，然後撫摸她一邊的臉，手指深陷在她那濃密糾結的頭髮裡。我親了她的嘴唇，很快地啄了一下，她收了回去，然後我用雙唇拉咬了一下她的下唇。我覺得我的內褲濕了，就像被我晾在潮濕的陽台一整夜一樣，我雙腿之間感到難受的痛楚，我試著不理它。我們一直吻到我的嘴唇覺得被電死了爲止，直到有人敲門問我們要不要吃甜點爲止。

我在心中不斷重覆播放我們接吻的畫面，試著釐清我同時喜歡男生跟女生意味著甚麼。喜歡男生已經夠糟！很糟、糟、糟，我也很糟，在爸爸一再地呼我巴掌、以腳踢我或是用他的室內拖鞋打我的時候，他這樣跟我說。不過，他覺得我很糟是因爲我沒有放學後馬上回家。但願他眞的知道！我蜷縮在地，或跑回我的房間，或者他用一隻大手抓住我、用另外一隻大手打我臉頰。對，我活該被處罰，我這樣想我自己，處罰我吧。我並不覺得痛，因爲那接吻的回憶，那讓我又回到舊家的回憶，這些回憶讓痛苦減輕並遠離我，像一根被拉掉的眼睫毛，又像是一團塵土，憂心脫離大地，遠離飢餓的水牛一樣。

「妳爲甚麼要違抗他的命令？」在我把一條冷毛巾敷上哭到紅腫的眼睛時，媽媽邊拍我的頭邊問。

「我想要跟我的朋友吃飯，難道犯法嗎？我從來沒拜訪過任何一個朋友。我們從來沒離開過這間屋子！爸爸讓我覺得自己像犯人一樣！」

「噓！妳瘋囉？如果妳這樣說，他會進來解決掉妳。」

「我恨他。」我說。

「不，妳不恨他。我們都正在度過一段艱困的時期。」

加墨爾以他那個青澀六歲小孩的方式，走進來遞給我一杯檸檬蘇打水。我親了親他那溫暖的臉頰，想要抱抱他。

「妳爸爸很想家，」媽媽說，「他想念他的生活、他的母親，甚至他那幾個姐姐。還有，他不確定我們的未來，女兒。他不知道他要做甚麼，不知道戰爭結果會如何，也不知道他是不是可以回家，去拿我們的東西或我們的錢，當然更別提他的工作了。」

「等等，」我說，「妳希望我現在去可憐其他人，而不用可憐我自己嗎？雖然我的瘀青好了，不過要我這樣做還是很難。過幾天妳再試試吧。」

加墨爾開始面向牆壁躲在床上啜泣。不知道我到爸爸那個年紀的時候會不會想念加墨爾，又或者等到加墨爾長大之後，會不會因爲想念我而打他自己的女兒。如果他眞的愛我，他就不會打女兒。如果他眞的長大了，他就不會愛任何人了。媽媽拿走我的毛巾，把燈關上。她警告我們不要說話，然後把門帶上，去看戰爭的新聞。

加墨爾和我在比我們身上的瘀青，它們就像是兩張不同地圖上的眾多轟炸點一樣。「這是爸爸的腳降落的地方，這是他的手掌轟炸的地方，這是他的室內拖鞋打落的地方，請注意沿著這隻手臂區域一連串的起爆點，還有我屁股上那些彈坑，看我這半邊屁股的營地已經燒到見底了。」我們咯咯咯地笑。加墨爾說：「有時候我夢到媽媽變成一個超人媽媽或是女巫，她的頭髮變成一條一條的蛇，她的胸部變成飛彈，來拯救我們。」

「繼續做夢。」我邊說邊搔他癢，直到他求饒爲止。我們昏睡了過去，我們將身體上的地圖摺起來放進那條殘破藍色毯子的微弱天空下。

寒假的第一週，爲了迴避爸爸的手跟眼神，我的頭低垂在餐盤上吃飯，沒有請他把總是放在他旁邊的橄欖油遞給我。媽媽整個早上都兩眼無神地發呆，整個下午則躺在前面房間的沙發上睡覺，看整晚新聞。我越來越喜歡軍歌，所以只要每個小時軍歌一出來，我就把我們房門鎖上，隨之起舞。科威特很快就會得到解放，我們隨時都有機會回家。我內心深處很清楚，我們再也回不去了。

我思念的物品：
我的舊立體音響
客廳的牆壁
我的床
媽媽的鋼琴
咋塔醬漢堡
法赫爾．阿爾丁

每個月初一的警笛聲

水塔

海灣

琳達。拉瑪。塔瑪爾。

學校裡那些靜止的動物

學校

外公軍中的一個老同袍打電話來：外公因爲停用胰島素，所以在過馬路的時侯跌倒了。他的朋友把他扶了起來，帶他回到位於恰比的公寓，外公在家裡服用了一些巴斯布沙[13]甜點之後，已經恢復良好。這個朋友打來是因爲知道外公自己不會把這件事情告訴我們，他朋友認爲我們應該要好好注意他。我馬上就自告奮勇提供這項服務。

「不行，」爸爸說，「媽媽可以每天下午過去看他。」

[13] 巴斯布沙甜點（Basboosa）：一種粗粒小麥粉的方餅，外頭裹上蜂蜜與檸檬糖漿，是很典型的中東食物。適合搭配土耳其甜咖啡或薄荷茶。

「我不行，」媽媽看著我說，「我在家裡還有事要做，我要照顧加墨爾、要煮飯給你吃，也要照顧我自己。她不用上學，如果她可以去照顧外公、跟外公住，對你們兩個人都好。」

爸爸有好一分鐘都不說話。最後他說：「就一個月。」然後嚴厲的看著我，「外公也會盯著妳，所以不可能讓妳到深夜還待在街上幹些不三不四的事。」

我想說：「對，爸爸，我想當婊子想的要死。」

媽媽跟我拿了一桶包了餡的葡萄葉以及一小袋衣服和書到恰比。外公從客廳裡望著窗戶，假裝在讀報紙。他的電唱機開著，放著蕭邦的某首曲子。媽媽把唱針從塑膠盤上拿開，親了親外公的臉頰。「你想聽現場演奏嗎？」她知道外公不會拒絕。她走進下一間房間，彈了蕭邦的降B小調第一號夜曲，從那一架長期走音的鋼琴彈出來的是降調沒錯，但不是小調。那次我沒有走出去到陽台上，因爲外面太冷了，還下著毛毛雨。我把外套吊在琴房旁邊的衣櫥裡，開始把我的衣服都拿出來放到媽媽的舊床上。我看到牆上有披頭四的舊海報、有一張媽媽獨奏的斑駁照片、有爸爸第一次詩歌吟誦的傳單，牆腳上還釘了一朵塑膠玫瑰花。不知道是不是爸爸送給她的。

媽媽離開之後，外公跟我聽著唱片，我擺好餐具準備吃午餐。「一定要等到我生病妳才搬來跟我住喔？妳這小鬼。」外公說。

「你也知道我爸，他不讓我來。我想要住在這裡，從這裡到學校只要短短幾步路。」

「也是，我瞭解妳爸爸那個人。」外公嘆了口氣，彷彿想再多說些甚麼，但是又吞了回去。

晚餐過後，他讓我跟他進行宗教的沐浴儀式，並在客廳裡進行禱告。電視上會宣布禱告的時間，從淸眞寺的尖塔也會知道禱告的時間到了，不過我通常把這些當做要起來做起司三明治或是泡茶的訊號。每次禱告的時候，我的心都在房間裡漫遊，思索著未來。我迫切的想知道我們未來會如何，在我身上又將發生些甚麼。

11 這是戰爭

聯軍每天轟炸伊拉克。每天，埃及總統都會說些蠢話。某天，他說，如果薩達姆願意取消轟炸，他會幫他塑一尊雕像，放在他的肩膀上，放在他肩膀上，帶他繞著整個主要廣場跑一圈。在他肩膀上耶！外公每天早上都到運動俱樂部打牌、玩西洋棋，和以前軍中的戰友話家常，然後再到清眞寺做晚禱。

我口袋裡帶著外公給我的十埃鎊紙鈔出門。我在舊的木製電梯前等了五分鐘，不過電梯來了之後，我反而猶豫該不該搭。因爲擔心這座老舊電梯會出意外，所以我一直以來都是爬樓梯上下。最後我還是進了電梯，先關上身後的鐵柵門，再關上木門，感覺像是把自己關進壁櫥一樣。我把鎖旋下，按了到一樓的按鈕。電梯裡瀰漫著像是舊俄羅斯娃娃身體裡的味道，那種木頭腸子發霉了，但是卻甜甜的味道。電梯軸慢慢往上捲起。電梯下降到樓與樓之間時，我都摒住呼吸，過了四樓之後，才轉身面對那面鍍了金框的鏡子。我想像著外婆去世當天，外公一定也搭了這座電梯，而外婆在去世之前也一定搭過數百回。一到最底樓，我跨過黑白相間的大理石瓷磚，玩了個遊戲，自我挑戰跳過那些黑色瓷磚。我一出這棟建築物，便看到落葉松在門口迎接我。

一般恰比的街道，尤其是連接奧卡夫大樓的街道，對流特別旺盛，冷風就像鬼魂一樣猛然掃過。小時候媽媽最喜歡嚇我，說這是所有想要把城市要回去的古希臘人的鬼魂，以及所有希望這座城市跟他們一起埋到水底的古埃及人的鬼魂。我把圍巾包住雙頰抵擋氣流，一直到我抵達濱海人行道時才放開，到濱海人行道之後，我又得與人潮對抗。

髒紙屑從地面上飛起，裹住我的腳踝。我沒有停下腳步，所以這些髒紙就自己飄開了。海浪相當猛烈，就像一個發怒的拳擊手直率地出拳一樣。一面黑色旗子高掛在旗桿上。我左轉走向這座城鎮的中心。到處都有人在販售掛在商店前面、擺在木製攤位跟手推車上的水果。我希望我們可以在這裡永遠居住下來。我走進一家賣紙的店，用手指摸了摸那裡的筆記本跟信封。我離開，卻又在那家店跑進跑出，像新娘瘋狂的媽媽跳著蕭邦的小狗圓舞曲一樣。我走進貝塔鞋店，又走了出來；我走進媽媽跟爸爸曾經跟我說過的那間他們喜歡的咖啡廳，大口喝完一杯熱巧克力，然後出來；我又走進一家珠寶店，試了幾個戒指，作勢要殺價，然後罵老闆是小偷、是混蛋之後，又走了出來。

回家的路上，我停在提雅農甜點店，買了烏姆阿里甜點[14]來吃。服務生把它裝在一個透明的小盒子裡遞給我，椰子口味的泡芙餅皮跟上面的開心果醬向我迎來。我環視了餐廳那幾面鑲金的漂亮牆壁，我想假裝成有錢人，坐在餐廳裡的某個位置，點一份小牛肉扇貝麵包，但是我沒有，我只是拿著盒子離開這間餐廳，想著原本的烏姆・阿里在飢腸轆轆的鄂圖曼國王到她的小鎮拜訪那天，她如何將廚櫃裡所有材料丟在一起，做出這道甜點。

位於聖瑪克的一家花店讓我想起外婆。媽媽總是讓我在這家花店下車，買要帶到外婆墳前的花。我決定進去看看。我買了一枝白色玫瑰，我知道我不能帶這枝花回家，因爲它很快就會枯萎。我走過了五條街到達希臘聯合公墓。一到那裡，我就跟警衛說，我沒有錢給他小費，我只是到這裡看看親戚就離開。他的狗朝我狂吠，他心不甘情不願讓我進去了。我還是怕他養的那群狗，所以我一路狂奔，經過或踩過那些墳墓。在公墓裡放鬆下來之後，我才發現我根本不知道哪一個是外婆的墳墓。我不會希臘文，我知道她的墳墓跟其他人的相比，就像是一個平凡不起眼的女孩一樣。在那裡的大多數墳墓都有精心打造的墓碑，有很大的希臘十字架，以及用希臘文寫在戰爭中去世的英雄故事。這些是男人的墳墓，接著是右手邊有光著身子的小天使雕像的嬰兒墳墓。外婆的墳墓又矮又小，只有一個簡陋的十字架。聽起來很糟——一個簡陋的十字架。我思忖著，如果回

---

⑭烏姆阿里甜點（Umm Ali）：「阿里之母」，傳統埃及甜點，跟北美的麵包布丁很像。

到以前把人釘在十字架上的年代，那些被釘上去的人是否曾經想過他們的十字架很簡陋；他們會不會想，「跟那邊那個人的相比，我的十字架好簡陋喔！」我想，跟那些小卒仔相比，比較大條的壞蛋一定是被釘上比較精緻的十字架。也可能跟我想的相反，他們因爲同情小卒仔，所以幫小卒仔做了比較漂亮的十字架也說不定？不過，我懷疑那些把人釘上十字架上的人眞的會有同情心嗎？

我找到外婆的墳墓了，因爲我看到外公在那裡，他已經搶在我之前到了。他站在外婆的墳墓旁邊對著墳墓說話。我很擔心打擾到他，所以轉身又跑起來，那群狗一直追我到大門口，警衛罵我是個瘋婆子。我跑出那塊墳地，繼續往前跑著，不知道甚麼時候會死掉。我也跑出了恰比，遠離了那些在風中掙扎的瘋狂靈魂。我把那枝白色的花抓到快喘不過氣來的胸前，順著電纜車行進的方向跑，上上下下經過幾個小山丘、經過幾座棧橋與電纜車道。我看到有個男生騎著腳踏車向我而來，於是我便往左邊跑，但是他也跟著往左邊騎，就撞上我了。

「你白癡喔！」我對他大叫。「你他媽的要騎到哪去啊？你覺得我看起來像是條馬路喔？我身上有漆那些上行下行的線嗎？眞是混蛋。」

「怎麼可能！」他邊說邊站直起來，把他的腳踏車從我身邊拉開。「是妮達莉？」

我當下知道沒有人會相信，因爲連我自己都難以相信。這算是巧合還是命運呢？一場這麼離奇的腳踏車事件，竟然讓在數百哩遠之外相識的兩個人遇上了，而且還是獻出各自初吻的兩個人，這可能嗎？

「法赫爾・阿爾丁？」我舉起手，他幫我站了起來。我低頭看著自己：我穿了甚麼呀？

「妳在這裡做甚麼？」

「我住在這裡啊。」我說。

「我也是耶！」他說。

「你從哪裡……你怎麼到達這裡的？從伊拉克還是從沙烏地阿拉伯？」

「從沙烏地阿拉伯。」他說，「開著我們自己的車，也帶了所有的家當。」

「你住在你們西迪咖博的公寓嗎？」

「對啊，」他說，「妳眞該死，把我這輛全新的腳踏車弄爛了。」

我看著那輛藍色腳踏車向外張開的車把，以及一圈白色邊的漂亮輪胎。

「我們住在很糟的瑪穆拉。」我說。他跟我開始往濱海人行道走去，腳踏車牽在旁邊。巷子很窄，牆壁上滿是亂寫的字跟塗鴉。

「住在避暑公寓？」他說。

「對啊。我以爲我再也看不到你了。」我說。

「我也是。」他說。然後上下搜尋著這條小巷。「我想吻妳。」他用力抓住我的手臂，到了晚上都瘀青了。他很快地親了我一下，然後像公車上的扒手一樣裝做若無其事地往旁邊看。

在埃及，在公共場所接吻是違法的。那些外國人——美國考古學家跟英國老師——都在街角、巷子裡跟沙灘上接吻，人們會把車子停下來，彷彿那些金髮碧眼的人是在大庭廣眾之下展示自己的明星。如果法赫爾跟我被抓了，我們可能會被打，也可能會被送到警察局去。

「別再那樣做了。」我邊說邊低頭看那朵被壓壞的玫瑰。

「那，如果我們都在同一個城市，是不是表示……」我們正在過馬路，這對任何一個亞歷山卓人來說都是近乎生死關頭的舉動，「——我還可以當妳的男朋友?」

「是，」我大叫，聲音壓過喧嚷的車聲、汽車音響聲、喇叭聲，以及人聲。

法赫爾跟我靠坐在欄杆旁，除了科威特之外，我們無所不談。他告訴我他在西迪白舍爾一家叫做「學界」的私立學校讀書的事，我跟他說我的英語女子學校以及吉集的事。不過我沒有跟他說我跟吉集接吻，我只跟他說阿紅的事。法赫爾聽了之後很想揍他。我們跟小販買了炒粉麵飯⑮來吃，吃完之後，我們兩個衣服上都沾了柳橙番茄醬。

冷空氣跑進衣服裡，我知道我得在外公開始擔心之前回家。法赫爾低下頭來用阿拉伯語喚我巴勒斯坦公主，然後跟我道晚安。

「我們得來計畫一下以後甚麼時候、在哪裡見面。」我說。

「要不要約在離妳撞到我的腳踏車幾哩之外的腳踏車出租行見面？」

「這不是你的腳踏車喔？」我說。

「當然不是啊。」他說。

我到家的時候，外公斜躺在沙發的一角打呼，我趁此機會坐進床裡，做著關於法赫爾的白日夢。當我想到跟他接吻的時候，便心跳加速。見到他的時候，他身上有一股淡淡的汗味，我喜歡那個氣味，那個味道讓我想要用自己的身體包裹住他。這個想法讓我臉都發熱了，於是我做了個深呼吸。

外公才打完盹站起來就摔了一跤，我手邊已經準備好烏姆阿里甜點來幫他恢復體力。我舀了一匙甜奶油到他嘴邊，他站了起來要我擺好餐具，這樣我們就可以像一般人

---

⑮炒粉麵飯（Kushari）：把飯、麵、黑扁豆、炸洋蔥、蕃茄醬混在一起，吃的時候可以依個人喜好加辣醬調味。

一樣吃飯了。

「我今天在公墓看到妳。」他說，舀了一勺蠶豆調味汁滴到鬍子上。

「我沒有看到你。」我說。

他盯著我瞧。

「好啦好啦，我也看到你了啦。」

「嘉麗法麗雅是我深愛的人，」他說，「過去的每一天我都思念著她。不必爲我擔心。」

「我沒有擔心你。」我說。「雖然，你應該去看醫生，拿點胰島素回來打。」

「如果這是上天的旨意，我會去的。你知道因爲戰爭的關係，妳又多了一個月的假期嗎？我聽到運動俱樂部的老師們談論這件事。」

「眞的嗎？」我說。「太棒了！外公，我要陪你住在這裡。」

「沒有人強迫妳走啊！」他笑著說。

「戰爭對學校的學生而言還不壞。」我說。

「但是對軍人跟護士並不是好事。」他依舊笑笑地說。

外公跟外婆邂逅於二次大戰期間一所希臘孤兒院充當的醫院。他到醫院鑑定傷勢，她也是，只不過他是跟那些受傷的人在一起，而她是跟那些治療傷病的人在一起，他是軍人，而她是護士。起初，地下室有幾十個結核病患者，外公並不知道外婆的名字。後來，他們開始交談，在醫院以外的地方約會。他們無話不說，他告訴她砲擊的事，她則跟他說醫生與護士的事，他們也會談論彼此的家人。沒多久，戰爭結束，結核病患者過世了，孤兒院也蛻去醫院的身分，外公跟外婆在來模車站的一棟政府大樓裡公證結婚。她穿了一條簡單樸素的裙子，手上捧著花。她信仰希臘正教的家人在婚禮中缺席。婚禮也沒有留下任何照片。

我一直都希望外公多跟我談談外婆的事，但是他卻只談戰爭跟革命運動。我們已經看完他從儲藏櫃裡挖出來的第五本相簿了，我的眼皮垂了下來。

「這張是那隻狐狸，眞是個賤貨！這是那隻熊，另一個爛人！這個阿穆爾……他是個大懦夫。只有炸彈開始落下的時候，你才會看到大家的眞面目。我們熄燈待在野地裡。炸彈開始往那邊落下，這是正常的——我的意思是說——這就是戰爭。阿穆爾卻像小孩一樣尖叫，跳來跳去，躲到沙袋下，跑東跑西的，完全瘋了！我很冷靜，妳知道的，他們現在可以跟我說：『伊拉克人正在發射核子彈。』我會說，知道了。就像那樣。我們盡量忍住不要殺掉他。我們又到了俄國，妳看，這是克里姆林宮」，一排穿著制服的男人站在雨中。「我們在那裡買了那些俄國娃娃，就是現在放在客廳已經破掉的那些。」

「這一張是停火協議代表到西班牙的照片，法蘭科那個爛人帶我們到西班牙照的。

「這張是我在我們南方家鄉拍的。站在我旁邊的那個男人幫我畫了一張我們家鄉正確的地圖。英國人在一八九八年畫過一張，但是我們又重新畫了一張不一樣的。妳知道嗎，大比例的地圖可以把人跟土地的關係說得更清楚。我知道在科威特的英語學校沒有教這些，因爲他們知道知識以及對空間的控制就是力量，而他們想要自己把持那種知識跟權力！所以在這張照片裡，我站在土地上，妳應該知道，畫成地圖之後，地圖的正確性通常取決於你的立足點。

「這張是跟我一起到美國的代表，我們去華盛頓，當時是一九六〇年代，美國民權運動進行到一半——妳知道那是甚麼吧？妳那些學校，那些殖民者辦的學校都教了些甚麼？——在民權運動最激烈的時候，埃及的華夫托黨人坐在美國華府的餐廳裡用餐，餐廳老闆跟我們說『有色人種要坐到那邊去』，就像是說『有色人種不能進來這裡』一樣。」外公學美國人講話的滑稽樣。「我們跟他說：『我們是埃及人，我們在吃雞肉。』他還是繼續說：『有色人種坐到那邊去。』我們拒絕站起來。這張照片是我們所有人在餐廳外面的合照。」

餐巾還圍在他們的襯衫上。

法赫爾跟我每天都約在腳踏車出租店見面——那個店老闆絕對是大痲瘋君子，而且他讓我覺得所有腳踏車出租店的老闆都是喜歡抽大麻的人——我們騎著一輛普魯士藍的腳踏車在鎮裡閒逛，偷文具店裡的報紙到咖啡廳裡讀，我們從來沒有付過巧克力牛奶的錢，我們把西洋棋盤拿出來放到一張紙板上，用閃亮亮的銅板玩西洋棋，可是總忘記哪一個銅板代表白棋，哪一個代表黑棋。我們還曾經假裝是一對孤兒兄妹，向在賣女性珠寶跟布料那一區逛街的女人乞討，然後我們用這些要到的錢到里奧多去看了一場超級難看的電影，結果我們待在電影院裡互相吸吻對方的臉達一小時又二十分鐘，直到戲院的接待員拿了一根棍子走過來打我們，把我們趕出戲院，在我們身後大叫，說我們從此不准再進到這家戲院爲止。我坐在法赫爾騎的那輛藍色腳踏車的後座，因爲下雨，所以他騎的特別久，我們身上乾了又濕，沒有被抓到。我喜歡沿著電纜車軌騎下山丘的那一段路，淋濕的衣服掛在胸前，衣服背後被風吹成波浪狀。我喜歡法赫爾的頭髮貼著我的鼻子，像串串黑色葡萄一樣。我看著那些經過我身邊的臉龐，以及在我左手邊玩躲貓貓的海洋，我聽著腦中美麗的和聲。我深吸了一口他身上的味道，以及我身邊濕氣所帶來的香味，這些混雜的味道與腳踏車的速度讓我覺得很有快感。我們在電梯裡、在廢棄的海灘小屋裡接吻，直到嘴唇發紫，直到晚禱的召喚響起，提醒我回家時間到了才停止。因爲怕我永遠再也見不到他，所以我把他的眉毛跟大鼻子都描繪在我的記憶裡了。

住在外公家的最後一晚，我在一堆圍巾跟披巾旁邊的衣櫃裡找到一本卡瓦菲的阿拉伯文譯本。外公禱告的時候，我讀了這本書：上帝一次又一次的拋棄了安東尼。外公在幾週前就已經放棄找我跟他一起做禱告了。每小時都有整點新聞，接著就會播放軍樂。科威特已經獲得自由了。爸爸要我回到瑪穆拉的家。學校兩天內就開學。我在腦海裡列出我喜歡跟討厭的東西：我討厭薩達姆、制服，我討厭可能被我唯一一個女性朋友叫女同志。我愛法赫爾、卡瓦菲跟外公……還有亞歷山卓的雨，我相信，亞歷山卓的雨搞不好也是男性。

我迫不及待地回到學校；我已經少聽了很多每天發生的八卦、錯過了去圖書館的機會，也錯過了聽吉集講阿紅的趣事，加上現在我還有自己的故事要說：法赫爾。當我對吉集談論法赫爾的時候，我注意到她眉頭皺了起來。她說：「妳的意思是說妳跟我一樣有男朋友？現在我們可以偷偷摸摸，拿對方當作藉口了。妳知道的，就是兩對情侶一起約會。」我覺得她的反應是她在吃醋。我不想跟他們一起約會，我確定法赫爾如果看到阿紅一定會宰了他。

下課時間，有個二年級的女孩來找我，說她是法赫爾的鄰居。「他要我把這個交給妳。」她說。「那是甚麼？那是甚麼？那是甚麼？」吉集跳上跳下地問。那是一張摺成三角形的紙，用膠帶封了起來。我撕開膠帶，打開那張紙，一直到裡面的文字出現爲止。

那是一封信。這封信寫得很棒、很甜蜜，我後來發現信的內容大部分是從艾爾酷傑⑯的作品抄來的，「我需要愛」。我有時候也用阿拉伯文回信，折成三角形傳給他，一直到他回傳一封折成八角形（賣弄）、以阿拉伯文書寫體寫的信來嘲笑我寫的阿拉伯文為止。

考試前的一個月，四月，學校宣布我們有三週的溫書假。

在我開始放長溫書假的前一晚，我們那支平常不會響的灰色電話發出好長的鈴聲，鈴聲與鈴聲中間會有簡短的暫停——表示這是一通長途電話。爸爸跑去接電話，靜靜地聽著電話那頭的人說話。掛掉電話之後，他走進房間鎖上房門，在裡面待了至少二十分鐘。我們站在門口等他再度出現。等他出來的時候，很明顯他已經哭過了。他跟我們說了那一年超過三十萬個巴勒斯坦人會對他們家人說的話：我們不回科威特了。科威特不要我們了；科威特不要任何一個巴勒斯坦人，或是有巴勒斯坦成員的家庭。薩達姆對巴勒斯坦人許了那麼多承諾，時常談論要開放耶路撒冷的門戶，而阿拉法特支持他。因為

---

⑯艾爾酷傑（LL Cool J），知名饒舌歌手，曾獲兩屆葛萊美獎，長期主演美國NBC電視網當紅喜劇影集《In The House》。

這樣，所以科威特人決定集體處罰所有巴勒斯坦人。我爸爸的工作許可證被無限期吊銷。他必須再擬訂別的計畫。

爸爸對我和加墨爾說：「我可以跟你們說你們未來會經歷甚麼。一九六七年我到這座城市之後，就再也沒有機會跟我任何一個朋友或任何我的隨身物品說再見。但我還是活下來了。而且活得很好！我最後也在這邊活得很快樂。我們是一個多麼幸運的家庭，我們是多麼幸運的人，可以在埃及生活！」他對我們敍述剛剛聽到的事，而且還要假裝不難過。都是爲了我們。這是幾個月來我第一次喜歡他。我往前靠過去，緊緊抱住他。

我很擔心爸爸。接下來幾天我特別留意他，看著他整天像小孩子一樣賭氣地穿著浴袍，鬍子長出來了，眉頭深鎖。他不太說話。到了晚上，他也沒有讀他那些書，只是坐在沙發盯著牆壁，要我們大家不要吵他。我早上起床的時候才聽到他要去睡覺。他睡覺的時候就不在我的視線之內，我擔心我們所有人。我們不能永遠住在這間避暑公寓，不是嗎？我們哪來的食物？我們怎麼活下去？

某天下午，我坐在餐桌前憑記憶畫了一張巴勒斯坦地圖，爸爸剛好拿著咖啡杯經過。他說：「妳還記得啊？」我點點頭，緊張地看著那張地圖，猶豫著不知道我畫得正不正確。我指著西邊的邊境問爸爸：「我畫的對嗎？」「誰知道呢？」他不屑一顧地揮著手說。

他走上陽台，陷進椅子裡。他手中杯子的蒸氣飄了上來，那張滿是鬍鬚的臉幻化成鬼魅。我小心翼翼地靠近他，我想要知道更多。

「爸爸，你說『誰知道』是甚麼意思？」

「噢，親愛的，那張地圖是某一年畫的。早期的地圖是不一樣的，之後的地圖就更不一樣了。」

「甚麼意思？」

「我的意思是……沒有辦法說出甚麼是眞實的狀況了。說不出家從哪裡開始，在哪裡結束了。」

我陪他在陽台吹了一會兒冷風。等我要起身回到屋子裡時，我注意到爸爸熱淚盈眶。

我把我畫的那張地圖拿回房間，快速地轉動我的鉛筆，把橡皮擦的尖端對著那張紙。我擦掉了西邊跟北邊的邊境。我擦掉了南邊跟東邊的邊境。我檢查地圖上還剩下甚麼：只剩下一頁空白，留給加利利。有好長好長一段時間，我一直盯著那張白紙邊緣的白色部分看。那張紙的白色部分跟我床單的白色部分混在一起了。「妳在這裡。」當我看著那張紙以及身邊所有東西時，我心裡這樣想著。很奇怪，我覺得自由了。

我花了十五天時間，每天早上八點到晚上八點，都待在廚房讀化學、數學、阿拉伯文跟英文。彷彿那些壞消息刺激了我，帶給我想要更加用功的慾望。

爲了躲避悲傷，我開始在複習歷史以及幫媽媽在蔬菜裡面塡料時創作音樂劇。我的創作是根據我一直在讀的蘇伊士運河啓用的新聞而來：我幫每一位受邀參加啓用典禮的人塡詞：埃及國王伊斯梅爾⑰、拿破崙三世的老婆——兒潔妮女王、普魯士王儲、澳大利國王、高提⑱與左拉，福羅芒坦⑲與易卜生。我讀過《玩偶之家》，所以我確定易卜生這部劇作會一直傳頌。然後我讓女王變成一個風情萬種的女人，在穆斯林跟基督徒的神職人員舉行宗教儀式期間與不同的男人睡覺。我也想要編一個類似一九五六年蘇伊士運河危機的故事，在蘇伊士運河又受到全世界矚目的時候，讓那些作家醉醺醺地大聲說出蘇伊士受到注意、迫使英格蘭進入埃及並洗劫埃及的資源和人民是一件丟人的事。

我希望我可以將劇本搬上螢幕，希望我可以舉辦試演會以決定演員人選（即使我早就知道阿紅適合扮演普魯士王儲，法赫爾扮伊斯梅爾）。威爾第的歌劇《弄臣》在阿伊達

---

⑰伊斯梅爾（Khedive Isma'il）：一八六七年，埃及總督 Isma'il 開始採用藩王（Khedive，凱蒂夫）稱號。

⑱高提（Thèophile Gautier, 1811-1872）：法國作家、藝評家。

⑲福羅芒坦（Eugène Fromentin, 1820-1876）：十九世紀法國藝術家。

歌劇院上演的時間恰巧是蘇伊士運河啓用的時候，我希望我音樂劇的票可以做得類似這部歌劇的邀請函一樣；最後這個想法讓我相信自己眞是個天才。我在甜椒跟南瓜裡塞滿食物，由於這些想像以及我缺乏睡眠的緣故，甜椒變成了高提，南瓜則成爲了福羅芒坦。

我沒日沒夜地進行這個劇本，只有幫媽媽做煎蛋或是到菜市場買新的乳酪跟麵包時才稍作休息。某一次買菜途中，我跑到市場正對街的中央車站付費電話亭打電話給法赫爾，跟他說我們不回科威特的事。他說他很遺憾聽到這件事，因爲我跟他說我好傷心。他問我會不會再回到科威特，我說，不會了。我叫他逗我開心。當時他正開始組合一架遙控汽車，他說已經等不及想要讓它跑了。我說我討厭他，因爲他是男生，他在組合遙控汽車，他很確定不管他想要怎樣都可以做到，而我當時正困在廚房寫劇本，以蔬菜當演員。「親愛的，對不起。」他聽起來很困惑。我掛了他的電話。

我往下走到靠近海灘的石板路，帶著一袋蔬菜，這些蔬菜是我未來的明星。我看著地平線，期待看到一條直線，然而我看到的卻是一條彎曲的地平線，像半個圓圈。我想起眼睛下面半圓形的東西，跟我家族裡其他女人一樣腫脹。我想到我家族史裡的所有大事件，發現全部都跟戰爭有關。我想像著如果戰爭不要出現在我的家族史裡，奶奶的爸爸就不會在第一次世界大戰時死於巴勒斯坦，她也就不會被賣給別的家庭，因而遇到我爸爸的爸爸。如果不是因爲第二次世界大戰，就不會有那個充當醫院的孤兒院，外婆也就不會遇到外公。我不知道我的未來裡還有多少戰爭，我的小孩——如果我有的話——會不會成爲戰爭的產物。我覺得很生氣，撿起了石頭跟小卵石丟到海裡。我丟得越來越用力，胡亂大叫了一場。海邊的大石頭上坐了幾個在釣魚的男孩，他們轉過頭來對著我笑。落日處於它那亞歷山卓式的炫耀狀態，留下茄子紫、芒果橘跟西瓜紅的條痕。

考試的那個早上，我們早該醒了，但是媽媽睡過頭，我也睡過頭，爸爸又因爲在想那個讓他昏了過去的替代計畫，所以也很晚才睡——或者說很早就睡了。我跳下床，又咒又罵的，連裙子都裡外穿反，也顧不得有沒有繫上領結了。加墨爾安詳地打著鼾，接下來三天他沒有考試。爸爸跑下樓去發動爲了送我去考試而跟外公借來的車子。我把一頭糾結亂髮盤成髮髻，鉛筆塞進裙子口袋，三步併作一步跑下樓。媽媽幾秒鐘之後穿著睡袍出現，手上拿了一個銅製的咖啡壺跟三個小咖啡杯。加墨爾在媽媽身後抓著她，他雖然穿著睡衣，但是也想跟來。

我們離開曼達拉的時候——孟塔沙公園在右手邊跟我道再見，緊接著是閃爍的海洋，以及在海面上上下躍動的黑色小海岬——交通相當壅塞，我確定我畢不了業了；我注定一輩子都要待在九年級了。媽媽倒了咖啡遞給我們每個人，爸爸瞬間一大口喝下。我們之中沒有人開口。我安靜地喝著我的咖啡，希望我喝完咖啡之後，媽媽可以幫我讀出咖啡杯裡隱藏的訊息。我希望她可以在裡頭看到一齣戲，或是新的家，或是一些訊號暗示我可以趕上那該死的考試，抑或是我們可以像一家人一樣。

車子靜止不動，沉默加劇。我開始擔心，因爲我確定媽媽、爸爸跟加墨爾都很擔心，擔心我們會像現在這樣永遠靜止不動，被囚禁、被困在一個地方，一個哪裡都不是的地方。

然後，就像一座燈塔或戰爭警報一樣，警笛聲出現在我們身後，我們可以聽到它的聲音比我們心中的想法更加響亮。警笛的聲音越來越響，一直到爸爸從他的後視鏡看到那是甚麼，像他最後想出他的計畫，坐得直挺挺的爲止。「對」，媽媽用阿拉伯語說，就像是支持他沒有說出來的想法一樣。裝著警笛的車子全速靠近我們左邊，它一通過我們，爸爸便催緊油門快速前進緊跟在後，就好像我們的生命全仰賴它了似的，我們看著那輛車子後方的照片，上面有一條蛇爬上漆成紅色的竿子，那是這座老希臘城市醫學之父希波克拉底的象徵。我們在市中心一路上跟著救護車，尾隨在它之後，只跟它保持幾隻手長的距離，我們全程都緊抓著座椅，保護我們寶貴的生命，我的家人跟我，不只是跟隨在災難之後，而且也追著災難而前進，感謝有此災難，依賴著它讓我們到達我們必須準時到達的地方。而且它也做到了。

12 宗教的榮耀

法赫爾很嫉妒我的劇本以及我有三週的溫書假，而且，從上次那通莫名其妙的電話之後，他就當我已經死了。我決定租輛腳踏車騎到瑪塔莎去向他求和。此外，我懷念接吻的感覺，不是因爲他，而是因爲接吻這個動作本身，就像一個人不是因爲某種特別的食物而感到飢餓，而是因爲沒有食物這件事而感到飢餓。

我們找不到任何一個無人之處：曾經荒廢的公園現在滿是從開羅來過夏天的人、母親與冬天出生的小嬰兒、已婚夫妻、戴著頭巾的女人，以及她們那些難以捉摸的男友。我想要找到一個可以躲起來的地方。法赫爾走在我前面一步之遠，他找到了一個無人的角落，我們花了半個小時才走到。我吸吮著他的雙唇，它們吻起來就像是西瓜籽那帶有鹹味的外層。接著，他脫掉上衣。

「我要把我的上衣脫掉。」我嘀咕著。

「好。」他眞的被我嚇到了。

我從頭上把上衣拉掉，站在他前面，站在角落裡，我光溜溜的乳房被海洋管理員在六〇年代放來減緩海浪撞擊的大卵石遮住（媽媽曾經跟我說過這些大石頭的用途。我懷疑她是不是也曾經光著身子躲在大卵石後面）。

「妳的乳頭是粉紅色的，」法赫爾看著它們畏縮地說，「我都把它們想成是褐色的。」

「你想像我的乳頭。」我說。

他又吻了我，但並沒有碰我的胸部。我用我的胸部去摩擦他赤裸的褐色胸部，可是他不懂我的暗示。

我等了幾週，接著，夏天已經過了一半，他還是沒有摸我的胸部，於是我抓住他的右手，把他的手掌放在我左邊乳頭上。這個動作簡直像是把水閘門打開一樣。我們邊接吻，他邊用手碰我的乳頭，雙手伸進我的短褲裡，他的手指像鈍鈍的石頭撞擊著我的內壁。我把他的手拿出來，跟他說我習慣在水裡做，他看起來很困惑，我告訴他關於浴盆的事。

「我的對手是一個浴盆？」他說。

「不是啦，是水。水很溫柔，而且持續不停地落下來。你要像水一樣。持續不斷且很溫柔。」

我們坐下來看海並聊天。太陽下山之後，我踩著租來的腳踏車回家（已經晚了兩天歸還，法赫爾試著說服我留下／偷走這輛車），很怕我會因爲晚還車而受到處罰，但是沒有人注意到我。我直接跑到浴室坐到浴盆裡，直到大腿麻木爲止。

我教法赫爾把手指放在那個讓我在浴室裡達到高潮的地方，然後快速轉動。他看著我的臉，讓我覺得好緊張。然後，我享受著他的觀看。他的兩根手指頭像兩條正在游泳的腿一般，溫柔地在我的生殖器上轉動著，直到我達到高潮爲止。這是我第一次在別人面前達到高潮。那種感覺就像是有個迷你小人在我體內打鼓一樣。

媽媽把電視搬到外面的陽台上，電視機的黑色輪子在白色瓷磚上擦出吱吱嘎嘎的聲音。媽媽打赤腳，腳上的紅色指甲油已經脫落，腳趾甲邊邊出現了一些討厭的紅色小皺紋。加墨爾靠著欄杆坐著，雙腳踢著陽台上已經出現裂縫的牆壁，爸爸陷在他那張坐墊都已經發霉的草椅裡。我坐在白色瓷磚上，挨著媽媽有著紅色皺紋的腳趾，我們隨意看著電視上正在播出的節目。爸爸還是忙著想新計畫；他丟出的申請資料沒有任何回音，他看起來像是一隻長毛松雞，時時刻刻在屋子裡的每個角落築巢、抱怨。一輛車子從底下的街道疾駛而過，車窗裡傳出又響又刺耳的埃及流行音樂。「畜牲，」爸爸朝車子的方向吐了一口痰。媽媽把電視的音量轉大，好壓過他那激動的聲音。一個太空人佔滿了整個電視螢幕，我們看不到他的臉，他身上穿著裝填墊料以防衝擊的衣服，很安全，且身體是倒過來的。我很羨慕他可以自由漂浮，不受限制地存在。一個紫色的星球在螢幕角落閃耀等待著。

接下來幾週，爸爸就是抱怨、閱讀跟思考，他越思考，就越看到那不可避免的、唯一的選擇：他要找美國的工作。

爸爸做了一個夢，那個夢讓他對他的選擇有信心。在夢裡，我們家人要求他幫我們找一個家。他回答：「我自己都沒有家，怎麼幫你們找一個家呢？」我們無奈地聳聳肩繼續拜託他。他抬頭看著天空，看到一個巨大的行星靠近我們。那是一個紫色星球。他領悟到爲了重新開始，我們必須搬到那樣遠的地方才行。他醒過來之後，馬上興奮地跟我們說了這個故事。

搬到美國的提議讓我很感興趣，雖然我也有一些異議。我以前總是在想，如果在我出生之後我們待在美國，我們會變成甚麼樣子，但是我們要回到美國的這個想法看起來總只不過是個夢，一個從來不會實現的夢。就像搬到紫色星球一樣。而且，常常當我騎著腳踏車到海邊，或是坐在沙灘上看著海水時，我都會懷疑是不是有人眞的會這樣做。

當我幻想著住在美國的生活時，我想像如麥桿一樣的黃色頭髮、衝浪板跟雪；我看到女孩跟男孩們手牽著手、分手、在公共場合接吻；我聽到搖滾樂、饒舌樂跟流行樂，以及一大群人搖擺身體唱著歌；我嘗試番茄醬、芥末醬跟美乃滋的味道；臭臭的街道、新的車子、偶爾出現的馬跟馬房、紙鈔跟培根。我試著想像那裡的學校，看起來像是我的新學校：有拱門、院子、舊書桌，也像我的舊學校：堅固的灰色沙質操場，但是我會在我的幻想裡加上一樣東西，那就是我自己對美國的理想標誌：隱私，它體現在各種衣物櫃上。鎖，一排又一排銀色的、閃閃發光的、誇張的方形置物櫃；上面附有鎖的置物櫃，有標籤跟標號的置物櫃，年輕人靠在旁邊、或砰一聲關上、或在裡面放滿他們想要放滿的東西。我試著想像我自己靠在置物櫃旁邊的樣子，但是我所能看到的只是我那頭蓬蓬的褐色頭髮，剪得難看的瀏海像遮陽帽一樣在我濃密的眉毛上面延伸，我細長的手臂掛著一件媽媽從商品目錄訂來的黑色寬鬆無領長袖運動衫：運動衫中間有一個短毛閃閃發光的小狗圖案，讓我看起來像個十歲小孩，而不是實際上將近十四歲的年紀。即使在我的幻想裡，在那個是我出生地的新地方，我看起來就像是個怪咖，我擔心我永遠無法融入那個地方，那個我只有在文件上隸屬的地方，只限於我那本小小的藍色護照。

爸爸是我們唯一一張可以進入美國的入場券，一想到他通常是我們離開一個地方而不是進入一個地方的入場券時，就覺得很諷刺。他花了大量的精力跟時間每天搭公車到市中心的咖啡廳作他的履歷表，他製作履歷表的樣子，就像他可能有另一個來生，在那裡，他不會在電纜車軌道旁遇到媽媽，他可以創作小說。他把自己完全投入到求職信裡，確定在某個地方、某個人讀到這封信之後會想要雇用他。

每天下午回家途中，他會在中央區停下來，買個三分鐘通話時間打電話到美國。他打給他在美國那些冷冷地否認認識他的老同事，他也打給其他牢牢記得他的那些人。他確實做了功課，買了各式各樣的報紙，打電話給各個公司跟承包商，以及建築師跟工程師。很明顯這些人沒有辦法幫他找到一個跟他在科威特同等級的工作，儘管如此，他還是相信他們會幫他找到一份工作。

離開咖啡廳之後，他跑到影印店，根據朋友們給他的號碼，去傳眞他那出色的履歷表、一些藍圖、所有中東建築雜誌報導他的新聞故事，以及他過去十年來的設計作品。這些準備過程似乎又讓他重新振作起來；他腳步輕盈地在屋裡走動，有時候掃視一下媽媽，在媽媽的深色臉頰來個濕吻。媽媽在他面前都表現出很樂觀的樣子，但是我聽到她在電話中跟桑雅阿姨說，她懷疑他是不是眞能在波士頓找到工作。她說的沒錯。

他在德州找到了一份工作。

那天晚上我們接過電話之後，爸爸、加墨爾跟我都坐在沙發上看埃及總統加墨爾・阿巴德・那塞爾舊的辭職影片。媽媽跟爸爸坐在陽台喝咖啡，討論爸爸新的工作邀請。我不想跟他討論這件事，因爲加墨爾和我很怕德州，怕德州的牛仔會用繩索把他從我們身邊套走，有可能永遠把他帶走。在他的規畫裡，我們會被放在哪裡？

「他是一個偉大的人。」爸爸在說賽納爾總統。

我們都望著街景；女人拍打著她們的臉頰，男人又哭又叫。

「阿拉伯人好情緒化。」我說。

「這跟情緒無關。」爸爸說。

「那跟甚麼有關？」

「這是因爲人們愛他們的領袖。」

「愛難道不是一種情緒？」

「是沒錯，但是如果說所有的阿拉伯人都很情緒化，這就是一種種族偏見。」

「我想這是一種好的特質。看看那些英國人，面無表情，人又無趣。我認爲情緒化是好事。」

「我們不情緒化。」他又再重申一次。

「那爲甚麼那個男人拍打他的臉還大聲尖叫？」

「因爲這些人知道另一個選擇是甚麼。這些人知道如果阿巴德．賽納爾離開，就會有其他笨蛋接手。他們不喜歡另一個選擇，那個選擇讓他們擔心。」

第二天早上，我的成績公布了，屬於我自己的好消息：我的成績排名在前百分之八，令人難以置信。我跳上跳下假裝飛出陽台。門房先生從他所在的公寓底層對著我笑，給我一個飛吻。我覺得自己既像超級巨星，也像觀眾。我很驕傲。去年一年嘲笑我的所有女生都會知道這個消息。然後，我也知道爸爸爲甚麼喜歡成功，因爲成功是一種證明。

電視上有爲這個國家拿到高分的學生舉行的慶祝活動，我們整天都在看這個節目。接著，他們又播出流行巨星阿巴德・哈利姆葬禮的舊影片。我們看到影片裡的女人把自己拋出陽台，男人又哭又叫，這次還有更多女人戳傷她們自己。

「這些人又怎麼樣呢？」我問爸爸。「他們也害怕另一個選擇嗎？他們會擔心，是因爲他們知道他們得聽哈桑・愛雅斯瑪雅跟瑪格地・塔拉特無聊的麥瓦利⑳歌嗎？」

爸爸臉色轉紅，嘴巴呼著氣，拳頭用力捶桌並大叫：「阿拉伯人不情緒化！」

「好啦。」我邊說邊咯咯地笑。我很滿意他的答案。

爸爸買了他一個人到德州的票。他在準備離開的七十二個小時前才宣布這件事。媽

---

⑳麥瓦利（Mawal）：指非阿拉伯人穆斯林。

媽很震驚：她難以置信離開這裡到美國，會比在附近找到一份工作、找到一個好地方居住、跟找到一架鋼琴還簡單。爸爸爲了慶祝他將離開我們，那個晚上，他帶全家人到位於阿布吉爾（Abu-Qir）的賽菲爾恩餐廳用餐，那家餐廳在東岸靠海，是家海鮮餐廳。在往那家餐廳的路上，我們取笑「阿布耳朵」（Abu-Ear）㉑這個名字。我叫它做「耳朵之父」㉒，我們也決定從此之後就這樣叫它。

我們點了海膽，當我們在上面擠上檸檬汁的時候，海膽上的毛快速飄動。我吃了一條烤魚，被魚刺梗到。加墨爾吃了圓麵餅淋白芝麻醬：他討厭吃魚。媽媽吃了兩打相連在一起像是西瓜籽的生蠔。爸爸對她眨眨眼說：「妳是不是想給我一個難忘的歡送會啊？」加墨爾跟我差點都要把我們吃進去的食物嘔出來了。

當所有的食物都收起來，伴隨著太陽跟晴朗的天空，所有的星星出來窺視時；當海裡的泳客更加喧囂，蚊子以幾近報復宣戰的方式向我們橫掃下來時；當爸爸抓著媽媽的

㉑作者把餐廳名字的發音（Qir）誤發成「伊爾」，即「耳朵」（Ear）的音。

㉒Abu 在阿拉伯文裡的意思是'father of'，某某之父的意思。作者在這裡用的原文是 Father-widn，widn 在阿拉伯文裡，是「耳朵」的意思。

手臂親她的臉頰，在她耳邊輕聲細語，然後望向我跟加墨爾，像是希望我們可以消失的時候，我相信這是我們跟親愛的爸爸的歡送會，是我們最後的晚餐。我想（或說我希望、我夢想、我害怕）我們永遠也見不到爸爸了。

所以當我們一起送爸爸到阿爾奴札機場，他下車走到車外對我們揮手說：「小鬼，很快再見囉！」時，我不知道爲甚麼我的胃逕自翻滾了起來，也不知道爲甚麼我把手握成像球一樣的拳頭。他的背影消失在人群中，我想像著他在機場被詢問好幾個小時（不然爲甚麼我們要在飛機起飛前五個小時就到達機場呢？），想像美國人永遠把他從我們身邊偷走了。如果他都不寫信來叫我們去找他怎麼辦？如果他遇上麻煩，在一場決鬥之後死在壕溝裡怎麼辦？如果我再也見不到爸爸又該怎麼辦呢？

我是車子裡唯一在哭的人。

爸爸離開之後最棒的事是我可以做任何我想做的事。某天晚上，我騙媽媽說我要到吉集家過夜，我縱容自己搭上一輛搖搖晃晃的橘色計程車到孟塔莎，這輛車子的皮椅跟司機身上都是煙味。我懷著恐懼與幻想，想著司機突然開進黑漆漆的樹林裡，在星空下強暴我。他沒有這樣做，我也忘了要給他小費。我走到私人海灘邊的圍籬旁，越過它，在沙子上踮著腳尖走來走去。現在不是開放時間，所以沒有人在玩水。我脫掉上衣跟短褲，把它們裹成球狀塞進我的高筒鞋裡，扔在沙灘上。沙粒又冰又軟，就像粗粒小麥粉一樣，我緩緩走進水裡；海水的黑暗吞食了我，我漂進水裡展現敬意，閉上眼睛聽著海水熟悉的聲音。在水面底下幾哩之外，躺著古代的殘骸，我假裝往下游向它們，游向那些沉沒的生物群、伊拉克力翁城跟卡諾伯斯城㉓，我摸到雕像的眼睛，看著他們瀕臨死亡的表情。我看到幾座粉紅色的花崗岩雕像，埃及豔后克利奧帕特拉的爸爸普托雷麥十二世的神像。我看到銀製餐具、鍋碗瓢盆、一九七八年拿破崙沉沒的艦隊，以及手上握著一個巨型大物的綠色雕像，一直到游近之後才看出那是甚麼，那是一枝筆。我再度睜開眼睛，離海岸只有幾碼之遙，法赫爾坐在沙灘上，他赤裸的上身面對著街道，他在等我。我在海中浮浮沉沉，後來決定出水去找他；他在我走出水面之前就看到我，跟在我後面。

我游離開他，於是他加速游向我；我沒有跟他打招呼，他也沒有，在無法繼續前進時，停下來用手撫摸海浪。我轉身看到他正在看我，一直到他站在我面前爲止。他還可以再接近沙地底層，接著我雙腳圍住他的腰。他把我捧在手裡，我親了親他那鹹鹹的嘴

㉓古埃及的兩座沉城。

巴，有著甜味跟海水的鹹味；他頂著我泳裝下半身的那裡漸漸鼓大。我在他身上磨蹭，接著，海浪溫柔地起落，他舔咬著我的脖子，我再次發現我有多麼習慣在水裡，而我身體裡的濕跟圍繞在我身邊的濕相互較勁著。

我坐在陽台，在她跟我說完那個消息之後，我完全困惑了。「我不能搬到美國。」我說。媽媽看著我，等著我的答案。「我沒有衣服穿，而且我的頭髮好呆！」我不想跟她說實話：我不想再搬家了；我不想要重新努力找到舒服自在的感覺；我不想要再失去那個家；我也不想要再從頭來過。

媽媽把附有輪子的電視機推到陽台，我們看第二頻道上演的葛麗泰・嘉寶的電影。我們喝著茶，在我睡眠不足，做著在美國生活的白日夢時，媽媽叨叨絮絮地說著我們搬家時得做的事。

我的朋友跟我總是認爲美國是世界上最冷淡的小孩，從來不承認我們的存在。當電影《開車執照》，費爾德曼跟海姆的精心傑作終於抵達科威特的錄影帶店時，我們對著同一幕一看再看，在那一幕裡，那個可愛的女孩（科里・海姆的角色喜歡的那個女孩）最後對她那占有慾強的男友說出：「這裡不是……科威特！」時，我們都很興奮聽到我們住過的地方——一個我們相信在世界地圖上只有一小滴口水大的地方——在一部美國電影裡被一個很棒的女影星說出來。我們都沒有停下來去注意這個地方是以負面的方式描述，她是在批評我們住的地方。還有，我們被注意到的這個事實！我們存在著！我們喜歡這部電影。美國確實眞的關心我們的存在，有時候這個事實讓我們覺得我們有存在的價值。

所以現在美國自己已經證明它關心科威特的存在，或者說，至少關心要控制住薩達姆與油價，現在它也爲科威特參戰，美國已經不像過去所表現的那麼難以親近。這就好像在中學時，一個很酷的小子走到你的桌子旁，幫你趕走欺負你的人。不必在意他幫你趕走那個惡霸，因爲你有一大缸子的資訊可以在考試的時候跟那個酷小子分享。整個學校的人都看到那個酷小子爲了你跟別人打架，現在，你也變酷了。你很重要。你存在著。

當我這樣想的時候，我知道搬到那裡是確實可行的。

媽媽花了好幾天的時間把行李收進收出。她沒有辦法決定該如何帶走的東西，就送給公寓門房跟他老婆。她嚼一堆口香糖，腳不斷輕扣著地板，充滿焦慮與無助。每當有人敲門或打電話過來，她便跳了起來。她邀請桑雅跟外公每天都過來喝茶，這樣他們就可以塡滿她的時間。她幫加墨爾作隨機的英文考試，以確定他可以趕上一般水準。爸爸打電話過來的時候，她問了爸爸數以百計有關我們新房子以及新城鎭等問題。

至於法赫爾跟我，我們每天下午都躲在樓梯井跟廢棄的海灘小屋裡接吻。在我離開的前兩天，他握住我的手說：「妳長大之後想要做甚麼？」「為甚麼這樣問？」我說。「因為到那時候我就不認識妳了，我想要能夠想像妳未來工作的樣子。」「我不知道。你想要做甚麼呢？」我說。「我先問妳的耶！」「我不能說。」我說。「跟我說啦！」他突然坐直身子，彷彿這個新姿勢更值得我告訴他我未來要做的事。「不行，」我說，「我會不好意思！」在他繼續問之前，我搔他癢，親了他。

在往腳踏車出租店的路上，他買了一串茉莉花環給我，給賣花環的小販整整一埃鎊。小販笑著為法赫爾祈禱，說他希望法赫爾的夢想可以成眞。我也是。我們租了腳踏車，騎上鋪了瀝青的木板路，躲開路上的女人、小孩跟老人，相互追逐對方，直到抵達人行道盡頭的建築物為止。我把手從腳踏車把拿開，風拍打著我糾結的頭髮跟我的茉莉花環，所以我身邊的每樣東西聞起來都香香的。

在我們歸還腳踏車之前，他突然拿出一枝麥克筆，把我的名字寫在他的腳踏車手把上。「把筆給我。」我說，然後把他的名字寫在我的腳踏車架上。「瞧，」我說，「現在我們兩個永遠變成我們曾經同住過的城市裡的兩輛腳踏車了。」

那個晚上，法赫爾喚著我的名字，他的聲音充滿急迫。他又問我一次，我長大之後要做甚麼；他堅持要我告訴他。我拒絕了，不過他說如果我不跟他說，他以後就沒有辦法想像我的樣子。

我從來沒有眞正大聲告訴任何一個人，因爲我不想被嘲笑，但是我說：「作家」，我的兩頰變得既紅又熱。他重覆一次我的答案，輕輕地說：「我喜歡這個工作，很適合妳。妳會寄妳寫的東西給我看嗎?」「當然，如果我有寫出任何作品的話。」我說。「好吧，那，」他說，「再見。」「嗯，再見。」我說謊，因爲不會再見了。

在我們趕去搭早班飛機的前一晚，外公過來跟我們道別，帶給我一份臨別贈禮：卡瓦菲的英文小說。我緊緊擁抱他，作爲謝禮。那天晚上稍晚時，桑雅也出現了，她、外公跟媽媽坐在陽台聊天直到天明。我對於外公還是這麼認眞參與聚會感到驕傲。因爲睡眠不足，所以我開始產生幻覺，拿我的筆記本朝牆上用力打了一隻飛蛾，卻錯把它當成蟑螂。

當我把筆記本從牆上拿開，我看到飛蛾金黃色的內臟——眞是漂亮的內臟。然後我看著那面牆，看著從一九八〇年之後在牆上被我們打死的蚊子所留下的血漬，那些血漬看起來就像逗號。因此，當媽媽、爺爺跟所有亞歷山卓人都在陽台上聊天的時候，我坐到沙發上，喝著桑雅幫我泡的茶，看著那面牆，幫那面白色牆上血漬形成的標點符號之間的空白處塡上句子。我確定該上床睡覺了，所以我親了桑雅跟外公，跟他們道晚安，帶著我的新書回到房間，翻到〈眞主拋棄安東尼〉。我讀著那些詩句：「當一個人長期準備著，並以勇氣為禱，被交付這座城市的你，這樣做是恰當的……」我讀著讀著，直到睡著。

第三部

一開始說這個故事時，我就知道我早晚會去德州，而我很害怕。……一旦到了德州，你似乎得花上一輩子時間才能離開那裡，而有些人永遠都走不掉了。

——約翰·史坦貝克，《查理與我：史坦貝克攜犬橫越美國》

13 找到中心

在我們全家「來美國」①之前，媽媽跟爸爸很喜歡說他們自己在一九七〇年代「來去美國」②的故事。我們穿著睡衣坐在地上啜著茶，他們兩個人輪流以英文講這些事。

「所以我們在哪③波士頓查理士河邊有一間公寓，住到美國的頭一個早上，你們爸爸帶我出去吃早餐。」媽媽以她那混著法文的埃及腔說。

「對啊，我們坐在一張大桌子前，女服務生過來問我們要喝茶還是咖啡？」爸爸說。

「我跟她說兩個都補要，請給我巧克璃牛奶，因爲我詳美國人喜歡，而且我也喜歡。」

---

①來美國（Amreeka）：一部阿拉伯電影的名稱，故事背景在美國紐約，講一個阿拉伯人家庭跟運毒犯罪有關的故事。

②來去美國（Come to America）：艾迪墨菲的作品，講一個非洲王子到美國找新娘所發生的一連串趣事。

③作者在這一段對話裡，故意用錯誤的拼音表達媽媽不標準的英文發音。其後發言同此用法。

「然後我說，茶跟咖啡都要。結果那個女服務生說，先生，你要茶還是咖啡？我說茶跟咖啡都要，她又接著說，不，是要茶還是咖啡。我說，兩個都要，茶跟咖啡都要。她說，妳不能同時要茶又要咖啡，你只能在茶……或咖啡當中選一種。我又說，小姐，我要茶跟咖啡，結果她說，嗯，不是茶就是咖啡，選一種。我說，在我的國家，我們在早餐前喝茶，早餐後喝咖啡，所以我茶……跟咖啡都要！」

「你相信嗎？」媽媽噘起雙唇驕傲地說。

「於是她猛嚼口香糖，轉身把兩種都拿給我，一杯茶跟一大杯咖啡，然後問我來自哪一個國家。」

「然吼，妳爸爸說：『海王星』④。」

「我想那個女服務生那一天應該會心臟病發。」

葛麗泰．嘉寶曾經說過，她從沒說：「我想要孤單一人⑤。」她只說：「我想要清靜一下」，以及「存在著天壤之別。」所以當飛機盤旋於高聳的建築物上方，那豎立在遠

---

④ Neptune，在英文裡指海王星，希臘文裡則是波士頓的意思。爸爸在這裡有故意逗女服務生的意思。

方美國州議會大廈頂端的雕像羞怯地消失之前，我見到了它；我也再次見到了位於我們下方那廣闊的海水，接著，我看到飛機跑道，再接著，就是美國，我期待會看到完全不一樣的景象。我以爲我會看到嘉寶式的魅惑與傲慢，但實際上每個人都很友善，長得也很平庸。我沒有在任何地方看到過我在典型肥皂劇中看到的金髮碧眼、身材火辣的美女，或是黑色頭髮淺黑色皮膚的時髦女郎。我在機場看到的男人，也沒有對他們的老婆大喊：「你會再見到我的！」然後就消失的無影無蹤。他們就像我們其他人一樣，一邊幫忙拿行李，一邊嘴裡抱怨嘮叨個不停。海關以「歡迎回國」問候我們，雖然我在美國出生成爲美國居民，但是我沒有任何過去短暫停留的記憶。接著海關很快地看過媽媽跟加墨爾的護照，問了他們一些簡單問題，他們沒有被問到像是「你現在身上有沒有攜帶大規模殺傷性武器」，或是「你是不是敵人同夥」之類的問題，而且也不用檢查全身有洞的地方，很快地就讓他們通過。「他們說以色列人從美國人那裡學會了一些花招。」媽媽用嘲笑的口吻說。這座機場比我以前到過的要豪華許多：挑高的玻璃天花板、閃閃發亮的地板，

⑤原文是'I vont to be alone.'，出自葛麗泰・嘉保在電影《大飯店》（Grand Hotel）裡的經典台詞。該部電影榮獲一九三二年奧斯卡金像獎最佳影片。

以及帶輪子的手推車。機場外出現了一些卡車跟汽車，我們瞥見爸爸坐在其中一輛車子裡。他的鬍子又長出來了，看起來彷彿他過去六個禮拜都待在機場接受訊問。然而並不是這樣，他看起來好高興。當我跑過去抱住他的時候，我都被自己嚇到了（而且我確定他也被我嚇到了）。

我從車窗往外望，被高速公路震懾住了。所有的車子都開在車道上，遇到紅燈就停下來，在這裡，那些紅色、黃色跟綠色的圓圈圈不只是參考用，也不是道路裝飾品。馬路很乾淨，隧道裡的塗鴉好漂亮，像朵被細心照料的花一樣。空氣中沒有垃圾的味道。一個女人正在穿越街道，也沒有人出來要跟她來個舒暢的愛愛。遠處有來自這個城市的燈光，它們就像數以百計的小天使身上的彩燈一樣，在我們頭上盤旋。

我們抵達新家了，那是一棟狹長的房子，蓋在離地面高一點的地方，你必須抬三大步才能站上前門門廊。新家位於離市中心三哩外一條短泥土路上（我稱它爲沙漠路），路上到處都畫了線，而且我又在路上看到了「孤星」的罐子，我想這一定是他們這邊喝的蘇打水。矮樹圍繞著我們，有些馬路是以岩石鋪成的，就像巴勒斯坦的馬路一樣。一條小河在城市裡偷偷探出頭來歡迎我們，而且就在這裡，在這個屋子旁邊，一條小溪像神祕的水龍頭一樣地流著。院子裡長滿一簇簇橘色與粉紅色花瓣的小花，接下來它們也會變成一般的花，而且聞起來有鼠尾草的味道。這些是馬纓丹花。羽扇豆將在年中以後開花，不過已經快要有開花的感覺了，就像樸實的螢火蟲零星閃爍著牠們身上的綠光。

屋子裡有兩台壁掛式冷氣機，媽媽立刻過去打開它們，她坐在旁邊像舉行一場祈禱會似的。這間花園住宅又大又漂亮，每隔幾碼就有供鳥兒戲水的水盆、樹幹彎曲的樹木、餵鳥器，人頭木雕像的燈座默默地從地上射出光來。屋子旁邊是一條水泥門廊，門廊的西邊有個小池塘，是以前一些嬉皮客挖掘出來的，他們倒了水泥、水、和紅色錦鯉到池塘裡。池塘後面有兩根相距十呎遠的柱子，柱子中間掛了一條繩子，我猜應該是晾衣服用的。洗衣機放在房子外的木頭涼棚下，露台的其餘空間有一部分被鋪了草的木頭遮蓋住，另一部分則以鋪了瓦楞的金屬物蓋住。

媽媽說她不喜歡這些蓋在露台上的東西。爸爸不斷跟自己說，也不斷跟媽媽說，這只是權宜之計。加墨爾在庭園裡找到一顆足球，他把兩根柱子當作球門，開始玩了起來。我坐在搖椅上欣賞錦鯉，想著牠們已經在這裡住上多久了。幾個月來，我第一次不再生出想念任何事物的念頭。我重覆著大師級電影《神秘約會》裡的台詞：「女孩會習慣這樣一個地方。」

不過後來我就進到屋子裡了。屋裡的房間很小。加墨爾跟我各自的房間位於這間房子的同一側，爸爸跟媽媽的房間及他們專用的衛浴設備則在另一側。房子中間是客廳跟廚房，通常混合使用。我跟加墨爾共用的浴室有一個歪斜的馬桶（我們習慣了這個馬桶之後，到學校去上正常馬桶時，總是差點跌下來）。浴室裡沒有浴盆。我覺得好驚訝。「美國人要怎麼清潔屁股呢？」加墨爾問。他也問了學校的朋友、問了雜貨店裡的人，尤其在家長會的時候他也問這個問題。

我想知道美國人怎麼自慰。最後，我發現可以躺在浴缸，把腳張開往上抬到牆上，這樣的話，水龍頭就可以跟肚子垂直，讓水聚積流進胯部以達到興奮的高潮。這麼做唯一的缺點是，如果媽媽在洗衣機裡放了髒衣服，這樣一來，高潮馬上就會無可避免地因爲胯部被烈焰所吞沒的那種感覺而搞砸掉。再者，也可以發展在浴缸裡達到高潮的權力議題：在浴盆裡，女生是處於在上的體位，但是在美國，女生必須在浴缸裡做，這樣女生就是處於下方，所以女生總是被掌控的一方。噢，好吧，之後再決定吧！這只是小小的代價而已。

在抵達之後到調整好時差之前，我們就開始探索這裡的生活方式。我們花了將近三天，到公車站牌了解公車時刻表。媽媽覺得很納悶，爲甚麼這裡的公車都很準時。埃及公車遵守的是嚴格的豆子時間表：公車到達的時間完全取決於公車司機甚麼時候拿到、或甚麼時候去找豆類三明治。在這裡，公車司機都會遵守時刻表，因爲他賺的錢的確值得他遵守公車時刻表。

在公車上，每隔十二點七分鐘，媽媽就得跟車上的乘客說一次，她不會西班牙文。她說完之後，車上的人便想知道她這個帶著兩個像英國或美國混血的小孩、身上戴著叮噹作響的飾物的辣媽，說的是哪一國語言，到底來自哪裡。媽媽會咧嘴大笑，說她來自埃及，然後他們就會一臉困惑，再問，哪兒呀？於是她只好問說：「尼羅河呢？北非呢？加麥爾・阿卜杜勒・納賽爾呢？」但是他們都搖搖頭，於是她又回到一般人的刻板印象，問：「木乃伊呢？」但是，這樣一來，他們以為她是來自有木乃伊的墨西哥某處，所以她最後跟他們說：「那，埃及艷后呢？」他們都笑了，拍打著大腿，然後說：「甚麼？她說她來自埃及！」

我們在校園那站下車，媽媽跟我說這裡也許就是若干年後我上大學的地方。我現在用一種完全不同的態度環視這所大學，就像一個男人打量著他訂了婚的另一半。爸爸跟我說過巴勒斯坦鄉村裡那些男人的故事，那些禿頭男又醜、又沒有牙齒、還超級胖，他們站在村屋裡，上下打量著女孩，彷彿那些女孩都配不上他們，女孩們頂了一頭似花崗岩或瀝青的黑髮，像一條鋪好的道路從灰白海鳥住的山區如瀑布流洩而下。我現在望著校園，納悶著我是不是會像那些不配得到女人的男人一樣，我也氣我自己如此主觀的判斷。妳的奶奶不會寫字，我在自己腦中大喊，而妳如此幸運竟然可以上大學。

到了夜晚，我醒來尋找房間裡的任何線索，想知道我人在哪裡：是在科威特？亞歷山卓？還是德州？這得花幾分鐘才能確定。我夢到大火以及俯衝而下的飛機；我夢到德州這塊土地裂了開來將我吞噬。當我醒來聽到蟲鳴鳥叫，我擔心這是不是暴風雨前的寧靜。我得提醒自己，美國是一個攻擊別人的國家，我待在這裡很安全，因爲美國強大到沒有任何國家敢侵略它。這個想法讓我感到輕鬆，直到我因爲自己待在一個從來沒有被攻擊過，卻總是攻擊別人的國家而有罪惡感爲止。

白人鄰居來拜訪我們，我對他們十歲及十一歲的兩個女兒說，我是埃及跟巴勒斯坦混血兒。她們眼睛眨也不眨地說：「我們是德國跟愛爾蘭混血。」結果變成這裡的每個人都是混血。我以爲這會讓我覺得很自在，但是我反而因爲自己不再特別而悲傷。

雖然媽媽跟爸爸試著讓我們在家裡只以阿拉伯語交談，但結果是他們對我們說阿拉伯語，我們則以英語回答。沒多久，他們也交雜兩種語言跟我們交談，出了家門之外，他們就必須說英文，只有他們的腔調能讓他們彼此爲伴。

高中生活的第一天像保齡球一樣逼近我們，我們希望它會洗溝。黃昏時我攤開四肢躺在屋子旁邊的草地上，看著黑色的鳥兒棲息在高掛的電纜線上，想像著牠們正在討論我們。天空像一面旗，純藍色上點綴著紅色線條。包裹住我的地平線像一輛遙遠的卡車緩慢地開往西邊。冷氣低吟成了背景音樂，媽媽跟爸爸待在屋子裡，如果他們吵架，冷氣低吟的音調就會蓋過他們的爭吵聲。我希望我不用上學，我希望我們可以買一些山羊、牛或是綿羊，我可以跟牠們一起待在屋外，任何可以避免遇到陌生人或是讓我不會在新學校裡迷失的事都好。不是我不習慣重新來過，而是我對我自己、我的外表、我的腔調，以及我的智慧沒有把握。我不確定是不是可以眞的再一次蛻變成功，我很害怕。在埃及讀書時，至少有制服穿，我不用擔心自己是不是穿錯衣服。就算發音不夠完美，我也可以用正確的腔調說話。但是在這裡，事情並非如此，我覺得大家好像期望我自己知道甚麼才是大家要的。這看起來似乎不是很公平。

住家附近有一座棒球場，每幾分鐘就有人大叫、有人歡呼，接著打擊手揮棒，我便可以聽到木棒擊中白球的聲音。我摘下一片樹葉含在口中，但是我只咬了兩下就吐掉了，因爲嘴巴裡有殺蟲劑的怪味道。沒多久，我牛仔褲坐的那個地方全都是紅火蟻，在那之後，我的屁股癢了好幾個小時。

在學校，我們每天開始上課之前都先點名；每個人都一起站起來背誦一些東西。我以爲那是一種禱告，所以我沒有站起來，在那之後，老師走過來暗示我。

「我注意到，」他嚴厲地對我說，「妳拒絕起立宣誓妳的忠貞。妳有沒有到辦公室塡一張『良心拒絕者』⑥表格？」

「一張甚麼？」我顫抖著問老師。我想我遇到麻煩了，而且現在才早上七點四十九分而已。「我很抱歉，我不想禱告。」

「那不是禱告。不，那是顯示妳愛國的一種表現。」

接下來幾週，我漸漸習慣宣誓；之後，某一天，雖然我不想要這麼做，但我還是行禮如儀。這不是因爲我不愛國，我只是真的真的覺得很困惑。

很多事情困擾著我。爲甚麼電視上有那麼多廣告？在科威特跟埃及，會有一個廣告時段，你可以選擇不要看。甚麼是日光節約時間？這是不是表示我必須在學校多待一個小時？甚麼是「標籤拍賣」⑦？爲甚麼有人要買標籤？甚麼是「歸鄉」(homecoming)⑧？這是不是政治活動，爲甚麼大家都叫我要投票選「皇后」？甚麼是「將士陣亡紀念日」、

---

⑥良心拒絕者：由於道德或宗教而反戰的人。

⑦標籤拍賣(Tag sale)：大家把自己家裡不要的東西，標上想要出售的價格標籤進行拍賣。即賣主自己販賣東西的跳蚤市場或二手市場，有時候會聚集在停車場進行，有時候則擺在大草坪上等待有緣人。

⑧homecoming：美國高中生畢業之後返校參加的「返校節」，通常會選出舞會皇后。

「退伍軍人節」？爲甚麼有這麼多特殊節日？提醒禱告時間到了的哨子聲呢？我沒有在任何地方聽到過。我有一個曾經住在機場旁邊的朋友，她搬家之後，無法忍受聽不到飛機聲。這就是現在發生在我身上的事，只不過不是飛機聲。我想念好多好多來自「家鄉」的東西，讓人難過的是，我開始忘記它們長甚麼樣子，也忘記哪裡是眞正的家了。

下課時間以及午餐時間，大家坐在活動中心裡，這個活動中心就像一張世界地圖：搭乘BMW或是日產 Pathfinder 車出現在學校的有錢白人小孩坐在左上方；搭地鐵到學校的那些沒錢的白人小孩坐在右上方；看起來像同志的白人小孩坐中間（旁邊坐的可能是法國小孩）。然後，黑人小孩坐在下面中間那一區；拉丁小孩坐在下面左邊的位置；右邊坐的是一群書呆子。我發現沒有人對我從哪裡來感興趣，因爲這所高中裡的人不問：「妳從哪來？」她們問：「妳坐哪兒？」

我背著背包坐在洗手間裡，媽媽前天晚上幫我做好，裝在特百惠牌便當盒裡的午餐安穩地平放在我大腿上。在學校那張世界地圖上，洗手間位於南極。

我最喜歡進階英文課——我唯一上的一堂進階課。我們讀《紅字》、《紅色勇敢勳章》、《但丁神曲地獄篇》，以及《十日談》，做爲一個書呆子，我往前跳去讀那些學校認爲對學生而言太過淫亂的章節。我喜歡那個已婚女人坐在大桶子裡邊跟情夫打砲邊和老公說話，而她老公卻不以爲意的故事。我第一次讀這個故事是在上課的時候，我希望當時在洗手間裡就有一個浴盆，這樣我就不用盡速跑出去自慰，我的陰蒂腫得像個梅子一樣大。

英文女老師巴查尤德跟我說，《十日談》實際上是受到阿拉伯古老傳說啓發而寫成。「眞的嗎？」我很想知道。「眞的。」她說，並要我在讀完《十日談》之後，模仿這本書，寫個故事給她，做爲下一次的作業。這個作業很棒，因爲我想要寫個故事，講一個埃及女人在大桶子裡跟某個男人打砲的同時，她老公就站在桶子外面。

回家之後我躺在床上自慰，但是我沒有想到法赫爾．阿爾丁；我想到的是法蘭基．梅迪納，在第五堂基礎數學前的下課時間坐在我旁邊的男孩。梅迪納長得很高，棕色皮膚，穿著寬大的褲子，看起來褲子好像隨時會掉下來，露出裡頭的四角褲。他總是對我說「嗨」，但是從來不會跟我要作業去抄，不像另一個男孩唐納總是要抄我的作業。他有一頭又黑又茂密的頭髮，一雙綠色眼睛，就阿拉伯人的標準來說是綠色的，但是我猜在美國會被當成淡褐色。

爲了不再被排擠並開始跟世上的其他人一起吃午餐，我得像在埃及跟科威特一樣，成爲一個有趣的人。美國青少年跟其他地方的青少年沒有太大差異，從這點我可以推斷，他們也不像我在成長過程中所看的《朱門恩怨》裡的人那樣難搞，或是冷漠到難以接受的地步。我必須參與這個世界。

在我還小的時候，爸爸拿他講的某個沉悶的巴勒斯坦故事，向我解釋他的家鄉之所以騷動不斷，是因爲它是世界的中心，當我臉上閃現不可置信的表情時——即便我當時只有八歲，我也完全注意到那不是這個小地方騷動不斷的原因——他會抓住我的手臂，把我用力推向地圖上巴勒斯坦的方向，叫我抬頭看看巴勒斯坦，看它如何立在世界的中心。當然，在地圖上，它是位在中心沒錯，但是世界不是圓的嗎？有時候我替爸爸感到憂心，他蓋房子，而且也是一個成人，難道他不知道，任何一點都可以作爲世界的中心嗎？

當我站在樓梯最上方環視學生中心，試著找出巴勒斯坦應該位在哪裡時，這個回憶在腦中快速閃過。我看到一張被學生丟棄的棕色桌子，便往那張桌子走去，急切地希望沒有人搶在我走到之前去使用那張桌子。我拉開椅子坐下，拿出《十日談》開始閱讀。一陣怪味道從咖啡廳飄過來我這邊，我盡量當作沒聞到。我也努力的不要去看那對其實正在我下方兩張桌子底下打砲的情侶。我四處張望找尋老師，希望有個老師從暗處裡走出來，手上拿根大棍子，懲罰這兩個傷風敗俗的學生。不過我笑了，我對自己說，妮達莉，妳現在已經不是在科威特或埃及囉！

「喲，妳笑甚麼？」一個留著棕色長卷髮、穿著籃球衣的瘦小女孩試圖想要站得比我高。

「我剛想到一些事。」

「哦，這樣啊？」

「是啊……我在家鄉時所發生的事。」

「妳的家鄉在哪？」她現在興味盎然。

「很遠的地方。妳不會知道。」

「妳說說看啊，看我知不知道。」

「埃及。還有，科威特。」我說。

「見鬼了，妳從那裏來？喲，卡蜜拉，卡蜜拉！」她大喊另一個女孩，那個女孩坐在另一張桌子前，臉色蒼白。

「幹嘛？」

「這個女孩來自埃及。」她轉身看著我，「卡蜜拉來自克羅埃西亞。妳們兩個應該聊聊。」

「那根本不是同一個地方。」卡蜜拉跟我同時對那個瘦小的女生說，後來她告訴我們她叫迪蜜。

「幹，不好意思啦。妳叫甚麼名字？」她問。

「妮達莉。」我說。

「好，達莉，過來跟我們坐吧。」我已經挪過去了。「沒有人用那張桌子，那張桌子被詛咒了。」

「爲甚麼？」

「因爲以前坐在那裡的小孩，對，四個小孩，好像是八年前，搭同一輛車，車子衝撞……」說到這裡，她的小手用力拍打桌子，「到一棵該死的樹，對，他們都死了。所以那裡沒有人坐，因爲他們的鬼魂還掛在那裡，那就是他們鬼魂所在的地方。」

「眞是可憐。」我又瞥了一下那張桌子，有點希望可以看到白色的鬼魂。

「我告訴妳甚麼叫可憐，妳身上穿的那些他媽的破爛衣服才叫可憐。」

「迪蜜，別說了。妳眞殘忍。」卡蜜拉說。

「妳知不知道哪裡有那種不錯的店，可以買到一整套很讚但是不會很貴的衣服？」我說。

女孩們大聲呼氣。

「知道，我們會帶妳去一家店，去買一些酷衣服。」卡蜜拉最後這樣說。

我不知道我們後來模模糊糊說了甚麼，但是每隔幾分鐘，她們就糾正一次我的英語。

「她說話的方式就像在上公共廣播電台一樣。」她們這樣說。一開始我以爲她們覺得我話太多了，因為在埃及，如果想要取笑愛說話的人，妳會說：「她是一個廣播電台！」但是在這裡，她們指的是我講話的方式像國家廣播電台裡的白人女孩，很無趣，而且不帶一絲感情。我記得在埃及的時候，我聽著美國之音，試著像電台裡的女孩一樣地說話。我也記得在埃及，語言充滿了歌曲、輕快的旋律，以及動聽易記的樂曲變化。在當時，以及若干個月之後，我希望我可以把我以前的風格、我說話的方式以及我習慣的手勢都轉譯成英文：轉譯我自己。

當最後一堂課結束後，鐘聲發出刺耳的聲音，卡蜜拉跟迪蜜正在跟我攀談，她們已經準備好要帶我去買衣服了。

「不過我得先跟我媽說一下，她在外面等著接我回家。」

「妳不是搭公車喔？」她們問。

「我媽喜歡來接我。」我說。

「好的。妳覺得妳媽會願意載我們到那家店嗎？」

「呃……我想她會。」

當我盯進打開的車窗，把媽媽介紹給這些女孩時，她看起來出乎意料的高興。

「好，好，當然，我們去那家店。」她說。

媽媽待在購物中心裡的鋼琴旁邊等我，鋼琴就放在電扶梯旁空闊的地方。旁邊的長階鋪了地毯，看起來就像是體育館裡的座位。媽媽試著弄清楚她能不能彈那架鋼琴。迪蜜跟卡蜜拉滔滔不絕的談論男孩以及他們那些壞掉的車子。她們陪我走進一間男裝店，拿了兩條牛仔褲在我腰邊比著。

「對呀，試穿看看。」

「這些很不錯。價位負擔得起，腰間以下很合身。」卡蜜拉說。

我試了，雖然兩條褲長都是三十吋，不過我同意買下這兩條。

「現在我們到『救世軍』去。」

「軍隊？」我很驚慌。「爲甚麼？」

「不是軍隊啦，妳瘋了喔，是『救世軍』啦。」卡蜜拉說。她拿出一根香菸。

「他們賣便宜的二手衣。」迪蜜邊說邊幫卡蜜拉點菸。

「妳抽菸喔？」我問卡蜜拉，我怕媽媽看到她抽菸，會因爲她那被燻黑的肺臟而處罰我。

「妳要來一根嗎？」迪蜜問我，邊拿出一包 Newports 牌香菸。

「我不要！」我說完之後大叫，「如果我媽看到妳抽菸或聞到菸味一定會很生氣。拜託快熄掉，拜託！」我不斷跳腳，像個想尿尿的六歲小孩一樣。卡蜜拉面無表情瞪著我。

「妳沒聽到她說的嗎？」迪蜜奪走卡蜜拉嘴上叼的香菸，丟到購物中心外面填滿沙子的菸灰缸裡。我納悶著那些沙子從哪來，是不是從我家那棟舊公寓旁邊的沙丘進口來的。舊公寓的樣子閃過我心中，但是我把它扔出去了，就像卡蜜拉被扔掉的香菸。

「沒聽到，她說了啥？」卡蜜拉說著，明顯不爽。「聽起來像在說莎士比亞或是甚麼鬼東西一樣。」

「她說她媽媽不喜歡她跟抽菸的人混在一起。」

當我們走近購物中心，我聽到了對〈縱橫宇宙〉⑨的詮釋：一點點約翰的調調，一點點林哥的調調⑩，一點點我那瘋狂媽媽的調調，以及她那埃及式的節拍。媽媽把她的手放在鋼琴上，不可能拿開。購物中心的經理，穿著制服，看起來一臉疲倦，頂著一大片禿頭，形容枯槁，站在媽媽旁邊，雙手交叉兩眼斜視。每隔一段時間，我就看到他裝腔作勢地跟媽媽說話，我走近之後發現，他說的是：「臭婆娘」，然後，「我跟妳說我沒有要雇用人。」卡蜜拉跟迪蜜坐在看起來像是體育館板凳的地毯階梯上。等媽媽彈完，她

---

⑨〈Across the Universe〉，披頭四的歌曲。

⑩指約翰（John Lennon）跟林哥（Ringo Starr），他們都是披頭四的成員。

們都鼓掌叫好。媽媽看著那個男人對他說：「誰說甚麼雇用的事了？我只是想要偶爾進來彈一下而已，也許一天一次。免費的！」媽媽笑著說。這是她的理論，她認爲只要免費，美國人就會接受或做任何事。「相信我，」我們一開始搬來時，她說，「如果你免費給他們平淡無味的蘇打水喝，他們就會喝；如果你跟他們說可以免費看一場大屁股辛納屈的爛電影，他們就會看；如果你試著賣給他們一袋薯條，加量百分之五十不加價，他們就會買。不必在意貪心的公司決定用裝六盎斯薯條的舊袋子去裝加量之後的薯條。大家還是會買。」

媽媽的理論這次行不通了；我從那個男人的表情就可以看得出來。媽媽錯了。我想幸災樂禍。但是接著他轉動眼珠，說：「好。」

「恭喜！阿墨爾太太。」那兩個女孩對媽媽說，媽媽跟她們說，她是古恩蒂太太。

「妳爸媽離婚喔？」她們問我，我搖搖頭。

「在我的國家，女人不會改變她的姓，」媽媽說，「但是她的小孩會保留爸爸的名字。比妳們所認知的更具有女性主義意識，對吧？」

在車裡，當我跟還很興奮跳躍著的媽媽說我們要去「救世軍」的時候，一片陰霾偷偷潛入奧斯莫比爾車裡，在我們頭上威脅著不肯離去。我們用阿拉伯語爭執了十五分鐘，「我們在這個國家並不是乞丐」，以及「如果我們買不起新衣，就應該每天都穿一樣的衣服」，那就是她一直在做的事。日復一日，她總是穿著一件滑稽的裙子，看起來就像是用剩下的窗簾布做成的。我這樣對她說。她說：「風格是很個人、是見仁見智的。」「就像每個窗戶也都不一樣？」⑪我這樣說，她差點就要在我剛交的搖滾巨星新朋友面前賞我巴掌。

第二天到學校，卡蜜拉想知道爲甚麼媽媽不帶我們到「救世軍」，我跟她說那是因爲她覺得如果我穿其他人的舊衣服，會很容易傳染到他們的病。「她認爲把衣服丟掉的人都有病。」

媽媽遇到住在離我們三條街遠的一個黎巴嫩女人，她有兩個兒子，一個念萊斯大學（他是個敗筆），另一個念史丹佛大學。媽媽幾乎每天晚上都泡土耳其咖啡給她喝，幫她算命。她們討論一起開店，在大馬路上開一家小餐廳。其它鄰居也幾乎每天晚上都帶一瓶東西過來：有德州紅酒、便宜的紅葡萄酒、威士忌、Shiner 牌啤酒或是孤星牌飲料（我

---

⑪主角的母親說風格是 from person to person，主角因為覺得母親的裙子像窗簾布做成，所以她說 from window to window。

很快就發現這不是蘇打水，但是有些人把它們當水喝）。爸爸從來不出門，也從不交朋友。他說他對交朋友不感興趣。他的名言又出現了：「我們來這裡是要受教育跟賺錢，不是來交朋友。」媽媽是來這裡交朋友、過生活的。她收下了那些瓶瓶罐罐，當場把它們都打開（除了六箱堆在水槽下面的孤星牌飲料之外），邀請這些貼心的朋友跟她一起坐到錦鯉池旁，最後介紹她的水菸筒給他們看（她從亞歷山卓一路帶過來的），塞了蘋果味道的菸草進去，爲了讓他們感到驚喜，她拿了一塊煤炭把水菸點著。她吊起一盞盞小燈，在花盆裡種百合花，以她新近學到的溫柔態度把這些百合花盆放進池塘裡。她甚至還買了塗鴉粉筆，鼓勵我們在水泥露台上作畫，讓露台看起來更吸引人。她盡其所能的除草，而且每當跳蚤趁機跑進屋子無情地咬我們，在我們雙腿下方留下一道粗粗的紅色標誌，她就跟鄰居借除草機，並用一種古怪的殘暴方式噴灑粒狀的跳蚤殺蟲劑。媽媽就像池塘裡的百合一樣盛開著，而爸爸則像雜草一樣地枯萎。

某天下午，我看到她拿了一枝變短的藍色粉筆（我用它在修補過的遮陽篷角落做一點「天空效果」）用舊式的畫法畫了一朵蓮花，她先畫外面的花瓣，最後再填入更多的花瓣，「就像我們家鄉的蓮花，像長在埃及阿斯旺的那些蓮花。記得嗎？」我點點頭。我想問她是不是想家了，但是她彷彿能讀懂我的心，她說：「我很高興我們待在這兒。從我年輕的時候，我就一直想要離開埃及跟科威特，去看看其他地方是不是有不同的生活。

我確實看到了。」她畫完了，對我眨眨眼。

早上，一朵眞正的百合花跟蓮花飄在池塘上。爸爸試著解釋，「這一定是很久以前住在這裡的那些嘻鼻種的。」（他還是沒有辦法發好那些帶有「皮」跟「鼻」的音，他還是會擔心他老婆的迷信傾向），但是百合花得意洋洋地飄在媽媽的粉筆畫旁邊。

我發現那天早上稍晚的時候，她坐在前面台階上，用同樣一枝粉筆胡亂畫著一架鋼琴，當我問她在做甚麼時，她說：「看，妮達莉，我要跟妳說爸爸的媽媽的故事，甚至連妳爸爸都不知道。這是一個女人對女人說的故事，所以她告訴了我。

「妳知道嗎？她媽媽把她丟給某些人，在年輕的時候，她就爲這些人工作，有一天，她因爲汲水而打破水桶。她沒有辦法讓水桶復原，那時候她很年輕，愛做白日夢，所以……她在岩石上用一塊薄薄的小石頭畫出一個水桶，彷彿這幅畫可以取代破掉的水桶。可是第二天，新的水桶就出現在那了。」

我不想相信她說的，但我還是信了。

「因此她看到這是個好機會，所以她就畫了一個男人站在她的窗邊，以爲那個男人就會來到她身邊，結果來了一個女人，是她媽媽……所以奶奶就幫那個男人畫上男性生殖器，一個很大的雞雞，好讓眞主或任何幫她實現願望的人知道，她要的是個男人。

「每天晚上，妳爺爺都過來找奶奶。妳爸爸不知道這個故事的原因就是因爲妳爺爺有一個很大的雞雞。妳懂嗎？」

「我不想聽爺爺的雞雞啦！」我覺得很噁心。

「笨女孩。」媽媽說。

「不，媽，我很高興妳跟我說這個故事。」

她的圖也畫好了。

當所有的植物都種到花盆裡，最後一隻跳蚤也被殺死後，媽媽在跳蚤市場買到一架老舊的二手鋼琴，然後以某種方式讓那個可憐的老頭半價出售（定價已經低到兩百美元了，但是她以九十美元成交）。那是一台 Bush & Gerts 牌鋼琴，你所能找到的最重的鬼東西（當然），動用了十二個成年男人、一台手推車跟一輛卡車搬運（媽媽在二手市場上懇求他們幫忙，而且媽媽得在至少三個願意幫忙的男人面前佯裝她是墨西哥人），等到那個可怕的怪物被搬下車，通過那些台階（在台階上有一張粉筆畫的鋼琴），放置在窄小的客廳裡時，媽媽砰的一聲打開四十八瓶孤星牌飲料（給辛勤工作的男人喝的飲料）作爲謝禮。

我坐著看她，嫉妒她怎麼這麼容易就可以在這裡生根：我，覺得自己四分五裂，就像被摘走的樹枝末端一樣。我甚至得對自己說話，跟自己爲伴，敍述自己的變動。用這種方式，我變成了她，我變成了妮達莉、妳或是她。

14 妳是個剛搬到德州的十四歲阿拉伯小姑娘

那年秋天，妳隨著家人搬到美國，被診斷出患有肺結核，那位老白人醫生指著妳手臂上那個五吋大的紅色塊塊表示：「那應該要小三吋才是。」他讓妳接受一連串的療程，惡化了病灶，讓妳增胖三十磅，讓妳徹底覺得自己就要死了。一如往常，妳媽媽嫉妒妳，她希望自己是那個快死的人；待在那裡的前幾週，她第一次沒有鋼琴，妳第一次沒有朋友來慰問。電視上充斥著廣告，妳們家去麥當勞的次數太頻繁；一開始，妳很興奮要去吃漢堡，但是幾個月之後，妳知道那是一家很爛的速食餐廳。看電影的時候，妳得解釋給妳爸媽聽，告訴他們笑點在哪裡。電影結束後的工作人員及演員名單已經跑了很久，你們三個人還坐在漆黑的電影院裡，妳得將電影裡的謀殺推理翻譯成阿拉伯語。沒有甚麼事情會比讓一個十四歲小孩解釋電影內容給她中年父母聽更可悲了。妳認爲在美國如果看不懂電影根本無異於文盲。如果妳眞的這樣想，那就眞的會心碎了，所以妳應該完全別想，就好好上學，在圖書館外面的地上吃午餐，然後走進圖書館，把課堂以外的時間拿來讀字典。

迪蜜每天都想跟妳一起吃午餐。沒多久，卡蜜拉跟愛莎也想加入，愛莎是黑人，也是回教徒，她想要在齋戒月期間跟妳待在一起，這樣妳們就可以相互支持。這些女生打電話到電台裡點歌，她們在電台裡以瘋狂的方式叫妳的名字。雖然妳不知道這是甚麼意思，不過妳喜歡妳的名字出現在廣播裡，即便她們念錯妳的名字也無妨。她們十六歲，開老爺車，希望天黑的時候妳也跟她們一起在公園鬼混。妳跟她們說妳爸爸不准妳這樣做。「她說她爸比不准。」她們相互解釋給對方聽。

有些事情讓妳可以忍受妳爸禁止妳跟她們玩：在妳並沒有想到要買腳踏車時，妳爸爸就買了一輛給妳，這輛腳踏車的把手閃閃發亮，不像那些妳以前從瑪穆拉露天市場的租車處向那個大麻癮君子租的那些爛車；Oreos餅乾；MTV；最重要的是，妳收到法赫爾·艾爾丁的信，他是妳的男朋友，還待在亞歷山卓，向瑪穆拉二手市場的大麻癮君子租車；他的信開頭總是寫著：「我想念妳的臉、妳的眼還有妳的笑，美國是甚麼樣子，那裡冷不冷，妳喜歡那些金髮碧眼的男孩更甚於我、還有我的大鼻子嗎？」

妳在回信裡表現出一整個失望，妳說根本沒有甚麼可愛的金髮男孩，他是最棒的。妳唬爛；有一對彷彿從電影中走出的金髮碧眼雙胞胎男孩，他們帥極了，有一天妳把整盒愛心巧克力掉在地上時，其中一個會幫妳把巧克力撿起來。「嗨，我在報紙上看過妳，」

他這樣說，然後妳臉紅了，「妳習慣住在帳篷之類的地方，對吧？」妳無法呼吸，然後回答：「不盡然啦，是玻璃金字塔。」「眞的假的？好吧……」然後他就走開了。妳在心裡想著，眞他媽的可惜啊！

妳終於有置物櫃了，那個從妳九歲看到七喜汽水的廣告就一直夢想的東西。但是置物櫃並不能永遠取悅女孩。某個週末午後，妳爸爸手上拿著法赫爾寫來的信走進妳房間，妳已經做好準備了。那是一連串的說教。他跟妳說，女孩子不應該收到這樣的信。這個男孩說他想念跟妳接吻。妳眞的親了這個男孩？「我沒有！」妳這樣說，回憶出現在腦中，就像一部妳在一間海邊廢棄小屋跟沒穿上衣的法赫爾滾來滾去的電影。「絕對沒有！」妳大吼。那封信被撕爛丟掉，妳與法赫爾的關係正式切斷了。

當迪蜜、卡蜜拉跟愛莎堅持要妳跟她們去參加在史塔布斯餐廳舉辦的饒舌音樂會時，妳遭受到全然的阻力。

「夠了，你，」妳媽對妳爸說，「讓這個孩子去吧，她快要悶死在這裡了。」

「妳，妳給我安靜，這女孩不能去參加饒舌音樂會，不能喝醉酒，也不能大肚子回來。不行，不行，就是不行。甚麼都不要再說了！」爲了確定話題結束，他放了三聲屁。

「我要有朋友！」妳尖叫，跑回房裡。

「我們不是來這裡交朋友，我們是來這裡讀書，得到美國最好的東西！」這是妳爸爸的格言，妳一直住在他的屋簷下。這是他待在美國的原因，但不是妳的。妳要「生活」，一個妳剛學到的概念。

妳們全家開車到麥當勞得來速，妳爸爸一檢查他的起司漢堡並發現裡面有醃黃瓜時，就把車倒回去對著對講機大吼：「我說不要掩黃瓜，你這本蛋！」

妳討厭不要在這邊交朋友的想法，也討厭不准寫信給不在這裡的最要好朋友。所以某天早上，在聽了好幾次「超脫合唱團」的歌之後，妳收拾包包，親親弟弟的前額，偷偷溜出家裡，把包包穩穩掛在腳踏車車把上。妳戴上剛搬到這裡時，跟媽媽向校園旁邊的街頭小販買的圓頂帽。妳飛也似地騎下坡，妳偷了爸爸的信用卡放在牛仔褲後側口袋裡，妳脖子上戴了一條結實的金鍊子，上面掛著每一個妳以前得到的金墜子。

妳心裡想，邏輯上，第一步是要把所有金子賣掉，好拿到一些現金過活，這個想法不斷從妳腦中湧現。所以妳走進一家小店，把項鍊給一個頂上無毛的老傢伙。他秤完之後跟妳說值六十美元。六十元？妳大叫。他說，天啊，我應該再開低一點。真他媽的沒道理，那是我所有的金子，那是我在世上全部的財產！只值六十美元？妳想到妳媽媽出門時耳朵跟腰上戴的所有金子，她知不知道在美國這些東西有多不值錢？妳把項鍊抓了回來，戴回脖子上，在妳轉身離開時，那個男人說，如果妳跟他回家，他會買條新裙子給妳，妳會有免費的地方住。

解決的方法就是成爲一個賣炸玉米餅的小販，在一天將盡，穿著西裝的商人湧入大馬路時，妳下了這個決定。妳跑到議會大樓外去申請一輛手推車，那邊的男人問妳幾歲，妳說十七，說謊，他問妳有沒有帶證件。妳說沒有，然後這個計畫便作罷。

妳說，但我是一個賣炸玉米餅的小販啊，我需要賣炸玉米餅，這是要將所有民族團結在一起的大計畫裡的一部分，尤其是要團結巴勒斯坦人跟以色列人。呃，眞的嗎？他笑著問，想要知道妳說的計畫。他的年紀跟妳爸爸相當，他問妳要不要跟他回家，因爲他可以好好照顧妳，妳甚麼都不用擔心。妳轉身奮力跑進一家披薩店，妳的小行李箱撞到柏油路，輪子報廢了。

妳很快就了解到妳像個獵物，所以妳走進離妳最近的汽車旅館，一個髒透了的地方，用假名——瑪丹娜．尼葛瑞爾——登記住房。那個男人看起來疲倦不堪，不耐煩地交給妳一把鑰匙。在妳的房間裡，妳確定妳不行了，所以妳打電話給妳爸媽。

「妳眞該死，我們以爲妳被綁架了！」妳爸爸大吼。

「是她打來的，謝天謝地！」妳媽媽說。

「妳在哪裡？我們現在去帶妳回來！」他說。

「老兄，不要這麼快來帶我。」妳說，難以相信妳剛叫妳爸老兄。

「甚麼？」

「我有條件。」

「不談條件，妳跟我們說在哪哩，我們現在馬上帶妳回來，女兒。」

「再見。」妳說完就掛掉電話。五分鐘後妳又打回去。

「好，好，妳的條件是甚麼？」

「延長門禁時間。」

「晚上九點是最後極限。」他說。

「然後讓我重新跟法赫爾・艾爾丁連絡？」

「不行，不行，不行，就是不行！」

妳又再度掛上電話。這次妳等了大概一個小時，慢慢散步到街上一家商店，用偷來的信用卡買了一條狗鍊。

「好！」他拿起話筒大叫。「可以允許妳跟法赫爾・艾爾丁通信，但是絕對、絕對不許你們約會！」

「好，」妳說，「我在聖吉辛托的一家汽車旅館裡。」不出一年，妳就會後悔沒有就約會這一點多討價還價。

他們抵達時，妳已經在街角等他們，又餓又睏。妳媽媽從車子裡出來擁抱妳，妳看到她的臉就像奶奶的白起司那般慘白。妳用力擁抱她，而且哭了，妳希望沒有傷害她。她說她以爲失去妳了，妳跟她說不必擔心，因爲妳很堅強。她笑了，要妳進到車裡，她陪妳一起坐在後座。

那晚，妳握著她的手，望向窗外，望著城市的燈慢慢暗去，第一次看到妳比妳媽媽更勇敢。她就像讀懂妳的心思一樣，溫柔地罵妳，不經意說出「眞希望妳的家被摧毀」，然後在妳耳邊低語，「我幫妳把所有的信都收起來了。妳不必再去要這些信了！」妳從來就沒發現她跟妳同一國。妳怎麼會沒有發現呢？這眞是妳的錯。

妳爸爸放了一卷阿杜卜勒・哈利姆唱〈流浪漢〉那首歌的卡帶，但是聽到一半，饒舌樂團「Marky Mark and the Funky Bunch」接了上來，妳爸爸說他在廣播裡聽過，他把它錄下來，因爲他覺得這個樂團聽起來還不錯。夜幕低垂，妳把頭靠在媽媽的肩膀上，妳睡著了，夢見新的生活，夢見有個重新啓動的按鍵，以及一片上面有少量義大利辣味香腸的披薩。

15 自己動手做

我的第二年高中生活平平淡淡就過去了。這正是癥結所在。

「她覺得很無聊。」有天下午我坐在吊床裡，屁股差點就碰到地上，媽媽在廚房裡這麼說。我正在讀《印度之旅》⑫，我從圖書館裡跟其它一堆書一起借出來。她不知道我聽到她說的話。

「我也很無聊，」爸爸說，「生活……就是無聊。但是她正在做她自己的損害控制。」爸爸現在偶爾喜歡脫口而出一些跟建築有關的行話，因爲這的確是他唯一正在學的新英文。「她在自我挑戰。」

「但她不應該生活在具有挑戰性的環境裡嗎？昨天我去圖書館接她回來的時候，她差點就哭出來了。我從來沒碰過哪個青少年會想要在圖書館留久一點。」

---

⑫印度之旅（A Passage to India）：作者 E. M. Froster，一九二四年的作品。

那是眞的。我的門禁是晚上九點，圖書館的閉館時間是晚上十點。我想要待到圖書館關門爲止。

「甚麼，妳寧願要她待在酒吧、俱樂部或是骯髒的小窩裡吸古柯鹼嗎？圖書館很好啊。」爸爸從餐桌那裡誇張、大聲地說。「幫我泡茶。」

「我覺得十年級對她來說太簡單了。我認爲她應該念十一年級。」

「不，魯絲，她現在念十年級，她要自己找挑戰，她一定得自己動手。妳看著，她會做到的。她已經在做了。我的茶。」

「自己去泡。」媽媽說。接下來那個禮拜，她跑去跟校長談，安排跟校長及學校的督察見面。會面結束時，我省去十年級的課，而且直接念十一年級。媽媽解釋，大部分現在我上的課，在埃及都修過了，我已經準備好升級了。後來，她跟我說督學告訴她：「但是，阿墨爾太太，妳的小孩心態上還不夠成熟到念十一年級。」

「我想是你在心態上還沒準備好讓她念十一年級。」媽媽這樣回答，而事實正是如此。

接下來幾週的抗爭都繞著延長門禁時間打轉。我想在非週末時間在圖書館留到十點，然後每週六去參加吟詩比賽。比賽九點開始，在一間沒有入場年齡限制的酒吧舉行。

我跟爸爸提這兩件事。他要我寫篇文章論述爲甚麼這些活動對我那麼重要。

「有一天妳會因此而感激我，納—都莉。」他說。我氣得跑進房間去。「妳會寫出人類史上最偉大的論文。人們將會去沼聖⑬妳的手稿，就像人們去看古騰堡或是甚麼鬼東西的聖經一樣。妳將會成爲世界上聲望⑭學者！」

「是『有聲望的』啦！」

「對！」

「不，是『有聲望的』，不是『聲望』。」

「看吧，妳已經在往這條路上走了。」

我希望爸爸可以註冊博士班，然後從我身邊滾開。爲甚麼他不自己寫驚世論文？我想寫歌、寫詩，寫女人在大木桶裡打砲的故事。

我想像他十七歲，住在寄宿學校，雙手因爲工作跟寫詩而弄髒。我很氣他創造了這個關於他自己的傳說，這樣我就永遠無法恨他，因爲這個傳說一直提醒我，歷史如何虧

---

⑬朝聖的英文是pilgrimage，妮達莉的爸爸p、b依舊不分，所以念成bilgrimage。

⑭英文文法裡，這裡應該放形容詞renowned，而不是名詞renown。父親誤用了詞性。

待他，以致於他沒有辦法念博士。他付不起念博士的費用。

我在桌上隨意亂塗，在一邊桌角寫下「圖書館」，另一邊寫下「吟詩比賽」。我看到一隻狗在鄰居的院子外面嗅著仙人掌。我抓了抓褲檔，寫下：

親愛的媽媽、爸爸以及加墨爾：

當你們讀到這封信時，我已經死了。

我很抱歉這樣把你們丟下。我很抱歉我所留下的爛攤子。我很確定媽媽妳會清理所有我腦袋的碎片等等，我很抱歉。真的。

你們知道嗎？重點是，我真的想在圖書館待到十點。我喜歡圖書館裡寧靜的棕色小隔間與灰色地毯。我喜歡所有書的味道。

我也真的想要參加吟詩比賽。他們不會賣酒給未成年人，那是違法的，那只是一個讓人們吟詩的地方，就像爸爸以前參加過的。我只是想要聽詩。

但這兩件事都被禁止了，這就是我現在死去的原因。

噢，再會了，這個世界！再會！

我在最後面簽上名字，站起來，走進客廳。我把這張紙交給爸爸，然後對他說：「這就是你要的解釋。」

他讀了那篇文章，抬頭望了一秒那個很醜的木頭鑲板，然後對我說：「我不知道吟詩的地方有酒。妳不准去。但是……在圖書館留到十點，通過。現在，」他把那張紙遞給我，「在妳媽媽看到這張紙，昏過去之前，把它撕了丟掉。」

「爲甚麼你不把它撕了然後丟掉呢？」我嘶吼，「就像你把你寫的那些爛詩撕掉一樣？」我跑回房間拿我的圖書證。

16 沒人想要告訴我們那些狗屁倒灶的事

1.

我們待在美國的第二年，即將邁入第三年時，爸爸下班還是搭公車回家。他討厭這座城市，但是他喜歡公車。這裡的公車有效率、涼爽，也很乾淨。公車穿過每個社區，接送那些穿制服的人。每當公車停到我們社區時，爸爸便聞聞他的手。他把手藏在大衣裡。天氣很詭異，德州人也是，忽熱忽冷；但是爸爸喜歡，因爲天氣就跟他一樣，無法決定到底要怎樣，是要留或離開。

爸爸想要蓋間屬於他自己的房子。他已經拜訪過十四家銀行，而貸款部門都已翻完他的文件，讓他想起艾倫比橋上的那些軍人。他們很快讀完文件，便送他出去。他們說，在他建自己的房子之前，得先建立他的信用，所以他申請更多信用卡，他買了一輛新的奧斯莫比爾車給媽媽，而且用現金付款。奧斯莫比爾車讓他想起他被迫留在安曼的那輛車。他無法開到埃及，即便安曼到埃及的距離，開車不是問題。

他搭公車上班。他一天工作十六個小時。他用信用卡付晚餐費用。他又去了銀行。

他們讓他想起了機場那些疑神疑鬼的安全警衛。他搭公車回家。他在公車上看到那些穿制服的人。他回到家之後對他的女兒大聲吼叫，他確定他女兒就要變成蕩婦。他洗手；他的手因爲搭公車而弄髒。他到銀行。他離開銀行，房子還沒著落。他搭公車上班。

2.

某個下雨的傍晚，我們出去檢查郵筒——從第二個月起，我們把檢查郵筒當做一家人定期的外出活動，因爲這不用花錢——然後我們發現了很大的一個信封，宣布我們中了一千萬美元，我們驚聲尖叫，上上下下跳著，再三感謝美國。加墨爾做了個側身翻，我則是倒立。爸爸噓我們，要我們「在人們開始求我們分點錢給他們之前」，趕快進屋裡去。我們全都站在廚房裡，討論怎麼分配花這些錢。

爸爸想要在每個歐洲城市各買一棟房子，而且要大把大把揮霍來裝潢這些房子。媽媽想要買個刺客幹掉爸爸。加墨爾想要買架飛機跟降落傘。而我則想拿錢付一筆律師費讓我可以從這個家庭解放出來，然後住在紐約的某間閣樓裡。我們整晚沒睡，輕輕鬆鬆、吱吱咯咯笑著，邊聊天邊計畫，直到大家都口乾舌燥，比沒有圍籬防備的科威特北方還要乾燥爲止。然後媽媽慢慢念出了愛德・麥瑪洪⑮在這封信裡用細字印刷所寫的文字。

3.

媽媽瘋狂的教鋼琴掙錢。整個鎮的人都想要上這位「墨西哥」女士收費低廉的鋼琴課。她不說西班牙語，而是埃及語。他們說，「噢」，說的方式就像一個大人聽到小孩跟他們說他是蝙蝠俠超人時的那種語氣。有錢人家的小孩付很高的學費，窮人家小孩則幾乎免費。媽媽喜歡跟這些小孩的媽媽們聊天，沒多久所有鄰居都跑過來了，就連耶和華的見證人⑯也不例外。他們每週日都帶著《覺醒》雜誌跟一個想彈鋼琴的小孩到家裡來。媽媽收下雜誌，好在炸馬鈴薯的時候用。她在旁邊等著，讓雜誌上的種種預言吸走炸馬鈴薯多餘的油。她賺了好多錢，開了銀行帳戶，也拿到信用卡。她教一個小孩彈蕭邦的〈即興幻想曲〉，跟那個小孩的媽媽說這個作曲家撮合了她跟她老公。那位媽媽點點頭問：「是以前在墨西哥的時候嗎？」媽媽到銀行等一位放款行員，她要申請貸款。那位

---

⑮愛德・麥瑪洪（Ed McMahon）：美國著名節目主持人，主持過NBC「今晚秀」節目。在他主持的一個名為「America Family Publising」裡，他會突然無預警地出現在某個家庭面前，宣布這一家人是獎金得主。

⑯在街上發傳單，逐門逐戶拜訪，找人加入教會的人。

女士要求看她的繳稅證明。媽媽沒有任何繳稅資料。她拿接下來一百三十三堂課所收的費用補繳積欠的稅，所以她不用坐牢。

4.

當一個男孩找妳約會，妳說好，他說妳應該到他家去，妳說因爲妳不能約會，所以妳得偷溜出門，他說，「妳就說妳有課後活動，我們可以在白天約會，我懂。」千萬別去。如果妳信了他的話，如果妳去他家做課後活動，他就會把他兩隻手塞進妳內褲裡，等妳試著跟他解釋妳不要這樣做時，他會說，「好，但是我現在老二充血，如果我不讓它消退，我會死。」不要相信他。如果妳信了，他就會把老二硬塞到妳嘴巴裡，如果他這樣做，妳不要只是坐在那裏一把鼻涕一把淚，喉頭哽咽說不出話，要咬他，咬了之後拔腿就跑。要他媽的拚命跑出那間屋子。當他告訴學校裡所有人妳是蕩婦，而且每個人也都信他時，不要理他們。他們甚麼也不是。當妳爸爸說妳是蕩婦時，不要理他。他連買一棟房子給妳們住都買不起。

5.

加墨爾知道瑪丹娜的音樂還不夠屌，所以他偷了爸爸的信用卡，到唱片行去買了些嘻哈音樂——他買了畢茲瑪奇（Bizmarkie）、皮特洛克（Pete Rock）與史穆斯（CL Smooth）、NWA樂團、野獸男孩（Beastie Boys）、捨我其誰（KRS-One）、探索一族（Tribe Called Quest）以及艾瑞克B與雷金（Erik B. and Rakim）。他回到家，播放剛買的音樂。他記得那些阿拉伯的故事：兩個站在一顆堅硬大圓石上針鋒相對的詩人，如何解決財產、家族忠誠度、黃金以及女人的爭執。那兩位詩人一直作詩，直到其中一個被擊退，問題解決爲止。加墨爾知道他不是黑人，但是他來自一個原本就存在著饒舌對戰的家庭。

6.

當一個人同時習慣兩個季節，那就是個奇蹟：樹葉在秋天轉成褐色，就像人們在藝術作品裡畫的那樣。真的是這樣。接著，樹葉飄落，像是小孩或孫子一樣，在樹的四周圍成一圈，就像我們圍著住在傑寧的爺爺奶奶一樣。雨打落樹葉，飄到草叢裡，然後這些葉子又乾了。當我踩上這些樹葉時，它們發出的脆裂聲勝過世上其它聲響。我找出最乾燥的葉子，再用靴子踩過。我把這些葉子掃進角落。風吹來時將它們再次拾起。有人對我大喊，叫我管好這些葉子。我把它們掃進街道，希望它們落入排水溝沖走。我從學校回家時，看到它們變成暗褐色，落在房子前面，像一池乾掉的血。我拿雜貨袋裝這些葉子。袋子爆開、扯破了。我左思右想，最後找來一個垃圾袋將落葉塞進去。

7.

爸爸下班搭公車回家時，在某一站看到一間房子分成兩半——屋子被橫斷成兩半。他盯著房子看，明白了那是一間兩段式活動屋——有兩倍寬，意思是說，那個房子比他的房子大兩倍。他看到工人在外面組合房子，屋主卻坐在廚房喝茶。他猜那應該是茶。太太穿著一件睡袍，彷彿那間房子已經組合完畢。先生正在掛一幅畫。爸爸納悶著他們是不是在為電影取景。他沒有看到任何攝影機。他想像自己有X光透視能力。他考慮是不是也該買間兩倍寬的房子。還有，一些家畜，一把槍，一頂牛仔帽，以及他的尊嚴。

8.

媽媽不想買任何會移動的東西。她想要一間有地基的房子，唯一有輪子的東西應該是她的車，以及她兒子的溜冰鞋而已。他甚麼時候變成一個龐克溜冰客了呢？她炸馬鈴薯、茄子跟美洲南瓜，然後把它們都裝在濾鍋裡。濾鍋是塑膠材質的，就溶化了。她把濾鍋丟了，拿出一本過期的《覺醒》雜誌。她不想要一個活動的家。她再也不想把家掛在一輛車上開走、逃跑。媽媽想要待在一個地方。她把馬鈴薯排好裝在玻璃烤盤裡，鋪上一層層羊肉跟番茄醬。她把茄子排好，倒了更多紅色醬料、美國南瓜和羊肉。她把麵粉倒進油裡煎，加入牛奶跟起司，將白醬煮沸，用勺子舀到一層層鋪好的食物上。音樂突然從樓下長廊上爆開。廚房就緊鄰女生房間的左邊，而男生的房間在女生右邊。媽媽聽到加墨爾唱著饒舌歌說甚麼「結束了，那座橋結束了」⑰，然後妮達莉唱著甚麼「打開燈，比較不危險」⑱。她打開烤箱的門，很快地把晚餐放進中間的網架上。媽媽想像她在一部電影裡，電影拍攝她那間分成兩半的房子，女兒在螢幕的左邊唱歌，兒子在右邊唱饒舌歌，她自己待在中間，像一輛行駛中的火車。在鏡頭裡，她擦了擦額頭，大聲說出她心中所想的事情：「我不知道這兩個孩子哪一個的認同危機比較嚴重。」

9.

吵架的方式變了。爸爸跟媽媽不再吵到讓對方說不出話來，他們也不爭執。有時候爸爸丟個盤子，這就是在吵架。有時候我會看到他很明顯地在吃自己做的三明治——沒有烤過的白吐司，夾了起司跟去核的橄欖——穿一件皺上衣以及上面有汙漬的外套。有

---

⑰捨我其誰(KRS-One) Bridge is Over 裡的一句歌詞。

⑱超脫樂團(Nirvana) Smell Like Teen Spirit 裡的一句歌詞。

時候我正要走路去學校，注意到車子斜斜地停在路邊，我往裡探，看到媽媽穿著睡袍睡在裡面，我打開門，試著用冷靜的口吻說：「嗨，媽媽，妳有沒有鑰匙回家啊？」最糟的狀況是，爸爸把所有衣服裝進他那只棕色箱子，站在門前的台階上，接著媽媽走到外面，試著與他協商，卻被他斷然拒絕，於是她又走進屋裡去。爸爸時不時地瞄他的手錶，詛咒那個讓他等了許久的計程車司機，然後雙手交叉放在胸前。在這幾幕大衛營的場景中，我飾演吉米．卡特，媽媽和爸爸（分別）飾演比金跟沙達⑲。爸爸是站在大衛營沙坑外的沙達，像個不滿足的情人，提出停戰協議。我是卡特——順利讓他們兩個人和好並達成協議——而且就像卡特一樣，我別有居心：我想要以一個傑出的調停人身分被寫進歷史接受表揚。

⑲比金跟沙達：一九七八年，當時美國總統卡特扮調人，在美國本土馬里蘭州一處總統行館（Camp David），邀請以色列總理比金（Begin）跟埃及總統沙達（Sadat）會晤，解決一九四八年以色列建國以來，以埃兩國間長達三十年的爭端。後來達成「以埃大衛營協定」（Camp David Accord）。

10. 如果你接到一封匿名信，說你的女兒跟別人上床，千萬不要隨便聽信，然後狂扁你女兒。她沒有這樣做。嚴格說來，她是被強暴了。她沒有跟你說，是因爲你太嚴厲。而且當你打了她第九千次，她怕你會殺了她。她不想要千里迢迢搬到美國來，過這種你要她過的生活。她不想要過這種日子。提醒她你一天工作多長時間她才能夠吃到 Oreos 是沒有用的。想要得到青少年的認同並不容易，尤其是當這個十幾歲的小孩被你的鎖頭功對付時。在美國，如果鄰居看到他們那位阿拉伯鄰居手拿刀子追著女兒滿屋跑，他們不會打電話叫警察。但是，如果你女兒被你揍了之後跑出屋子打電話叫警察，你也千萬別大驚小怪。警察會拍下她身上的瘀青，還有你打在她身上所留下的所有紅色手印跟指痕。她會把你送進法院。在美國，父母親不可能做了任何違法的事情而不受到處罰。她會撤銷告訴。她認爲你已經學到教訓了。在美國，女兒是可以給她的父母來點教訓的。在美國，警察不喜歡阿拉伯人，他們絕對不喜歡打十幾歲女兒的阿拉伯人，而且還拿著刀子追著女兒滿屋子跑。但是他們最終還是會撤銷告訴。

11. 如果你有犯罪紀錄，就很難買房子。

12.

某個週末早晨，他們都格外地早起——爲了某個他們也想不透的理由。他們搔了搔頭，又看了一次時鐘。清晨五點二十分。眞的是五點二十分嗎？媽媽跟妮達莉做了早餐大家一起吃——非常文明的做法。爸爸拿了一個火爐來到門廊，放進木材，他跟加墨爾試了半小時，最後爸爸倒了一些達卡牌古龍水在上面，完美的點燃火爐，整間房子的門廊都暖和了起來。他們喝熱巧克力，看橄欖球賽，即便他們都不喜歡橄欖球。黑夜降臨，他們的肚子又咕嚕咕嚕作響，瓦希德建議出外吃晚餐，所以他們都穿上外套坐進奧斯莫比爾車，媽媽放了比莉・哈樂黛的歌，「我何必擔心暴風雨會多嚴重」她唱著，「我已經得到我的愛讓我溫暖」。他們找的第一個地方關了。第二個也是。第三個還是。想想看，每個地方都關了，即便「驚奇漢堡」漢堡店也關了，街上已經找不到任何地方。大馬路上只有他們那一輛車。因爲覺得很挫折，所以他們回家了，媽媽煮了她昨天晚上打折時買到的火雞，一磅只要零點二九美元。他們吃著火雞，看了更多場橄欖球賽，然後在沙發上、地板上睡著了。一直到第二天加墨爾的朋友打電話來，問他在感恩節做了甚麼，他們才醒過來。

13.

媽媽搞清楚了：他們現在住在一間活動屋子裡。有一天某個鄰居提到：「這真是一輛好拖車，樣子真美。」媽媽不知道她會如何報復爸爸。她想要結束一切，跟他離婚，即便只是象徵性的，像他好幾次口頭說要跟她離婚。她記得她讀過一個前伊斯蘭女人的故事。她打電話給她的鋼琴調音師，他有一輛卡車，當他將拖車鉤到他的卡車上時，她用膠帶把碗櫥、抽屜跟書架都封起來，然後從絞鏈上拆下所有鏡子。接著，她拿了他的鑰匙自己來：把拖車轉頭，這樣拖車就不會面向西邊，而是面向東方。當爸爸回到家，他——一個崇敬前伊斯蘭詩歌的詩人——將會記得希利亞女人在想要跟她們的老公離婚時，是如何將帳篷翻轉過來。然後他會站上前門「悶口」，現在是後門門口，笑著，發出如德州般巨大的笑聲。

14.

超市是我跟媽媽最能和睦相處的地方，在那裡，所有度假用品都打三折。在我小心地將一個瑪麗蓮飾品放進左邊口袋，擺出一個來自電影《紳士愛美人》的姿勢，然後拿了一個「神力女超人」的飾品放進右邊口袋，擺出一個露出乳溝打擊壞人的姿勢時，媽媽表現出一點也不感興趣的樣子隨意地翻了那些東西。媽媽嘆著氣，幾乎要放棄那些打折商品時，某樣東西吸引住她：一個圓形、淡棕色，上面有紅綠點點的東西。媽媽跳過去拿這個東西，用力呼吸，誇張驚嘆：「噢！這個水果蛋糕！」整個雜貨店——每個顧客、店員、裝袋工、肉販跟送貨人——都盯著我們瞧。媽媽把水果蛋糕堆到手推車裡，大家都在看我們，彷彿她放進去的是手榴彈。

15.

某個停車場成了小型森林的賣場，媽媽在那裡買了一棵眞的聖誕樹來慶祝聖誕節。那個人幫忙把樹拖到奧斯莫比爾車，然後把它綁到車頂，就跟我們逃難時將毛毯綁在我們舊車的車頂上一樣。媽媽在雨中艱難地開著車，半路樹就掉了下來。她攔下一個卡車司機，他幫她把樹重新放回車頂上綁緊，爲了寶貴的生命將樹綁上。

除了綁得太緊的地方掉了一些樹枝之外，媽媽把樹毫髮無傷地載到家。加墨爾跟我幫她把樹弄進屋裡，靠在角落。不過靠不穩，樹不斷地搖晃，像一個喝了太多美國威士忌的醉漢一樣不斷往下滑。後來，我們去商店買飾品，發現一個上面寫著「樹架」的箱子。我們不約而同低聲說：「噢……」

爸爸搭公車回家。他洗好手之後到處聞。他開始打噴嚏。一個接一個。他走到客廳，看到角落的樹，眨了兩下眼睛。

「在我屋裡的是那天殺的樹嗎？」他說。

「是的。」媽媽說。

「爲甚麼？我們既不是基督徒，也不是異教徒。幾年來我們都沒有慶祝聖誕節，也不會從現在起開始慶祝。而且我對樹過敏。」爸爸瞇著眼睛說，「是我自己在想像，還是它眞的有腰？」

「它有腰。」加莫爾說。

「那個人把它綁在車上綁太緊了。」媽媽說。

爸爸打了噴嚏。

「把它丟掉。」他說。

「不行。」我們異口同聲，就像我們在店裡說「噢」那樣。「不——」

「下地獄啦！我說拿掉。」爸爸說。

「這是一個民主國家，」媽媽說，「三票對一票。」

爸爸嘶吼了兩個小時，直到喉嚨沙啞、鼻子通紅，筋疲力竭昏過去爲止。無法改變我們家主權已經改變的事實。隔天早晨，他醒了。他沖澡。他搭上公車。

17 正點饒舌（Big Pimpin）⑳

大家都在申請學校。除了當地的學校之外，我還沒得到爸爸的許可，讓我申請其他學校。理想上（對爸爸而言），我最好念德州大學，可以搭公車上學。我拿一枝金蔥筆填寫申請書，挖了挖鼻孔，挖出一大坨鼻屎，把它黏在表格上填寫「申請人姓名」的地方，然後把那張表格丟在餐桌上。爸爸撕掉那張申請書，自己填了一張新的。我從長廊這一端偷瞄他，他眉頭更加深鎖，眼睛閃耀著興奮的光芒，雙手小心謹慎地填寫表格，像啦啦隊隊長申請新的彩球。他看起來很和藹。我關上門打開收音機，嘻哈歌手傑立（Jay-Z）的新歌流洩出來。我再度打開門偷看久一點。他看起來很興奮，我判斷那是因爲他假裝在填寫自己的申請表。他差點就要在表格下方簽名，不過還是停住了，失望之情溢於言表。我替他感到遺憾，他一定曾經夢想要拿個美國博士。他從餐桌旁站起來，我趕緊把

⑳ Big Pimpin'，美國嘻哈歌手 Jay-Z 的歌。

門關上，拿出我的化學作業，假裝寫功課。

「嗨，」他說，「妳需要……」他打住。「那是甚麼音樂？」他說。

我轉動眼珠。「傑立。你知道嘻哈嗎？」

「轉大聲一點！」他說得很急。

「好，好。」我驚訝的回答，然後順時鐘方向扭轉音量鈕。

「眞是狗娘養的！」他說。

「怎麼了？」我說。

「這是阿卜杜勒・哈利姆的歌。」

「那是傑立的歌。」

「傑積？他是小偷。」爸爸說。「妳不明白嗎？妳聽，」他說，然後用阿拉伯文唱一小段打擊樂的部分，「可憐的鄰家女孩。」

「哇，」我說，「傑立拿了阿卜杜勒・哈利姆的歌的精華寫成新歌喔？我們有嗎？有原版嗎？」

「我們有那個人錄的每首歌的錄音帶。但是，在妳聽到傑積偷他的歌去唱之前，妳有對阿拉伯歌手感興趣過嗎？」

「我喜歡烏姆・庫勒蘇姆跟法魯茲！」

「都是女歌手，妳是女生，妳應該喜歡她們。但是，擴展妳自己的品味去喜歡阿拉伯男人的聲音如何？那是一種奉獻！」

「為甚麼說應該？阿卜杜勒・哈利姆他自己也不喜歡阿拉伯女孩啊。」我說。

「妳甚麼意思？」他斜眼看著我說。

「我說他是同志。一個可愛、聲音甜美的同性戀。」

「阿卜杜勒・哈利姆不是一個同志。」爸爸說。

「他不是一個同志，但他是同志。」我說。

「那為甚麼他不要隔壁鄰居女孩搬走？」

「好，他的眼淚不斷地湧上眼眶，因為她借他睫毛膏，我跟你打賭。我不知道啦。」

「妳真是一個笨女孩，」他說，「妳聽不出歌裡的渴望嗎？」

「那只是一個基架（jigga）㉑男人唱饒舌歌。」傑立說。

「不是那樣。」我說。

㉑ jigga 有幾個意思：一是指在一九七〇年代到美國的非裔美國人，這個用法有歧視的味道。一是 Jay-Z 的眾多暱稱之一，將 Nigga 跟 Jay-Z 合在一起就可以得到 jigga。

「我會把原作找出來，」他邊說邊將申請書交給我，「我去找的時候，妳把名字簽上。」我剛把筆放下他就回來了，然後把錄音帶塞進錄音機裡。歌曲開始播放，爸爸跟著吹口哨。阿卜杜勒・哈利姆說他因爲鄰居女孩而痛苦落淚。「因此，我確定是因爲睫毛膏了。睫毛膏也會讓我眼睛淚汪汪。」

「妳眞好笑。」爸爸推推我的肩膀，我對他扮了個鬼臉。「眞的，我是認眞的。妳應該去『週末夜現場』節目，坐在他們的走廊上等，直到他們雇用妳爲止。」

「那個節目在紐約啦。」我焦急的等著他反應。如果我要去那麼遠的地方，他會怎麼說？不是去錄「週末夜現場」，而是，比方說，念大學？

「不是現在，」他說，「是等到妳大學畢業、研究所畢業、拿到博士學位以後……。」

「再等到我這個、那個、還有那個都拿到之後。你在說他媽的甚麼鬼東西啊？」我覺得我瘋了；我想要測試他。

「爲甚麼不行？就拿個那個學位啊。只要妳想要，一定做得到。妳是一個聰明又漂亮的女性。」

他媽的。他有時候竟然也可以這麼討人喜歡。

我等了幾秒鐘之後，心跳急速的問他：「爸爸，如果我想要去紐約，或是其它類似的地方念大學，怎麼辦？」

「甚麼？」他說，「妳家附近就有大學可念，爲甚麼要千里迢迢跑到那裡念大學？」

「爸爸，你自己也是跑到離家很遠的地方念大學！」

「沒錯，但那是因爲戰爭的關係。」

「才不是，你以前也夢想到埃及念大學。甚至想到美國念。我看得出來。」

他用力搖頭。「我是想離家讀大學。但是妳不一樣！妳跟我……不一樣。」

「因爲我是女的？」我抖動肩膀大吼。

「不！妳比我當時幸運多了：街上就有一間好大學等著妳！妳可以跟家人一起住，妳不會被迫離開他們。」

「但是我想！」我說完之後馬上後悔。

「爲甚麼妳想？」他眼神發亮的問我。「妳覺得我們讓妳丟臉嗎？」他說。我跑出房間。

「回來，妳這小鬼！」他說。

「不！」我在客廳大叫。

我跑出拖車，來到院子，用力將自己拋向草地，將我心中的那隻手臂伸展至我腦中的那台錄音機，然後按下「播放」。我聽著阿卜杜勒·哈利姆的歌，哭了出來。這裡沒有人知道誰是阿卜杜勒·哈利姆，沒有人知道我是誰，我也不會像阿卜杜勒·哈利姆的鄰居女孩一樣，我永遠無法離開，永遠走不了。

我坐在顧問快芙老師的辦公室外面等她，試著不要在腦中太常重覆她的名字，不然我會因爲咯咯笑而噎到。我手上拿著午餐點心跟一個閃亮亮的紅色蘋果。快芙老師叫我進去她辦公室，我坐進一張很深的人造皮椅裡。她看過我的資料，說我拿到三點九分的成績。我跟她說我知道。她說我幹得很好。我想跟她說，從我小時候，上學就是我持續不輟的事。媽媽、家鄉，還有自我都可能被拿走，但是上學呢？只有上學這件事持續著。那就是爲甚麼我喜歡上學。

「妳想申請甚麼科系？」她說。

「寫作。」我說。

她停頓了一下，調整了她那副掛在醜陋多疣的鼻梁上的眼鏡，然後又低頭去看我的資料。

「好的。有幾間獨立學院跟大學都有，當然也包括德州大學。妳家人已經明確表達過，他們希望妳可以在本地就學。他們要我找開車就能抵達的校園。」

我的胃糾結了起來。我以爲我的顧問老師應該會跟我站在同一陣線。我以爲上學是我最後、唯一的希望。我覺得被背叛，被赤裸裸地剝奪了願望，我跌坐到地上，那顆有點撞傷的蘋果像個禁果握在我手上。我開始感到恐慌。她看得出來。

「妳大多數的同學也都申請當地學校。妳並沒有與眾不同。」

噢，但我與眾不同。我總是與眾不同。我這次想要利用它來當做有利條件。

「快芙老師，我想申請以寫作學程出名的大學，最好在東岸。沒甚麼特別理由，就是高興而已。像樂透彩券一樣。」

快芙老師又調整了一下她的眼鏡，然後埋入一個文件櫃裡。「這是大部分大學的參考資料。」她邊說邊交給我一本書。「妳或許可以從這本書裡找到哪一間大學有很棒的寫作科系。妮達莉，祝妳好運了。」她用我名字的韻腳跟「義大利」成韻。她把頭探出辦公室大喊：「下一位！」

我把書放進背包，像藏色情雜誌一樣。我騎車離開校園，既然我已經上了好幾堂課，所以翹了那天剩下的課。我騎過小溪，停在大莫利公園，伸展雙臂坐在草地上翻弄著那本書。完全無視於小孩們聲嘶力竭以及大人們大叫應答的聲音：那一場家庭劇碼。

我躺在草地上盯著我頭上大橡樹的樹枝。我想到爸爸說過的話：我是不是覺得家人讓我蒙羞？我當然不是這樣想。誠如我爸爸自己所稱，他那麼好、那麼開明，他要我保持處女之身，他要我一直表現「良好」。他甚至都沒有用過處女這個詞，而是用「女孩」。他要我一直當個女孩，因爲他不要我成爲女人。爲甚麼他從來不想要我成爲女人呢？我想到在波士頓的聖伊麗莎白醫院時，他希望把我取名爲尼達爾，我就會變成男生。

我站起來，把沾在卷髮上的草拿掉，望著這座公園。我看到一個爸爸幫他的小孩推鞦韆。「高一點呀，爹地！」小孩大喊。「高一點囉！」那個爸爸答應了小孩的請求，因爲用力搖著鞦韆，所以他們發出長長的尖叫聲，假裝他們盪進了外太空。

我懷疑爸爸從來不希望我變成女人是因爲他一直以來都希望我不要過掙扎的生活。他叫我「我的掙扎」，這眞有趣：長期以來，我以爲他是指我是他的掙扎。

所以，現在爸爸要我保持女孩之身，是因爲他不要我掙扎，因爲他要在我掙扎的時候待在我身邊幫助我？抑或是因爲他愛我，不要我離開他？我判斷那是他想要把我留在德州讀某所「理想」大學的根源。他只是愛我。他對我的愛會一直持續，即使我決定離開。

我迫不及待地讀完了那本參考資料，我的「黃色書刊」，尋找最完美的地方，就像一個十四歲的男孩尋找最完美的深褐色頭髮、淺黑色皮膚的女孩一樣。日落之前，我找到她了：位於波士頓的一所小獨立學院。

18 口述

在準備我的讀書計畫時，爸爸叫我每天都用英文與阿拉伯文寫作，寫完全跟阿拉伯、或是跟我的阿拉伯文化有關的事，抑或是阿拉伯名人的故事。在這段時間裡，他開始玩樂透。他閉著眼睛，躺在硬邦邦的人造木頭地板上，開始冥想賺大錢，他要我幫他拿一紮上面有紅色號碼的票券，告訴我號碼。我用黑筆塗滿圈圈，他給我五十美元，跟我說他很高興我在身邊，因爲他相信如果他自己付賭金，那些號碼就不會帶來好運。

爸爸很怕賭上自己的創作，他寧願玩樂透，用那種方式賭博。他說不可能逃避寫作，他把寫作說成「寫揍」，所以我每週末早上都試著寫出一些狗屁不通的東西，這樣他就會放過我一晚。

寫揍＃3：我來自一群古怪、固執、瘋狂、可愛的蕩婦

我並不是從石頭裡蹦出來的。我的血緣來自一長串瘋狂的蕩婦。我的曾曾祖母

伊碧提森在上尼羅河州的一個村子裡長大，九歲開始就與強暴犯對抗。她將自己的左腳踝綁在一根欄杆上，跟我的曾曾祖母說，除非她保留陰蒂，否則她就沒有辦法履行到田裡工作的義務，她因而勉強躲過了被割掉外生殖器的割禮，這是歷史上第一個為人所知的「陰蒂—勞力—抗爭」事件，所以，當所有女孩走下尼羅河，按照傳統將她們的陰蒂丟進河裡時，她不需要看著自己的陰蒂飄在河面，像漁夫背心上的鈕扣一樣，因為擦洗得太用力而變鬆。

當拿破崙軍隊進入埃及，某天早上她的曾曾曾祖母從那條河洗完兩個兒子的衣服，從河邊回來時，其中一個軍人覺得她看起來很機靈。

還不到十八歲，她就因為被強暴而生下第一個女兒，這個女兒的乳白臉上有雙藍色的眼睛，接下來她又生了婚生子女。

那個藍眼珠的小孩長大之後變成了一個生孩子機器，當今埃及公民中，有百分之十九點二都是她的後代。

那個保留陰蒂的女孩沒有藍眼珠，所以當她生了一個藍眼珠的女兒時，每個人大聲痛哭覺得她一定是跟英國人睡了，而且覺得一開始就應該把她的陰蒂割掉。但是她爸爸幫她說話，提醒大家他那藍眼珠的祖先，所以每個人又軟化了下來，就像所有的小村莊會很快地產生名人，然後又很快地把這些名人忘得一乾二淨。

伊碧提森的女兒生了很多兒子，最大的兒子娶了一個非常害羞又被動的女人，她生了一個極度害羞的藍眼珠兒子，這個兒子娶了一個厚著臉皮大聲說話又愛挑釁的希臘女人，這個女人生了我那暗綠色眼珠的媽媽。

媽媽嫁給了爸爸，爸爸的媽媽的媽媽遺棄了他媽媽，事實上是把她賣去幫爸爸的媽媽那去世的爸爸的遠親工作。

那個遺棄媽媽的媽媽很強壯，遺傳了她媽媽高聳的大胸部，她媽媽的小名在阿拉伯文裡是「圓石」的意思，因為她的胸部超大，所以她爸爸要她每天躺到納布勒斯大岩石下一個小時，希望這樣可以壓平她的乳房；不過，成效不彰。

圓石女兒的女兒的女兒生了六個女兒，其中三個在媽媽子宮裡時是龍鳳胎，不過男嬰出生幾小時之後就夭折了，因為太快夭折，所以沒有人幫他們申請出生或死亡證明，他們就像一場易醒的夢一樣，在甦醒的剎那間就蒸發了。女孩們長到十歲左右就胖嘟嘟的，胸部又大，就連那幾個在那布勒斯的冬天沒有人幫她們蓋任何東西的女嬰，或是那幾個幾小時都沒有好好吃奶的女嬰也一樣。而那被遺棄的女兒就算吟誦聖歌，燃燒乳香祭拜，為男嬰的生命祈福，也徒勞無功。

那些夭折男嬰的姐姐們因為堅強的生存意志而聲名大噪，而且給了某個浪漫故事或民間傳說靈感，故事是說那個遺棄者的女兒在第五個嬰兒滿五個月的時候墮胎，將她丟到水槽裡，但是那個女嬰沒死，幾年之後從水槽裡爬了出來，要方塊起司跟麵包吃。第五個女兒總是取笑這個故事，咯咯笑聲震天價響，幾乎跟她的胸部一樣突出。

第七次的懷孕最不被歡迎：因為那個遺棄者的女兒已經受夠了她得挺著大肚子又駝背。所以她生了一個兒子之後，馬上去申請他的出生證明（她要幫他取名為瓦希德，她老公則堅持要叫薩伊德），六個姊姊都圍在他旁邊，他吸了一個又一個的乳房，每一個都比上一個的奶水更充沛，所以他就存活了下來。

二十五年後，他娶了我那平胸的媽媽，生了我這個有暗綠色眼珠、大胸部、瘋狂固執又古怪的可愛蕩婦。

寫揍＃9：「東方是東方，西方是西方」或，阿卜杜勒．哈利姆vs.探索一族

在這篇短而有力的文章裡，我會試著描述這兩個音樂單元在文化上存在著極大差異，但也有奇特的雷同之處。我透過引用這兩個單元的歌詞以及他們所使用的句子來做比較。

（探索一族）
親愛的，聽我說，
妳的黑髮、妳的大屁股跟大腿，
都讓我著迷。

另一個例子：

如果妳媽媽不同意，
那我們只好私奔，
讓我把這個小孩，
從船底深處拯救出來。

再來一個例子：

讓我從背後打它，女孩，
我不會有疝氣，

（阿卜杜勒・哈利姆）
黑色，黑色女神，
是誰派妳來跟蹤我？

每次我說寬恕的時候，
命運的手，
就把我扔出船外。

是的，我們已經被愛遺棄。
它自有其對待我們的方式。

把妳的沙發打爛，

現在妳就會得到西門㉒的椅子。

所以，那個鉤住我們的人，

一定會協助我們掙脫。

寫揍＃14：鞋子，或，我們沒有根

我九個月大就學走路。這不是因為你帶我到鐵軌邊，讓我看波士頓的家庭主婦跟男同志每天早上六點散步的方式，然後教我怎麼走，也不是因為你透過實例來教我怎麼走路，我才學走路。基本上，我學走路是因為我發現你精神有問題，我想要逃跑，盡可能跑得越遠越好。所以那天晚上，你帶我看煙火秀，把我放下來讓我站著時，我逮到了第一次機會，我注意到你盯著從黑色天空傾瀉而出的紅、藍、銀色煙火時，我就邁出了第一步。我走啊走的，對你的所有記憶就是你的鞋子，綁鞋帶的那雙棕色鞋子。我走了一段對一個九個月大小孩而言不可思議的十五呎長距離，當我看到那些球鞋跟人字拖以及圓頭、腳面中間繫帶的瑪麗珍鞋時，我好想念你那

㉒ Semen，歌詞中是大寫，人名。小寫是「精子」的意思。

雙綁鞋帶的棕色鞋子，所以我走了回去。

媽媽以前會穿腳支架，因為她有O型腿，穿上支架之後，走路會發出嘎吱嘎吱的聲音。她一直到七歲才不靠腳支架走路。她第一個迷戀的對象是一個左手用木頭做成，會發出嘎吱嘎吱聲音的男孩。他們坐在公園的鞦韆上，她的腳發出嘎吱嘎吱的聲音，他的手也發出嘎吱嘎吱的聲音，整個鞦韆架也跟著發出嘎吱嘎吱聲。

每次我看到鞋底朝向天花板時，我就得把它翻過來，好讓它完全平坦地靠在地面上。這是因為宗教課的老師教我們，讓鞋底朝上就像把鞋子或是手指交給真主一樣，會褻瀆偉大的天神。我當時信以為真，即使現在我覺得這是無稽之談，但每次只要看到有人的鞋底朝上，我還是會幫他們把鞋子翻過來。

奶奶跟我說過一個故事，說她的鞋子以前都是用輪胎做的，她曾經跟我說過一個名叫「紅石榴種子」女孩的故事，說她把她那雙金色拖鞋掉在會吃學生的邪惡宗教老師家門前。老師在田野裡找尋她的蹤影，還好一個王子救了她，讓整件事有好結局。

我曾經聽你告訴加墨爾，鞋子是男人衣著中最重要的部分，因為那是他的根。上個月，加墨爾已經穿不下那雙僅有的球鞋了。

這個時候，我應該暫停，說明一下：我爸爸一看到這些偉大的作文，會馬上撕掉它們，然後強迫我寫下他自己對阿拉伯文化跟美國文化首度交會的感想。

這個取名爲《伊本・巴圖塔在美國》的長篇著作，當然是對著我口述而來的。爸爸詳述那個飛行距離超過馬可波羅的伊本・巴圖塔如何成爲第一個抵達美國的外人，以及當伊本・巴圖塔跟他的抄寫員伊本・朱札伊說這個故事，伊本・朱札伊並沒有把它寫下來，而是寫成了一本名爲《伊本・巴圖塔的旅行》的偉大著作。書出版之後，每個人都爲之瘋狂，伊本・巴圖塔覺得太過丟臉，便懲罰他，不給他（大量的）自由，所以伊本・朱札伊威脅要把伊本・巴圖塔是個瘋子，曾經宣稱他發現新大陸跟新種族，而且還宣稱他那幾年都跟那個新種族的人住在那裡生活的事公諸於世。伊本・巴圖塔順從了伊本・朱札伊，還把他的財產分給他，伊本・朱札伊便閉嘴不談他是那（虛構）故事的眞正作者。爸爸大概每天下午都講這個給我聽。現在回到寫湊上。

寫湊＃31：伊本・巴圖塔並沒有「發現」美洲。

儘管你花了所有力氣去證明，但他就是沒有發現美洲。就是他媽的不可能。

為甚麼你不自己去申請研究所或其他課程，寫你自己的作文，而不是打我，把我寫的東西撕掉？

寫揍＃56：口述是導致消失的原因

媽媽並沒有把她作的鋼琴曲錄下來，從來都沒有。你不寫下你的詩；你用心學習，但是不告訴我這些詩，所以我永遠也不會知道他們。

可蘭經被傳頌了好幾世紀，一直到某個人瞭解它可能消失，或是人們可能將可蘭經帶入墳墓，才將它抄寫下來。

在你不知道怎麼寫的時候，就像奶奶一樣，總是會有人幫你寫信。即便你口述這些，你也永遠無法保證幫你抄寫的人不會加油添醋。

一個獨裁者讓我們離開了我們的家，現在一個口述者統治了它。

我寫了好多作文。我要說明一下，我選出來分享的那幾篇（三、九、十四、三十一和五十六）並非隨機挑選：這些號碼是爸爸曾經告訴我的樂透號碼，某個星光滿佈的潮濕夜晚，這些號碼讓他「贏得」三千美元。我站著，驚訝地看這些號碼一個接一個出現在電視螢幕上。他邊看電視螢幕上的號碼邊核對他的筆記本，然後在電視機前面雀躍萬分。當他向我要彩券時，我慢慢告訴他事實：我每週都私吞了他買樂透的五十美元，並沒有買彩券。我跟他說我並沒有把這種拿錢的行爲視爲一種兇惡的偷竊行爲（就他的看法是），而是做爲每個週末花時間寫一篇蠢作文的代價，那些蠢作文就在我眼前被迅速撕毀，而且取而代之的是爸爸說出的極其無聊且乏味、未必存在的錯誤歷史；簡言之，那筆錢是付我擔任他抄寫員的報酬。

我提醒爸爸，即使是伊本·朱札伊也有現金流。

19 蒂蜜特㉓的女兒終於有了鞋子

在沒有拿去買樂透彩券的六百美元裡，我花了五十元申請位於波士頓的那間禁果學院。我興奮地填寫申請書，就像寫信給祕密情人。我選出我最喜歡的文章，拿掉所有髒話，附在申請書裡。我很得意過去十二年求學生涯裡的成績‧，我很得意儘管經歷過一場戰爭與大規模遷移，我還是做的很好。我在自傳裡這樣說。當我在那個大信封上蘸上口水，將它封上，並走出大門的時候，我覺得我有希望收到入學許可。

我發現媽媽在院子裡種了杜鵑花。她的黑髮落在肩上，且遮住眼睛。當她聽到紗門在我身後啪的一聲關上時，她望向我這邊。

「過來幫我把頭髮撥開。」她說。

「妳自己撥。」我說。

㉓ Demeter，希臘神話裡的農業與春天女神。

「拜託，」她說，「我滿手都是泥巴。」

我走到她身邊，把她的黑髮塞到耳後。她眼睛睜得好大。「阿拉，這樣好多了。希望眞主照亮妳的世界。」她低下頭看到我的信封，又抬起頭望著我。「快點，妳不是要出門？」對我而言，這聽起來就像是她的祝福，因爲當媽媽的人總是無所不知！

我親親她的臉頰，她的臉頰聞起來都是泥巴味。我低頭看著她的手，看到一隻刺蛾堅決地向西爬上她那層巒相連的指關節。我跑到腳踏車旁，騎上小丘到郵局去，一直想著媽媽，想著媽媽會怎麼死去，想著當我們埋葬她的時候，我會哭得多傷心。

時光流逝。無事可做，也沒有很多人可以一起去做，加上，每個人都要陪其他更重要的人。

在數學課認識的梅迪納開始跟迪蜜和我一起鬼混；他有一個很漂亮的馬子，一個戴著沉重的黃金三角耳環，且塗了過量變裝皇后口紅的機敏女孩。當他發現她跟一些白人男孩鬼混時，暴跳如雷，事情眞是很大條。

兩週後，我走到他的拖車跟他一起做微積分作業。我穿了一件有點古怪的寬鬆運動長褲，以及一件有破洞的T恤，沒穿內衣，而且已經三天沒有洗澡洗頭；我跟浴缸的水龍頭絕交了。所以我們兩個都需要安慰。他走下長廊，我擋住他的路。

「那跟我來個相互慰藉的約會吧。」我說。

他笑笑地撥亂了我的頭髮。「但是妳是妮達莉，」他說，「我們之間沒辦法啦。」

「爲甚麼沒辦法？」我說。我可以感覺到下嘴唇在顫抖。

「妳就像我小表妹之類的。」

「小？我十六歲耶！我八月就要十七歲了！加上我們一點血緣關係都沒有。我們甚至來自不同半球！」

「我們之間就是沒辦法。」

「很好。」我說。我覺得好糗。我想要離開這個鬼地方。但是我留了下來，我們扯掉他拖車外面那些塑膠椅上的網子，坐在上面抽大麻。一隻在椅子下方殘留的網子上築巢的黃蜂一定認爲我是以色列國防軍在破壞房屋，因爲牠叮了我的屁股。

「幹！」我說，「那個死東西咬我！」

「閉嘴，」他說，「眞的嗎？」

「對啊，千眞萬確。眞是機車！叮我。」我站起來抓癢。我的屁股已經夠大了。

「牠咬妳那裡？」他邊說邊笑。

「哈！哈！並不好笑。我好痛。」

「我有蘆薈膏，」他說，「跟一些薄荷草藥噴劑。妳要嗎？」

我甚麼也沒說。我無法判斷那是不是大痲或甚麼的，但是我覺得頭眼昏花，而且很溫暖。

「妳看起來很好笑。妳還好嗎？」

「不好。」我說。

「進來。」

我們經過那條仿木長廊到他的房間去，我的肚子噗通一聲撞進他那塊小床墊上。他拿藥跟蘆薈膏給我。

「糟糕，」我說，「我動不了。」

「也許妳對黃蜂過敏。妳可能快死掉了。」他說。

「別說了，」我說，「別說了。」

「我要不要打九一一或其它電話？」

他聽起來是眞的擔心。擔心我。

「如果我就快死了，打電話也來不及了。他們沒有辦法幫我的。」

「噢，妳在耍我。妳剛剛把我的大腦都弄亂了。」

「那是一個很可愛的大腦。」我說。

「妳在胡扯。」

「我沒有胡扯。雖然妳馬子可能曾經騙過你。」

「不要這麼機車。」他說。

「如果我就快要死了怎麼辦？」我說。我口齒不清地講出這句話。「你不會讓我都還沒跟人上過床就死去吧，會嗎？」

「妳是處女？」他假裝驚訝的說。

「我討厭你。」我說。

「對啊，我會讓妳維持處女之身死去。因爲妳是我的朋友，而且我對妳沒有那種感覺。」

「伊—喲—耶—唉—喲—伊—唉！」我說。

「妳聽起來眞好笑，」他說，「也許妳快死了。轉過來，讓我看看妳。」

我轉過身，但是屁股痛的我哎哎大叫。

「放輕鬆。」他說。

「我這樣沒辦法回家。我沒辦法坐上腳踏車墊。我爸一定會把我碎屍萬段。」

「先放鬆再說。來，把這個拿著。這對妳不錯。」

我拿了。

他走到錄音機旁放了我不知道的音樂。我想過很多次待在梅迪納房間的情況。好啦，是一千次。我親了自己的手，想著他的眼睛、他的枕頭、他的床，還有他放在我身上的手。我從來沒有想像過像現在這樣。現在這樣……爛透了。我在想這些事情的時候，屁股是腫的。現在太陽下山的速度彷彿參加一場競賽，外面的天色暗的比平常早。爸爸最後一定會無緣無故處罰我。然後我就帶著處女之身因爲黃蜂螫叮而死去。人們會認定我那親愛的、親愛的爸爸殺了我，只因爲他是阿拉伯人。我記得在明尼蘇達、密西根、蒙大拿、明尼阿波里斯，反正就是某個M開頭的地方，有個十六歲的女孩被爸爸殺死了。這個女孩的爸爸是巴勒斯坦人，她跟一個在得來速工作的黑人小孩約會，所以她那發神經的老爸就殺了她。

這個故事被登在某本雜誌封面上，教社會研究課的女老師魯賓拿給全班看。我替這個女孩傷心，我確定其他人也有同感。接著，整個哀傷氣氛似乎改變了，一直到那個時候，我都還認爲魯賓老師是眞的喜歡我。她要我站起來談談我那巴勒斯坦老爸，我花了一點時間確認她想要讓全班理解並非所有巴勒斯坦人都是壞人，或者，她只是單純地要把我歸類到我的巴勒斯坦文化裡。我恨她。我無法想像她把黑人或拉丁美洲人的犯罪統計帶進課堂，然後要一個黑人小孩或拉丁美洲小孩站起來爲他整個種族的人辯護。

所以，我說我爸爸來自西岸區的一個小村落，那個區在一九六七年被摧毀殆盡，因此他必須在便宜的旅社住上一年，然後試著穿越巴勒斯坦到埃及受教育，他順利達成了，他現在在設計房子，他現在正處理一個地基準則的專利案，然後，我希望那個無知的賤人就這樣昏倒死掉。不過她沒有，死掉的可能是我。

梅迪納跟我一起坐在床上，他坐在我旁邊，念一套錄音帶的外罩封面給我聽。他的聲音像從貝殼裡或是從一個無限高的淋浴間裡傳出來一樣。我聞了聞他的被單。我心裡想著，妳不會再爬上他的被單了，所以把這個味道吸進妳的腦海裡，記住這個味道。當他念完之後，我撐起下巴，油汙的頭髮掉下來遮住我的臉。他的手指像拉窗簾一樣將頭髮從我眼睛撥開。接著，他看了我好一會兒。我皺著眉頭說：「怎麼啦？」他繼續盯著我瞧。然後，吻了我。

我想像過他豐滿的雙唇，但是我得到的比我想像的更棒。那就像一顆西瓜放了好幾天之後，最後剖開時，發現它吃起來比任何你曾經買過的棒棒糖還要甜。他的雙唇碰上我的，似乎想占有它；接著他吻上我的脖子、我的乳頭、我的腰、我的屁股，以及我另外兩片唇。那種感覺就好像他突然間一次襲擊過來，突然間把我整個吞噬。他的嘴巴一直沒有離開我的皮膚。他的舌頭讓浴缸水龍頭變成是浪費時間的東西。這裡所有的是濕潤、壓擠與相互摩擦的人體器官。這是最棒的機器。我甚麼也做不了，我已經因爲這台機器而酥麻，被黃蜂叮螫而紅腫的疼痛就像反覆席捲而來的波浪。我脫掉衣服。他也幾近全裸。我想辦法把我的手移到他內褲——四角內褲，我想，在我眞實生活中再也不會看到四角內褲了——然後我將我的指頭包住他勃起的生殖器。在那一刻，我後悔過去那幾年來我因爲怕衛生棉條會取走我的貞操而一直沒用。我看著他，先盯著他的腳趾，然後是他那雕像般的小腿、他的屁股、他的肚子、他下面那黑色、黑色的毛、他的小鳥、他的乳頭、他的脖子、他的耳垂、他的鼻子——那是一個很美的鼻子——以及他的眼睛。

我說：「你也許有部分阿拉伯人血統。」他笑了。我說：「我是說眞的，假設你這樣想，也許在某個我們不知道的時期，有個阿拉伯老奶奶在那兒。你的姓代表『城市』。」他說：「不，不是。」我說：「在阿拉伯文裡確實是那個意思。」他說：「好，也許是一個阿拉伯老公公。」然後他把我舉到他上面。「妳來帶。」他說。「妳要控制妳可以承受多少，我怕傷到妳。」我坐到他身上，握著他的手，在我的陰蒂上面前後擺動，直到我放開而他能自己抓住節奏爲止。「不要停，繼續。」我說。我在他的梳妝台上看到一個保險套，我試著打開它，但是我不知道怎麼開，所以我把保險套拋給他。他匆忙戴上保險套，我抓住他的小鳥，用他小鳥的頂端去摩擦我自己。我想，梅迪納從我的陰蒂、然後在我的身體裡，做了一次不疾不徐的巡禮。我一點一點少量的享用，每隔幾秒，被螫的疼痛感就跑了回來，接著，我體內的疼痛又消失，我可以繼續做，我量好時間，然後，我愛上了那隻黃蜂。我想像黃蜂那根尖尖的、有目標性的、銳利的針，當梅迪納一次一次又一次正確無誤地叫我的名字時，我坐在他身上上下擺動、扭動、笑著、發出咕嚕咕嚕的聲音，還露出牙齒，我覺得我身體裡面正在伸展、正在放開，一直到那種灼熱感增強到我達到高潮為止。

但是梅迪納沒有達到高潮。他說只有當他跟心愛的人上床時，他才會有高潮，然後他開始哭。現在，這實在很詭異。我得自己騎上腳踏車，踩二十分鐘的路，解釋我為甚麼走路一跛一跛，解釋我失去童貞以及不再純眞的走路方式。我不斷跟自己說，我的屁股上有一個很好的不在場證明；我可以一直給媽媽看被咬的傷口，她就會解救我。梅迪納一直哭著說：「我很抱歉。」我該怎麼讓他知道我不需要他道歉，我需要的是他幫我找到我的衣服？要怎麼把屁股弄離開這個棘手的狀態？找不到任何辦法。我得讓他哭出來，等到某一天他確定他可以再愛人，或者是把他那個搞不好反過來養了他十個小孩的女友找回來，我才會眞的離開。

沒有人在家等我，媽媽、爸爸跟加墨爾都出去吃晚餐了，青蛙在外面的池塘邊發出週五晚間規律的求偶聲。我心不甘情不願的洗了澡，我一直想為今天、為這個經驗留下點味道，但是我不要媽媽或爸爸聞到。我在浴缸裡溫柔地用海綿清洗兩腿之間，直到血都洗淨為止。我擦乾頭髮，用毛巾包住，然後光著身子坐在冰袋上；我下半身都需要冰敷。我簡單地思考了一下我是不是會下地獄。但是我判斷如果上帝想要把我扔進地獄裡，就不會創造出像梅迪納那種美男子、那些黃蜂或是婚前會破掉的處女膜。然後我想到那個我爸媽跟我身邊每一個人都說我應該要嫁的男人：那應該是拿走我貞操的男人。我很惶恐我還會不會被愛，因爲我現在已經不是處女了，不過我繼而想到爲甚麼我要嫁給那種會在我身上設立這種條件的男人呢？我感到自由，沒有負擔了，但我還是害怕、還是會痛。這間屋子好安靜，我的耳朵感受到那種少有的寂靜。我的冰袋溶化了，水滴大聲地滴到木頭地板上，水越滴越急，後來乾脆像用倒的，所以我聽到我身邊到處都是水聲，直到最後我才知道下雨了，一桶一桶來自天堂的雨水倒在我家的金屬屋頂上、倒在我的頭上。

有時候，媽媽會在半夜突然驚醒，靠到我身邊把手指放到我的鼻子下面去探我的呼吸。我會忍住想要咬她，或者摒住呼吸嚇她的衝動。後院的那些鋼琴——她救回來的、在慈善機構「古偉爾」、「救世軍」、枯黃庭院的二手拍賣會、滲水潮濕的停車場以及地下室買到的——向她召喚。它們把這棟房子弄得亂七八糟，就像是遲暮之年飢腸轆轆又沮喪的老狗一樣。她會去照顧每一架鋼琴，直到因爲太黑而看不見或是手電筒沒電爲止。我聽到前門砰的一聲撞上金屬門框，她沉重的雙腳在鋪了亞麻油地毯的木頭地板上拖著前進，她的身體跌進床上，她的鼾聲長的像警笛一樣。直到警車來個大轉彎，警車上的警笛聲才有辦法壓過她的鼾聲，然後她便翻來覆去睡不著。

有天她在半夜叫醒我。她搖醒我用阿拉伯語說：「女孩，妳還是女孩嗎？」

「呃，妳在說甚麼？」

「老實告訴我，妳跟人家上床了？」

「別傻了。」我說。

「跟我說實話。我知道妳做了。妳一直都是我的公主。只要跟我說實話就好。」

我的睫毛像有小鐵砧釘在上面一樣地垂了下來，然後睡著了。她又把我搖醒。

「親愛的，告訴我。」

「好啦，好啦。」我說。我不想告訴她，但是她的手指圈住我的手臂，她的手像神力女超人的誠實套索一樣，像有某種東西迫使著我。「我已經不是處女了。」我說。

「我依然愛妳。」她說。「晚安。」

第二天早上，我懷疑是不是做了一場夢。

我唯一可以依賴的就是每天下午兩點送來的郵件。如果我錯過了上一次收信時間，就會看到那個腋下有汗漬的女郵差帶著信走上我家郵筒。只要她一把郵筒口拉起來關上，我就會跑向郵筒去確認有沒有學校同意收我的信。

他們說，這個世界對你說了許多次「拒絕」之後，有一天，會稍做休息，緊接著就會來個擲地有聲的「接受」。某一個重要的午後，郵筒空下來保留給四樣東西：一封銀行給爸爸的薄信、一封愛德・麥瑪洪寄給媽媽的厚信、一封寄給爸爸電費帳單的薄信，以及一封從波士頓寄給我的大信封。我把那封波士頓寄來的信隨便塞到矮樹叢間，晚點再讀，然後把其他的信拿給媽媽跟爸爸，他們坐在陽台啜飲濃咖啡。

媽媽把信一一拆開，多數的信被她丟進烤肉架裡，她接著打開銀行寄的信來看。

「瓦希德！」她大叫。

「發生甚麼事了，老婆？」爸爸大叫，害怕最糟的事發生了，於是抓住離他最近的棍子保護自己跟媽媽。

「那根棍子要做啥？」媽媽皺著眉頭問。

「是不是有蛇？」

「甚麼？蛇？」

「如果不是有響尾蛇，妳幹嘛叫那麼大聲？」

「不是，不是響尾蛇！是貸款核准了！你看！」她邊說邊把信交給爸爸。

爸爸看了之後也大聲尖叫，然後又換媽媽大叫，我也大叫，加墨爾從他的房間跑出來到陽台上看我們三個在叫甚麼，在爸爸跟媽媽大叫的時候，我們互相擁抱，手勾手，興奮地跳著，「我們就要有自己的家了！我們就要有自己的家了！」媽媽跟爸爸終於有錢可以蓋一間他們一直以來都想要的房子了。

但即便我的雙腳跳著、眼睛笑著，我的心卻兀自沉了下來，就像被扔到烤肉架裡的信一樣，因爲我懷疑那個家可以留住我們多久，那個家可以延續多久。

我自己去參加班級舞會，雖然嚴格說來我是跟朱蒙一起，一個被迪蜜威脅要陪我去的機敏的黑人學弟。那晚即將結束之前，他親了我的臉頰，要我好好玩；當時才凌晨一點而已（獨裁者已經鬆手了）。

一個禮拜後，我差不多要打開那封蓋有波士頓郵戳的信了。我知道一個大信封所代表的意思，但是我還沒有準備好要眞的知道這個消息，或者我也還沒想到接下來該怎麼做；我到底該怎麼跟媽媽爸爸說這個消息，我要怎麼離開。

畢業典禮眞是讓人一整個失望。沒有人有大麻可抽，爸爸要我回家吃巧克力蛋糕，然後無聊到早早就上床睡覺。媽媽買了一本日記本給我。吃過蛋糕之後，我坐在外頭濕草地上，摸著那封波士頓寄來的信，如果我膽敢打開它，我想我一定會剉賽。我想像神力女超人怎麼撕開這個信封，在讀過一遍裡頭的信之後，再封起來。假設學校允許她入學的話。

我撕開信封，像拔劍出鞘一樣迅速拿出裡頭的信。我把信放在大腿上，慢慢打開，就像拆禮物或打開一盒精緻的餐點一樣。我讀了第一句，然後欣喜若狂大叫起來。

爸爸很生氣：氣我申請波士頓的課程，氣我沒有徵詢他的意見，氣「在有理想大學的情況下」，我還想要離家到遙遠的地方念大學，氣他自己的人生。他說我違背了他的願望。他要我跟他還有媽媽坐到陽台，他們兩人雙手交疊放在大腿上坐著，爸爸看著我問我：「爲甚麼要這樣對我們？」

「你在說甚麼？」我大叫。

「瓦希德，問她明確的問題，然後快點把這件事結束。」

「妳想怎樣？」他說。

「我想要上一所好大學，因爲我值得。你一直以來都這樣教我！我認眞讀書，讀了一輩子書而得到它。如果這意味著離開這裡，那就這樣。」

「那就是妳要的嗎？離開這裡？」

「是。」

「夠了，瓦希德，讓她走。」媽媽邊說邊拿樂譜搧自己。

「我女兒哪兒也不去！」他大吼。「她不會離開我的房子。」

「但房子甚至都還沒開始蓋。」我說。

「那，妳不會離開我的拖車。」

「你知道那聽起來有多滑稽嗎?」加墨爾從一排灌木叢裡瞥了一眼。他很少讓我吃驚,但就在剛剛,我嚇了一跳。

「你閉嘴。」爸爸跟他說。「妳,」他轉向我,「要待在家裡,念完大學,拿到博士學位,或者不管其它甚麼妳想念的學位。住在家裡能幫助妳專心。如果妳跑到那麼遠的地方去,誰知道會發生甚麼事。妳可能會忘記我幫妳規劃的每件事。」

「但是我有我自己的規劃。而且我決心要完成這些計畫,爸爸。」

「妳到底要怎樣?」他又大叫。

「我要快樂,」我不加思索就說了出來,「就像你、就像媽媽、就像加墨爾要的一樣。」我說。

「但是,妮達莉……甚麼是更重要的呢?」爸爸說,然後停頓了一下。「妳的快樂,還是我的快樂?」

不是我們的。是我的。

他的問題像一塊磚頭,又重又眞實。把我的頭腦都敲醒了。我知道。

逃跑活動有必要暗中進行。我得守口如瓶,而且要把所有跡象都掩藏起來,來個突然失蹤。我沒有留下隻字片語。這跟我上回跑掉要去當小販不一樣;這次,賭注遠大於男孩女孩之間的通信。這次，賭的就只是我自己：我的一生，我的未來。

媽媽跟爸爸出門了。加墨爾在看電視，沒有辦法避開他。我不想讓他知道我就要離開，因爲我不想連累他，害他惹上麻煩。

我在包包裡裝了衣服、錄音帶，還有一本談古希臘的書，我把包包塞過那個奇怪的窗戶，然後丟到院子裡帶芒刺的草地跟一堆標籤上。我就像要去給植物澆水一樣的走出門，我覺得這個理由很具象徵意味。我沿著拖車跑到包包旁邊把那些標籤拔掉，不過其中有些實在太牢固了，沒有辦法從帆布上拔掉。我把它們留在那裡，我聽到媽媽大聲拉開門走進滿是跳蚤的砂礫與泥土車道上。我聽到她在笑。我跟自己說這也許是我最後一次聽到她笑了，端視這次事件會怎麼落幕。我又跑了起來，經過之前那些牙齒殘破、滿是坑洞的無家可歸的鋼琴旁邊，它們的嘴巴不停地對我說著再會了，別了，一路順風。

迪蜜住在著名的墨西哥東城區的一間小屋子裡。我抵達那裡的時候，聽到了「團體」樂團的音樂開得震天價響，我渴望能喝杯水。我敲了敲前門，沒有人應聲，於是我順著音樂走到後院。有六個戴著牛仔帽、手上拿著百威啤酒的男人歡迎我，有二十四個小孩在彈簧墊上跳上跳下，牆上有野生動物跟熱帶背景的擺飾掛在圍籬上邊發皺的金屬薄片上，還有藍色帆布做成的臨時頂篷，幾張塑膠椅子，幾隻蚊子，烤雞肉與墨西哥玉米餅的味道，以及迪蜜跟她那些姑姑。

「嗨，同學！妳好嗎？」她說。

我看著她那些姑姑，對每個人說了一聲「嗨」，然後問迪蜜：「我可不可以來點水喝？」迪蜜遞過來一杯清涼的飲料。

「這個好嗎？」她邊問邊給我一杯蘋果口味的雞尾酒，我點點頭。

「坐啊！」她說，「跟我說妳爲甚麼看起來一整個怪？」

十天了。我跟迪蜜住在一起，住在迪蜜的房間，她房間的地上，十天。我每天只吃一餐簡單的墨西哥玉米餅、蛋以及豆子。我用這種方式把我自己扣爲人質。

當她工作的時候，我就躺在地上盯著天花板，想著我要做甚麼，讓我的鞋底向上面對眞主。

我想家，但是我想的是在科威特的老公寓，從我們離開之後，那個院子一定毛茸茸地長滿長草，因爲在我心中，那個庭院已經永遠被忽略，沒有人住了。

我在迪蜜的房間地板上讀書殺時間。我讀亞特蘭大的故事：她爸爸希望她是男生。當他看到她是女生的時候，他把她帶到一座山頂上，讓她待在那裡自生自滅。她活了下來，因爲上天派了一隻野獸去照顧她、餵養她。至少我的命運沒有那麼悲慘。我比較像雅典娜，第一次是因蒂蜜特而出生，第二次則是從她爸爸的頭痛裡迸出來。

媽媽在第十天來到這個屋子。我像隻貓一樣察覺她的到來，在她敲門前我就知道她到了。迪蜜的媽媽去開門並微笑著；她不會說英文。媽媽不斷說著：「我女兒呢？妮達莉？她在這裡嗎？我女兒呢？」

我聽到她聲音裡出現了異於以往的急迫，一種我從未聽過的語調。聽起來就像是我小時候害怕擔心媽媽在沙漠裡，只有又高又黑的電塔陪著她，我怕她會永遠被吞噬。

迪蜜拿下耳機。

「那是誰？是妳媽嗎？」

「是啊。不要跟她說我在這裡，迪蜜！不要放棄我。」

她笑著點點頭，叫我躲到她的床下。我待在床下，聽她跟我媽媽說話。

「她不在這裡。我好像已經有兩週沒有看到過達莉了。」

「妳騙人。我知道她在這裡。我每天都在找她，妮達莉，我看到妳了，妳這壞蛋！回家！」

她拚命大吼。她不可能看到我。不可能。我待在床下，像隻童話故事中的怪獸。

我聽到門慢慢關上，我留在原地，等迪蜜回到房間坐下來為止。她的腳輕輕敲著鋪有地毯的地板，最後說：「妳可以出來了。」我一出來，她望向別處說：「妳媽咪的臉像鬼一樣慘白。唉，達莉，這眞的很糟。她看起來已經瘋了。她蓬頭垢髮。」

媽媽是蒂蜜特，來帶我回家㉔。

那天晚點時，我們從卡蜜拉、從梅迪納（我從黃蜂事件之後就沒再連絡過的人）、從詩人吟唱之夜的門房、從那個給我們香菸、在汽油站工作的老兄、從其他幾個人那裡得知，媽媽跑到每一個我可能去的地方找我。她每個地方都至少找過三次，還揮拳大叫。

那個晚上，我無法入眠。每次閉上眼睛，就閃過我孩提時代發生的事情：當媽媽在科威特因爲鋼琴事件被爸爸要求解開安全帶離開車子時，我跟加墨爾跳著瑪丹娜的〈秀出你自己〉；法赫爾的鼻子；外公的游泳課；艾倫比橋。我記得我以前如何相信當我被迫跑向一個新家時，我腳上的皮膚會收集各種沙子、石頭、仙人掌、種子跟雜草，直到在奔跑的途中，我撿到任何可以做鞋子的材料爲止。我總以爲當我有了以大地爲材質所做成的鞋子時，我就可以不再奔跑，就可以在某個我不再需要跑開的地方安頓下來。早上，

㉔蒂蜜特的獨生女波瑟芬被冥王劫走，蒂蜜特於是到人間想要帶回女兒。後來，一年之中有四分之三的時間，蒂蜜特都和女兒在一起，這時大地上春暖花開、萬物生長。剩下四分之一的時間，因為蒂蜜特無法看到女兒，所以無心於對農事的管裡，大地就出現冬天的蕭條景象。

我就要回家。我必須爲自己辯解，撐住自己，這樣等到我離開家到學校去的時候，我就不用再跑了。只要用走的就好。於是我抬起腳來，看著我的腳底。腳底又黑又厚滿是泥土。

20 出發就是抵達

當我接近我家拖車的時候，沒有人在家。這很詭異，因爲總會有人在家。我試試前門，但是前門鎖上了，所以我又跑到後面試試走廊的門，不過那扇門一直以來都鎖著；我們一次也沒開過。

我筋疲力盡。我爬上那架舊 Bush & Gerts 鋼琴旁邊的吊床，幾乎馬上就昏睡過去。醒來之後，我以爲我還在作夢，因爲我看到有個女人站在幾碼遠的陽台上，手放在臀部。她看起來像是我媽，只不過她有很多白髮。我又看了她一會兒，確定那就是我媽。她點點頭說：「妳這壞蛋。」轉身走進屋裡。我看到她背後的頭髮：跟我猜想的一樣，全白了，只夾雜著幾根兩吋長的黑髮。

「妳讓我頭髮斑白，妳這壞蛋。」

我跟在她後面進屋。她走進她的房間，躺在床上。「把所有窗簾拉起來，幫我把門關上，不要讓任何人叫醒我。」

「媽媽，我很抱歉。」

她「嗯」了一聲，然後指向窗簾。我拉下窗簾走到門邊。媽媽把自己完全裹在毯子裡。

「媽媽，我眞的很抱歉。」

「把門關起來，等我醒了再說。」她說。

我把門關起來，最後再瞄了一眼她的頭，她那顆夾雜著三十根奇怪黑髮的白色的頭。

我媽媽的頭是一架鋼琴。

加墨爾砰一聲甩上門，笨重地上樓。我可以聽到他那個黑色大耳機裡嘈雜的嘻哈音樂。他用力把門關起來，然後把背包丟到離他四呎遠的角落裡。他看到我的時候還是聽著耳機，走過我身邊到他的房間去，然後說：「妳麻煩大了。」他大聲說，因爲他還戴著耳機，無法聽到自己的音量，他的聲音變得粗獷，整輛拖車都震動了起來。

我很驚訝媽媽沒有被吵醒。

她沒有醒來。她繼續睡：她睡過了我四十五分鐘的洗澡時間，她睡過了那些收拾垃圾的男人的大嗓門。爸爸回家對我大吼：「這次我不會打妳了。我不會打妳！打妳有甚麼用？妳到底要甚麼，妮達莉？妳差點殺了妳媽！妳殺了妳媽！」她還是睡著。我大聲吼回去說我要有自己的生活，她還是繼續睡著，加墨爾在房間把音樂開得震天價響，好壓過我們的爭吵，她還是沉睡著。

媽媽總算恢復了，她走出來照料她那些植物，然後彈鋼琴。

「她爲了妳十個晚上沒睡。」爸爸說。現在他冷靜下來了。他跟我一起輕鬆地坐在沙發上。「妳知道，就像那首法魯茲的歌。」

我記得那首歌，我記得我在舊的奧斯莫比爾車裡聽過，跟媽媽爸爸在閃爍的海灣路上，他那漆黑的鬍子在陽光裡閃閃發亮，他帶著年輕的笑容說：「唱，唱吧！甘妮，我的女孩！」我以完美的女高音大聲唱出，媽媽閉上雙眼，黑色頭髮像小瀑布一樣披掛在破掉的汽車椅套上，黑色的電塔像巨大的測量物一樣飛過我們，計算著我們回憶的高度。我是個小孩；我不擔心我屬於何方；我們是一個有短暫歷史的家庭，我的父母正在幫我創造回憶。

成爲父母，成爲一個總是在演戲、且總是在幫小孩捲起每一個回憶的導演，一定是件很怪的事。

我心疼媽媽像法魯茲歌裡的那個小女孩一樣總是不睡覺，等著月亮爲了她的愛而落下。我沒有花太多時間去懷疑誰是那個月亮，誰是她的愛。

我會用我一生的時間去質疑媽媽比較愛誰；是爸爸還是我。她會選誰？看起來好像她一直以來都是選他。似乎她只要他而已。現在這一點都不重要了。現在，我看到她的心並沒有被完美地切割成各種音調了。我們兩個她都愛。我們兩個她都要。這個事實或許就是她有那麼多掙扎，那麼多快樂的原因。

爸爸邊捋著鬍子邊看著我。「所以，這是妳的決定嗎？」他終於說話了。

「爸爸……就算我在這裡念大學，我也不想通勤。你知道爲甚麼嗎？因爲我不想與眾不同。我知道我是與眾不同，我知道，但是我不要像個局外人。我要好好地讀大學，因爲……這對我意義重大。」

我心疼爸爸穿的西裝、他皺起來的眉頭以及他破碎的心。

我伸出雙手擁抱他，讓我的臉靠在他的西裝上，我吸進了西裝上的纖維，聽到爸爸的心跳，爸爸說：「我記得以前妳還在襁褓中，在我脖子上呼吸的方式。我會把妳搖到睡著，妳會在我這裡呼吸出……兩注微小的氣息。」他比了比位置。「我現在還是感覺得到。」

我離家前往波士頓的前一晚，在床上做著夢，媽媽焦急地在我身邊等我醒來。我驚醒過來，因爲一開始我以爲她是鬼，我告訴她，我覺得有精靈壓在我身上。她的笑容像精靈一樣。

「我要給妳這些東西。」她邊說邊交給我一個心型盒子。

「幹，這是甚麼東西啊？」我驚訝地看著那個盒子。

她輕輕拍了一下我的嘴巴。「爲甚麼說『幹』？總是說『幹』。幹這，幹他們，幹她，幹張三，幹李四，幹笨，幹我，幹妳。」

「哇嗚，」我說，「眞酷。妳可以再說一遍嗎？」

「幹妳。」她說。

「不是，」我說，「是整句啦。」

她又再次輕輕拍了一下我的嘴巴。「我拿寶物給妳，結果妳想聽我講那些下流的話。也許我該把東西收回。」她把那個心型盒子放到大腿上，起身準備離開。我伸出手抓住她纖細的手臂。

「這是甚麼？」我說。「妳的珠寶嗎？」她搖搖頭。「是妳跟爸爸往來的信件嗎？」

「妳就打開這他媽的盒子嘛。」她說，我笑了。我拉開那條皮製的細帶子，用牙齒咬開上面的結。我打開它，看到好幾張摺起來的紙。我說：「所以它們是信囉。」在爸媽渴望對方的時候，媽媽寫給爸爸的信。

媽媽搖搖頭。「不是，我沒有那麼感性。妳才是那個感性的人。這裡。證據。」她打開那些摺成方型的紙，讓我看我五年級、七年級以及八年級寫的作文。她保留了我每一篇爲阿拉伯文寫作或作文所寫的東西，每一篇我以爲已經被爸爸丟掉的東西。「我跟妳說過我會幫妳保留東西。」她說。

「我以爲妳說的是紀念品……」我說，「妳知道，就像耳環跟臍帶上的塑膠名牌。」

「這些是妳的文章，」她說，「這些是妳的文字。妳會成爲一個作家，是不是？爲了後代子孫，妳一定要把這些東西都保存下來。我要妳寫作。」

我用力抱緊她。我聞到她燒焦的頭髮味道。我聞到她的善良。我聽到蕭邦。

「在妳的一生中，妳會不會，會不會，會不會到老都……？」

「說出來。」我說。

「……會不會，忘記我們。」

> 「筆」是可蘭經的一個章節，它這樣起頭：「信。藉由那枝筆，以及他們所寫下的，您並沒有瘋狂：幸好有您的支持！永久的回報在等著您，等著您的是一個崇高的本質。您不久就會看到，誠如他們也將看到的，瘋了的是誰。」

在我們搬到美國之後沒多久的某個下午，我發現爸爸跟媽媽爲了一枝二十年前從安曼到科威特的飛機上某個女人給他的筆吵架。爸爸說那個女人堅持要他保留那枝筆。我以爲媽媽只是嫉妒那個女人，不過幾分鐘之後我就知道答案了，她相信這枝筆是用來監聽我們的筆。我走到他們房間，試著讓她冷靜下來。「妳看這個，」她說，「看看它有多重。」而且，她是對的。「我沒有辦法打開筆頂，」她說，「那就是藏麥克風的地方。」爸爸要她冷靜下來。她做不到。「我們的生活都被錄下來了，」她說，「在某個地方有某個人知道我們屋子裡發生的每件事情。」

爸爸試著打開筆，讓她看看裡面甚麼也沒有。但是，打不開。

加墨爾騎著他的腳踏車輾過那隻筆。筆依舊毫髮無傷。

我從工具箱裡拿出一把榔頭，開始往裡頭搥，我搥了好幾分鐘，呃，似乎是幾小時。

徒然無功。

在那時候，我們知道媽媽說的沒錯，所以我們都坐進那輛舊車，開到鄉間小路上，帶著那枝筆。

爸爸背誦著可蘭經魯格曼章：「即使地球上所有的樹木都是筆，且被七座以上的海洋注滿的海是墨汁，也無法寫完眞主的話。」

媽媽靠過去把筆扔出窗外。

我現在抓著那枝筆，聆聽我們的所有故事。

10550 台北市南京東路四段25號11樓

廣 告 回 信
台灣北區郵政管理局登記證
北台字第10227號

大塊文化出版股份有限公司　收

地址：□□□□□ ＿＿＿＿＿市／縣＿＿＿＿＿鄉／鎮／市／區

＿＿＿＿＿＿＿＿路／街＿＿＿段＿＿＿巷＿＿＿弄＿＿＿號＿＿＿樓

大塊 LOCUS 文化

編號：TT065　書名：帶走月亮的女孩

大塊 LOCUS 文化 **讀者服務卡**

謝謝您購買本書！

如果您願意收到大塊最新書訊及特惠電子報：

一 請直接上大塊網站 locuspublishing.com 加入會員，免去郵寄的麻煩！

一 如果您不方便上網，請填寫下表，亦可不定期收到大塊書訊及特價優惠！
請郵寄或傳眞 +886-2-2545-3927。

一 如果您已是大塊會員，除了變更會員資料外，即不需回函。

一 讀者服務專線：0800-322220；email: locus@locuspublishing.com

姓名：______________________ 姓別：□男 □女

出生日期：____年____月____日 聯絡電話：______________

E-mail：______________________

您所購買的書名：______________________

從何處得知本書：

1.□書店 2.□網路 3.□大塊電子報 4.□報紙 5.□雜誌
6.□電視 7.□他人推薦 8.□廣播 9.□其他

您對本書的評價：

（請填代號 1.非常滿意 2.滿意 3.普通 4.不滿意 5.非常不滿意）

書名____ 内容____ 平面設計____ 版面編排____ 紙張質感____

對我們的建議：______________________

____

____

____

____

____

LOCUS

LOCUS

LOCUS

LOCUS